张爱玲
日常叙事的现代性

Eileen Chang's Modernity of Daily Narration in Literature

李 梅◎著

中国出版集团
世界图书出版公司
广州·上海·西安·北京

图书在版编目（CIP）数据

张爱玲日常叙事的现代性 / 李梅著. -- 广州 : 世界图书出版广东有限公司, 2025.1重印
ISBN 978-7-5100-8214-6

Ⅰ. ①张… Ⅱ. ①李… Ⅲ. ①张爱玲（1920～1995）—小说研究 Ⅳ. ① I207.42

中国版本图书馆 CIP 数据核字（2014）第 150043 号

张爱玲日常叙事的现代性

策划编辑 赵 泓
责任编辑 翁 晗
封面设计 黄 琴
版式设计 梁嘉欣
出版发行 世界图书出版广东有限公司
地　　址 广州市新港西路大江冲 25 号
电　　话 020-84459702
印　　刷 悦读天下（山东）印务有限公司
规　　格 787mm×1092mm 1/16
印　　张 14.5
字　　数 200 千
版　　次 2014 年 7 月第 1 版 2025 年 1 月第 4 次印刷
I S B N 978-7-5100-8214-6/I·0312
定　　价 78.00 元

序 Foreword

至情至真追梦人

广州往北一千公里，再往西一千里，是十三朝古都西安，唐称长安。西安，一个我读书生活6年的地方，一个记忆了我青春浪漫岁月的城市。上个世纪80年代到西安不久，就听同学匡少家说班上有个陕西美女，我们都说那一定是米脂的。在西安，和张艺谋、贾平凹一样出名的是"米脂的婆姨，绥德的汉，清涧的石板，瓦窑堡的炭"。从汉语的丰富联想来看，绥德的汉，是有德的男子；清涧高山流水，出好石板；瓦窑堡名字就是个烧炭的地方；米脂、羊脂自然条件好，姑娘自然长得好。

那个年代也没什么文娱生活。研究生的文娱生活就是吃完饭，坐在4楼高高的阳台上，看着夕阳慢慢落下去，看着楼下的姑娘慢慢地远去。就这样一看3年。西安的落日好大好红，像个铜脸盆。记得毕业最后一晚，有个小伙忽然说，唉，楼下这么多美女，白看了3年，毕业了，竟然还要一个人走。于是大家唏嘘不已。

当大家坐在4楼高高的阳台上，争论李梅是不是米脂婆姨的时候，忽然有人笑了，说，李梅是乾县，也就是关中人。对乾县，我们搞唐宋文学的研究生当然不可能陌生。唐高宗李治和女皇武则天的合葬陵就位于乾县向北的梁山上。梁山有三峰，北峰最高，即乾陵，南二峰较低，称东、西乳峰，为乾陵之天然门户。整个山势，远远望去宛若一位仰卧于天地之间，头枕梁山，脚蹬渭河，双乳丰隆，体态优美的睡美人。至今完好无损的乾陵应该是李唐盛世留给世人最富有想象的悬念了。原来，李梅她祖上就住在乾陵脚下的邀驾官村。此村因大唐皇帝四时八节拜祖祭祀必在此驻跸而得名。古代皇陵是不可以由外姓宗族来看护的，他们世代乃李家王陵的守墓人，虽非贵胄，却的确是李唐后人。为此有人求证于她，只听她哈哈一笑说皇族后裔没假，但祖宗八代都与权印无关！话虽如此，见过她的人也许还是能从她爽朗的笑声和对世事人情的敏感精致中感觉到魅力。

而且似乎现实中以西安为中心的关中美女确实比米脂多得多。西安外院一个叫毛毛的女孩，高高的个子，总是穿着白裙子，纯纯地从楼下走过，大家说，追去吧，可是太漂亮了谁都不敢去追。太白文艺出版社一个叫小鹿的编辑，小家碧玉，一样的可人。还有一个男朋友去了北京读书的女孩，老是穿着高跟鞋从楼下叮叮当当地走过，然后上5楼找她的关中老乡。大家听见她的高跟鞋声音，总会起哄，唔唔地怪叫。关中果然出美女！

其实陕西的关中，也就是地理上说的渭河平原或渭河盆地，是一个真正的好地方。关中平原位于陕西省中部，西起宝鸡，东至潼关，因在函谷关和大散关之间古代称“关中”。春秋战国时为秦国故地，包括西安、宝鸡、咸阳、渭南、铜川五市及杨凌区。东西长300公里，平均海拔约500米，西窄东宽，号称“八百里秦川”。这里民风淳厚，男人耿古，女子多情刚烈。物产方面，自古灌溉发达，盛产小麦、棉花等，是我国重要的商品粮产区，也是中国最早被称为“金城千里，天府之国”的地方。最早由这片平原上产生的文明即所谓“华夏文明”。距今约80万年的蓝田人，20万年的“大荔人”，曾经在这里繁衍生息，刀耕火种。后来7000年前的龙山文化，造字的仓颉，史圣司马迁，风流隋炀帝，名相寇准，一代名将郭子仪，大诗人白居易。《诗经》开篇之作《关关雎鸠》也产生在这里，《关关雎鸠》放在首篇，应该是孔子对华夏文明起源的基本判断，也是对关中美女的第一次昭示。从这些文化源流来看，我倒相信最早的华夏就是在关中地区了。而北面的黄帝陵，东方的殷墟也皆离此文明不远。李梅她家乡乾县，自黄帝时即为“祭天之所”。

再次见到李梅已经是在广州了。2002年的秋天，树叶微黄。我正躺在竹椅上懒洋洋地翻书，忽然门口停来一辆白色汽车，车上下来一位红衣美女，高挑的个子，戴著墨镜，很有派。我正疑惑，谁家女子翩翩来？忽然美女摘下墨镜，哈哈大笑：“老同学，不认识我啦！”10年不见，这个关中女子依然那么美丽。李梅说南下广东一直干报纸主编，累了，想读读书，其实放不下的还是她一个中文系出身报纸人的文学梦。想让我引见一下饶先生。

广东的女学者，据我所知，前有碧琅玕馆主人冼玉清，著名文史专家、书画家，有“岭南才女”之称。精传统诗词书画，对发掘岭南乡土和佛教典籍贡献卓著。而我所能见到、所景仰的就是饶先生了。饶先生的气质风度，口才阅历，学术上的开拓精神，又别是一番境界了。我记得先生开的《红楼梦》，在校园里掀起了一股红楼热。我笑说你眼光真毒啊，李梅说，能够跟先生学百分之一也满足了。

3年过去了，李梅拿了一本厚厚的张爱玲研究出来了。李梅的大著抓住了日常叙事、荒凉等关键词来写张氏味道。小说我不太在行，但是古代散文的叙事我还是懂一点，我们经常说文以载道，其实成功的散文都是日常叙事，陶渊明的《五柳先生传》，只是说喝酒和闲居；柳宗元的山水游记，是日常的散步，今天走了多少步，明天多少步；《醉翁亭记》、《赤壁赋》只是闲游；归有光的散文更是小人物、小事件，追忆逝水年华，却感人至深。荒凉的前身是悲凉，六朝文最悲情的是碑志文，韩愈最动人的是《祭十二郎文》，欧阳修有很多馆阁文，而一唱三叹、一往情深的是好友的祭文，归有光最好的是追忆故人的小文字。其实生命的本质就是孤独和悲凉，张爱玲的现代性写作叫荒凉。饶芃子教授说"李梅的《张爱玲日常叙事文学的现代性》是一部甚有创意的文学批评专著。作者从叙事学的角度，在对中国传统文学中日常叙事'流'梳理的基础上，探讨了张爱玲作品的艺术特质和中国传统文学的关系，特别是论述了具有特色的'张式叙事'和中国传统经典文本的血缘关系。无论在当前的日常现代性研究领域还是在张爱玲研究界，都将是一个令人瞩目的学术成果。"中山大学王坤教授说："李梅的专著，以其独特的视角，以其对张爱玲的特异之处的深度分析，对日常现代性进行了颇有创见的阐释。首先，通过梳理张爱玲作品与中国文学传统的关系，作者提炼了'张式叙事'和'中国味道'两个命题，这对于张爱玲的研究来说，无疑具有活化之功；其次，作者抓住了张爱玲小说创作的日常现代性特征。西方现象学在20世纪初开始了日常生活转向，中国当代哲学界自上世纪90年代接续了这一思路，展开讨论，直至引发日常生活审美化的大争论。作者以具体的个案研究，与真正的前沿话题接轨，其理论意义与实践价值，值得高度重视。"听说她读博期间并没有停止报社的工作，很难想象一个工作、学习地处两个城市又拖家带口的人妻人母，每天高强度工作的媒体人以及一节课一本书都不能含糊的饶先生的博士生，这几个角色在李梅身上是怎么合二为一的。在她爽朗笑声的后面该是对梦想的多少执著与付出。我只能感叹这个有着千年皇族血统的关中女子是个生活的强人。

听说李梅后来去了华工。8年后的一个下午，一个红衣女子风风火火地走进我的庭院，哈哈，还是李梅。我骂着问她这些年跑哪去了，不见个人影。李梅哈哈大笑，忙著呢，忙著呢，去美国密苏里大学新闻学院访学一年,又去了纽约的媒体等等。她谈笑风生，说美国、说她的学生、说她儿子，说到乐处，至情至性，爽爽朗朗，于是又哈哈大笑。张爱玲的书要出版了，让老同学写句话。得空翻看，虽是学术文字，可处处无不渗透一个知性女子对人生对生活对艺术的敏感独到的理解。李梅有令，老同学只能遵命。

李梅又风风火火地不见了。听说李梅在美国读书很用功，还带回了两门很受欢迎的双语课，现在是新闻教育界的名人，经常在电视当评委，事业红红火火。人也更漂亮了。

是为序。

马茂军记于暨南大学红杉居

2014年4月12日

目录

Contents

目录 Contents

导论

Introduction

进入张爱玲的方式

JinRu ZhangAiLing De FangShi

在20世纪的中国文学史上，诞生了许多重要而复杂的作家。有些作家，似乎是专门为一种文学史的撰写而存在。有些作家，他们自身的存在，就足以构成一部简易的文学史——张爱玲就是其中一个。几十年来，关于她的作品，关于她这个人，以及与她有关的传播、研究、演绎、改写、误读，共同为我们书写了一个复杂、暧昧的张爱玲。今天，要想真正认识张爱玲，就必须认识她所创造的文学世界以及她所影响的生活世界。二者缺一不可。这或许就是张爱玲的价值所在：她不仅是一个非凡的作家，更是一个为我们提供了众多文学话题的复杂个人。

由张爱玲而起的许多话题，在媒介发达的时代已经越过了文学的边界，逐渐延伸到了现代人的日常生活中；而在一些都市男女那里，张爱玲更是成了一个符号和象征。在这种背景下，谈论张爱玲是一种文学上的冒险。因为在她的身上，交织着太多文学和非文学的复杂因素，如何才能越过这些遮蔽，以认识一个真实的张爱玲，这不是一件简单的事情。单一地研究张爱玲的文学，显然不足以理解她的奇特和重要，相比之下，我更愿意从张爱玲的文学世界中，发现她所传承和扩展的文学传统，以及这种由她建立起来的小传统对后来的写作所产生的极大影响。我相信这是理解张爱玲的有效路径。

第一节　传奇般的接受史

按照美籍华人学者夏志清先生的权威论定，“张爱玲该是今日中国最优秀最重要的作家”[1]。然而，这样一位重要作家却在中国被遗忘了许多年。个中原因，牵涉到张爱玲所走过的生命历程，也关系到张爱玲作品在国内的接受史和传播史。因此，在进入张爱玲的文学世界以先，有必要回顾张爱玲本人的写作足迹，梳理张爱玲作品在中国的接受历程。

让时间回到在上世纪40年代——尤其是1943到1945年，那时，年仅

1　夏志清：《中国现代小说史》，中文大学出版社（香港），2001年版，刘绍铭等译，第335页。

年仅二十几岁的张爱玲以她独特的故事方式和充满人生智慧的尖锐、睿智、俏皮的文学话语照亮了上海文坛。

二十几岁的张爱玲以她独特的故事方式和充满人生智慧的尖锐、睿智、俏皮的文学话语照亮了上海文坛。据统计，仅 1944 年这一年，张爱玲就在上海的各种杂志上发表小说、散文 27 篇，最快的时候几天写一篇小说。同年 9 月，张爱玲小说集《传奇》由《杂志》出版社出版，4 天即再版。1945 年 1 月，散文集《流言》由中国科学公司出版，畅销一时。1944 年底到 1945 年初，改编成舞台剧的《倾城之恋》在上海卡尔登大剧院隆重上演，演出场场爆满。浪荡公子范柳原和离了婚的上海小姐白流苏之间欲擒故纵、你将我就却最终赢得真心相对的乱世情爱，极大地迎合了上海“孤岛”时期那些既浪漫又实际、既深谙情场算计之道又懂得拿捏分寸感的男男女女。仅两年时间，张爱玲就登上了她生命和文学写作的顶峰。甚至有人说，1944 和 1945 年的上海，就是张爱玲的上海。张爱玲的文学才华如孤岛上海开放的一朵奇葩，灼灼其华，耀人眼目。她的文学成就，也受到了评论界的高度关注。1944 年 5 月月 1 日，著名学者傅雷以“迅雨”的笔名在《万象》杂志上发表《论张爱玲的小说》一文[1]。该文以《金锁记》为典型，从艺术的高度，对张爱玲出色的文学才华给予了客观评说。傅雷称赞张爱玲的小说是“收得住，泼得出的文章！”论文还总结性地发现了张爱玲小说一个鲜明的美学风格，那就是“新旧文字的揉合，新旧意境的交错”。同时也以小说《连环套》为例，对张爱玲小说存在的问题，比如过分依赖技巧等提出善意批评。同年 12 月，正处文学声名顶峰时期的张爱玲立即以《自己的文章》给予回应。缚雷的

1　该文见钱理群等主编：《20 世纪中国小说理论资料》第四卷（1937-1949 年），北京大学出版社，1997 年第 1 版，第 249 页。

文章成为"张学"最早也是最有理论高度的研究力作。同年6月，胡兰成在《杂志》月刊发表长文《论张爱玲》[1]，对张爱玲小说进行了详细解读和赞赏。但随着抗战结束和解放战争的开始，如昙花一现的张爱玲陡然失色。直至新中国成立后的1952年，张爱玲以继续学业的名义离沪赴港，后赴美国，从此，这个在上世纪40年代在上海文坛灿烂耀眼的女作家，在中国大陆读者的阅读视野和文学史里陡然消失了。

此后的30多年来，对于大陆文学界，张爱玲及其作品彻底成为被遗忘的一页。而与此漠视形成明显对照的则是台港文艺界对张爱玲的认可与肯定，甚至把她推崇成为模仿偶像。1957年，台湾学者夏志安在台北《文学杂志》刊发了其弟夏志清的《张爱玲论》，该文是继上世纪40年代傅雷和胡兰成对张爱玲的评论之后，再次从专业阅读的角度肯定了张爱玲在中国小说发展史上的地位。这也是张爱玲从上海文坛"消失"后，首次被文学界如此重视。1961年，夏志清在《中国现代小说史》中，以该论文为基础，专章论述了张爱玲的创作。该书不仅充分肯定了张爱玲的文学成就，还对沈从文、吴组缃、钱钟书、师陀等一批长期被国内学界忽略、被多种版本的现代文学史尘封的现代作家的文学成就给予了高度肯定。

夏志清的《中国现代小说史》作为一个新起点，奠定了后来所谓"张学"研究的基础。此后，在台港两地，尤其是台湾，对张爱玲的学术研究从未中断。这些研究大致可以归纳为这样几个方向。首先，夏志清采取中西比较的方法，给张爱玲以正面的评价。他认为张爱玲的创作受西方影响，但受传统影响最大。其作品最成功之处在于对人性的深刻描写。在《中国现代小说史》一书中，夏志清用长达近40页的篇幅，详细论述了张爱玲的生平，并以《金锁记》、《茉莉香片》、《倾城之恋》等小说为代表，分析了张爱玲小说艺术的特点，比如"她的意象的繁复和丰富，她的历史感，她的处理人情风俗的熟练，她对于人的性格的深刻揭发"[2]，并认为张爱玲是"中国当年文坛上独一无二的

1 该文载1944年6月上海《杂志》月刊。又见胡兰成所著的《中国文学史话》，上海社会科学院出版社，2004年1月第1版，第169页。

2 夏志清:《中国现代小说史》第十五章，刘绍铭等译，中文大学出版社(香港)，2001年版，第342页。

人物”[1]，其成就堪与英美现代女作家曼殊菲尔等人相比；夏志清还在书中重点分析了张爱玲后期两篇具有明显政治倾向的小说《秧歌》和《赤地之恋》。由于夏志清本人的学术研究带有明显的政治立场，所以，他对张爱玲这两部艺术成就上明显逊色的小说给予过高评价。但他的研究，因较早重新发掘张爱玲小说的艺术魅力而具有特殊意义。

研究张爱玲的第二个方向是以台湾旅美学者李欧梵和王德威为代表。他们共同的特点是从西方现代性的角度去考察中国现代文学。通过分析现代性在中国现代文学发展中的种种不同表现，从而归纳出一直处于被遮蔽状态的中国现代文学的另一条叙事线索：日常生活的叙事美学。李欧梵在《现代性的追求》[2]一书中，详细分析了中国现代文学中的浪漫主义、个人主义，并建构了一条从魏晋到唐、晚明、《红楼梦》、王国维、鲁迅、新感觉派以及张爱玲以来的颓废文学线索。他之所以把张爱玲的小说视为“颓废艺术”是基于这样的论点：张爱玲在她的小说中是把艺术人生和历史对立的。这种对立形成了张爱玲小说最重要的艺术美感：“荒凉”。李欧梵说：“如果现代性的历史是一部豪壮的、锣鼓齐鸣的大调交响乐，那么张爱玲所独钟的上海蹦蹦戏所奏出来的是另一种苍凉的小调，而这个小调的旋律——张爱玲小说中娓娓道来的故事——基本上是反现代性的，然而张的‘反法’和其他作家不同：她并没有完全把现代和传统对立（这是五四的意识形态），而仍然把传统‘现代化’——这是一个极其复杂的艺术过程。”[3]李欧梵认为“颓废”文学的实质是用审美现代性来反抗启蒙现代性，比如张爱玲就凭着她的小说艺术特色，对中国历史的大叙述造成了某种颠覆。

王德威继承了李欧梵的这一思想，并且用“史学正义”和“诗学正义”的框架来讨论“感时忧国”的启蒙文学传统。在《想象中国的方法》[4]一书中，他认为晚清、五四以及上世纪30年代以来，种种不入（主）流的文艺试验，比如

1　夏志清：《中国现代小说史》第十五章，刘绍铭等译，中文大学出版社（香港），2001年版，第338页。
2　李欧梵：《现代性的追求》，生活·读书·新知三联书店出版社，2000年12月北京第1版。
3　同上，第167页。
4　王德威：《想象中国的方法》，生活·读书·新知三联书店出版社，1998年9月北京第1版。

科幻、狭邪、小说，鸳鸯蝴蝶派和新感觉派小说以及沈从文、张爱玲等人的创作，实质上表达了一种“被压抑”的现代性。王德威的研究正是揭示这种被压抑的现代性，着力用晚清现代性消解对抗启蒙现代性。本文的一些论述也正是沿着李、王二人这个思路的“再言说。”

第三个方向是台港学者如水晶、陈炳良及后来的周芬伶、苏伟贞等人采取细读文本的方法，对张爱玲作品做的具体研究。其中以水晶的文本细读最为出色。由于水晶本人也从事小说创作，所以他对张爱玲小说的解读自有一番新意。尤其善于从意象、细节等方面挖掘张爱玲小说的艺术魅力。如在《张爱玲的小说艺术》[1]一书中，就有《泛论张爱玲小说中的镜子意象》、《炉香袅袅仕女图》等把张爱玲小说的独特魅力一一写出。虽然这也属于来自夏志清一派的对张爱玲小说的正面分析，但在艺术性研究方面要独特深入得多。

最近期的则是以林幸谦为代表的学者，运用西方女性主义批评的方法对张爱玲的研究。林幸谦在《荒野中的女体》、《女性主体的祭奠》[2]两书中，“运用西方女性主义理论的同时，旁及心理分析、身体诗学和政治、文化批判以及国族论述。一方面，时时不忘以历史理性的眼光审视张爱玲的小说，另一方面又充分彰显女性论述作为一种新的批评策略的独特功能和价值，用女性文学、闺阁话语与女性主体边缘化作为张爱玲的临界点，为张爱玲研究以及文本隐喻提出自己的创见。”[3]

在台港，张爱玲成了经典文学的代表，得到的是近乎神祇般的崇敬，并出现了一批追随学习张爱玲叙事方式的小说家，最有成就的有白先勇、施淑青，还有备受胡兰成赞赏的朱天心、朱天文姐妹等。

到上世纪 70 年代末期，随着中国大陆思想的开禁，学界开始如饥似渴地寻找新的精神源泉。80 年代初期，港台文学的传入引起了大陆作家对张爱玲等人这一类文学资源的注意。几十年未曾被大陆读者听闻过的张爱玲，开始从图书馆尘封的“库本”里悄然走出，其充满个性化的话语方式和以日常

1 夏志清：《中国现代小说史》，中文大学出版社（香港），2001 年版，刘绍铭等译，第 335 页。
2 林幸谦：《荒野中的女体》、《女性主体的祭奠》，广西师范大学出版社，2003 年 12 月第 1 版。
3 林幸谦：《荒野中的女体》，广西师范大学出版社，2003 年 12 月第 1 版，第 4 页。

生活为内容的叙事角度，给读者带来了强烈的美感冲击。到80年代中后期，随着学界对中国现当代文学史的重新认识，沦陷区文学这一页被历史尘封已久的文学面目逐渐受到重视。“1981年11月，张葆莘在《文汇月刊》发表《张爱玲传奇》，这是大陆改革开放以来最早论及张爱玲的一篇文章。”但文章未引起太大注意。[1]这个时期关于张爱玲的论文还有颜纯钧的《评张爱玲的短篇小说》、赵园的《开向沪港洋场社会的窗口》等，都从专业的角度分析了张爱玲小说在题材、手法与风格上的特色，也注意到了张爱玲与新文学“主流”不太一样的性质。1984年，钱理群、吴福辉、温儒敏合编的《中国现代文学三十年》中论及“孤岛”与沦陷区文学，其中用了800多字来写张爱玲，并指出她的小说中“古典”与“市井”共存的艺术特色。这是首次将张爱玲写进大陆的文学史。[2]

上世纪80年代是张爱玲研究的一个重要时期。1984年，作家柯灵在《读书》第四期发表《遥寄张爱玲》一文，1985年第三期《收获》杂志也刊载此文，同一期，《收获》还重刊了《倾城之恋》，这是“文革”以后张爱玲作品首次在大陆面世。这篇文章和张爱玲的小说在大陆读者中产生了广泛影响。至此，张爱玲算是重返故乡。正如深得张爱玲衣钵的王安忆所说，张爱玲的回来是“为文学史准备的，她的回来是对文学的负责”。这时期的学者们以有别于以前的新鲜方法从意象、象征、心理分析等方面选取切入张爱玲小说的研究角度。代表论文有胡凌芝的《论张爱玲的小说世界》、[3]饶芃子的《张爱玲和张爱玲的“冷”》、[4]饶芃子和黄仲文的《张爱玲小说艺术论》[5]等。同时，如宋家宏的《一级一级的走向没有光的所在》[6]和《张爱玲的失落者心态及其创作》[7]，还有张国祯的《张爱玲启悟小说的人性深层隐秘与人生关照》[8]等论文，都开始触及张爱玲小说较深层的人性内涵，

---

1 温儒敏《张爱玲在大陆的接受史》，该文见刘绍铭、梁秉钧、许子东主编：《再读张爱玲》，香港牛津出版社，2005年3月版。

2 温儒敏《张爱玲在大陆的接受史》，该文见刘绍铭、梁秉钧、许子东主编：《再读张爱玲》，香港牛津出版社，2005年3月版。

3 《抗战文艺研究》1987年第1期。

4 （香港）《星岛晚报》副刊，1989年1月12日。

5 《暨南学报》，1987年第4期。

6 《中国现代文学研究丛刊》1987年第2期。

7 《文学评论》1988年第1期。

8 《海峡》杂志1987年第1期。

注意到张爱玲小说里的现代性特征。

极为诡谲的是，正当新编文学史犹犹豫豫、半遮半掩地接纳张爱玲时，从校园开始的大众阅读几乎以不可思议的速度接受了张爱玲。

极为诡谲的是，正当新编文学史犹犹豫豫、半遮半掩地接纳张爱玲时，从校园开始的大众阅读几乎以不可思议的速度接受了张爱玲。上世纪 90 年代中期的大学校园，张爱玲的作品成了阅读热点。接着，随着消费主义热潮的兴起和商业话语对文学越来越深的渗透，阅读张爱玲几乎成了城市“小资”的标志之一，张爱玲也由此成了都市消费文化的经典符号。当张爱玲演变成一个文化消费符号，各种张爱玲人生小品、张爱玲情语纷纷出版，各种精品美文系列丛书也绝不缺少张爱玲瘦削单薄的身影。在影像挂帅的消费社会中，张爱玲亦无法逃离被可视化的命运，许多相关书籍中都附有张的旧时照片。完整的、全面的、丰富的张爱玲，往往被拆解成了利于商业运作的碎片……到今天，张爱玲在各种传媒形式中得到怎样的认可和流传，也许下面的资料可以说明一点：2014 年初，打开全世界搜索能力最强的谷歌网站，只要你输入“张爱玲”3 个字检索，不到 1/3 秒的时间，电脑就会告诉你超过 1 千万个查询结果，这个数据在 2005 年的时候是 54.4 万个。输入“张爱玲研究”几个字，电脑显示超过 3 千万个结果，而这个数字在 2005 年时是 9.95 万个。在如繁星般众多的中国现代作家中，张爱玲在网上得到重视的程度是仅次于鲁迅的。在这种大众消费热的驱使下，专业阅读和专业研究再次兴旺起来。1992 年以后，出版界大量出版各种版本的张爱玲作品。《张爱玲全集》的发行也在 1995 年张爱玲去世时达到高潮。9 年之后的 2004 年，张爱玲遗作《小团圆》出版，再次在全球张迷心中掀起层层波澜，无论褒贬，至少说明张爱玲魅力之恒久。

在这个热潮的影响下，对张爱玲生平及创作的研究也越来越多。从1992年下半年至书成时的2005年，单是关于张爱玲的生平传记就有八部之多，如王一心的《惊世才女张爱玲》[1]、于青《天才奇女张爱玲》[2]、阿川的《乱世才女张爱玲》[3]、余斌的《张爱玲传》[4]、孔庆茂的《张爱玲传》[5]、费勇的《张爱玲传奇》[6]、刘川鄂的《张爱玲传》[7]、于青的《才女奇情张爱玲》[8]等等。另外，还有一些年轻学者从现代性、创作心理学等方面对张爱玲的创作进行了深入的研究，如王朝彦、鲁丹成的《苍凉的海上花——张爱玲创作心理研究》[9]、陈晖的《张爱玲与现代主义》[10]等。至今，海内外学界对张爱玲的研究著作还在不断出版。与此同时，自上世纪90年代以来，中国当代文学中的部分作品（比如王安忆、苏童、叶兆言等人的作品）越来越多地呈现出张爱玲式的韵味和叙事方式，张爱玲还被片面地定义为所谓“海派文学”的鼻祖……

综观现代文学史，没有哪一个作家如张爱玲一样承受过冷热差异如此巨大的待遇。为什么张爱玲有如此传奇般的接受与流传过程？由于个人政治倾向的原因，夏志清先生在他以鉴赏评价为主的《中国现代小说史》一书中显然流露出太强的政治色彩，学者个人偏颇的政治倾向渗透字里行间，而且成为他甄别作家作品价值之高低的重要标准。这有悖于一个学者的公正精神。但他的研究，对于在几十年来在单一的政治语境下从事文学研究的学者来说，确有耳目一新之感。因此，如果把上世纪50年代后的30年间，大陆和海外对张爱玲两种抑扬反差巨大的现象，主要看作是政治的原因，显然也有失偏颇。政治原因之外，

1　王一心：《惊世才女张爱玲》，四川文艺出版社，1992年第1版。

2　于青：《天才奇女张爱玲》，石家庄花山文艺出版社1992年第1版。

3　阿川：《乱世才女张爱玲》，陕西人民出版社1993年第1版。

4　余斌：《张爱玲传》，海南出版社1995年第1版。

5　孔庆茂：《张爱玲传》，海南国际新闻出版中心，1996年第1版。

6　费勇：《张爱玲传奇》，广东人民出版社1996年第1版。

7　刘川鄂：《张爱玲传》，北京十月文艺出版社2000年第1版。

8　于青：《才女奇情张爱玲》，山东画报出版社，1998年第1版。

9　王朝彦、鲁丹成:《苍凉的海上花——张爱玲创作心理研究》,中国地质大学出版社,2001年3月第1版。

10　陈晖：《张爱玲与现代主义》，新世纪出版社，2004年2月第1版。

是否还存在着文学本身的原因？这个原因又是怎样形成的？自上世纪 80 年代张爱玲重归文学史后，为什么会得到大众读书界和专业学界两方面相辅相成、相互促进的接受局面？面对当前充满个人话语狂欢之势的文学局面，张爱玲的文学能给我们带来怎样的思考？张爱玲的创作到底蕴涵着怎样的文学特质，承接和发展了怎样一种文学传统？在主流文学的背后和崇尚消费的时代浮沫下面，张爱玲的创作对文学的意义到底在哪里？

第二节　张爱玲的文学世界

张爱玲一生创作的小说数量并不算多，而且代表她高峰艺术水准的作品大多发表在 1943 到 1945 这两三年间。由于她的小说蕴涵着明显有别于同时代其他作品的趣味和魅力，所以才值得大家对她进行反复阐释。有论者把张爱玲小说的艺术特色，用一个中国古典文学中的词“艳异”来概括。这指的是她的小说内容与形式呈现出来的那种古今结合、中西交错的参差对照之美。台湾学者周芬伶是这样解释“艳异”一词的：“反高潮是对戏剧性情节的倒写，亦是传奇的改装，‘艳异’此一语词带有压抑的、歧异的、衍异的意涵。‘艳’可说是华丽与苍凉的综合写照，亦是一种参差对照产生的美之极致。‘艳’从对人之‘容色丰美’演化为对情事的‘风流得意慷慨深情’，亦形成作者生命景象之一‘淹然百媚’”。[1] 本文要论述的文学中的日常生活叙事，正是实现这个“淹然百媚”之美的恰当途径。

张爱玲小说有着明显的生活气息，她的小说肌理扎根于日常生活之中，由此形成的以日常叙事为底色的美学风格，就成了她对中国小说的重要贡献之一。说到张爱玲小说中的日常生活叙事，它主要呈现出以下四个特征：一是以自己熟悉的日常生活原貌，作为文学想像的基本故事架构。个人的日常生活无非是一日三餐，婚姻家庭，四时八节，人情世故。从男女关系和婚姻

1　周芬伶：《艳异》，中国华侨出版社，2003 年 5 月第 1 版，第 4 页。

生活写出世态百相、人性真相，这是张爱玲小说最成功的一点；二是小说人物之间虽然没有激烈的、正面的外在冲突，但张爱玲还是很注重讲好听故事的，她的出色在于她擅长用日常生活叙事的手法把冲突“内化”——一个好故事所要求的所有“曲折”都是通过细节和内心完成的；三是小说中有大量出色的细节描写。出色的细节描写是日常生活叙事美学的“肌体”，它使故事丰满、充实、回味无穷；四是她“清坚决绝”的写作态度。这种写作态度给她的小说带来了特殊的文人气和“荒凉”的历史感。张爱玲是不相信社会进化论和线性历史观的，她认为时代变化给个人生活带来的只是破坏和“惘惘的威胁”，人能抓住的只是眼前的一点人和事。

张爱玲的文学方式是独特的。

张爱玲的文学方式是独特的。她的作品中，那些古典的文字韵味和形式，描写的是城市化的生活方式；遗老遗少的人物身上，有的也是古典与现代交错复杂的内心。“艳异”之美的下面是深厚的传统文学底蕴。张爱玲小说透露出来的传统气息最早在傅雷的评价中就能看到。他说张爱玲对“文学遗产记忆过于清楚，是作者另一危机。”[1] 张爱玲对传统是否有过分沉溺暂且不论，她的小说的艺术魅力首先是因为她继承了中国文学传统的精华。对张爱玲创作影响最大的是《红楼梦》、《海上花》、《金瓶梅》、《歇浦潮》等旧小说，其中以《红楼梦》影响最明显。这些旧小说最大的艺术特点就是通过日常生活的叙事描写“人情”和“世态”。这个特点不仅仅是这几本小说才有的，而是中国文学中渊源久远的美学传统。

中华民族是个以农耕文明为底色的古老人群。农耕社会是一个超稳定的社会。超稳定的农耕社会在物质生产上依赖

1 钱理群等主编：《20世纪中国小说理论资料》第四卷（1937-1949年），北京大学出版社，1997年北京第一版，第262页。

自然，在社会结构上依赖家族制度，在精神建构上依赖天人合一。长期稳定的农耕社会为中华民族创造了完全有别于西方社会的光辉灿烂的封建文明。这不仅包括物质的丰富和人口的庞大，更重要的还有中华民族在哲学、艺术、文学等精神领域，对人类文明所做出的不朽贡献。中国古典文学正是在农耕文明中孕育发展起来的。在这样的文学传统中，我们看不到西方海洋文明背景下，文学所描写的冲突、激烈和冒险精神。我们看到的更多的是追求和谐永恒的仁义道德、天道人世和礼乐文章。中国古代文学最早就发源于这样的歌谣："土，返其宅！水，归其壑！昆虫，毋作！草木，归其泽！"[1]这一首是农事祭歌。人们多以生动、平和、朴实的语言从生存（劳动）和生活（人情）的角度描写人与人，人与自然间或和谐或复杂的关系。由此发源的中国文学也呈现出注重现世社会、重视人情世态和日常生活感受的叙事特点，成为有别于西方文学传统的"人世"和"人情"文学，"过日子"文学。人情之喜，人情之忧，人情之希望和绝望，人情之无奈和庸常，这从来都是中国文学的主流。在漫长的中国文学发展过程中，农耕社会所孕育的文学，一方面走向山水田园，一方面走向征战，更多的，则是走向日常生活的人情文学。

这种分流除了在诗歌领域表现得尤其明显，我们还可以从上古典籍中找到证据。《易经》是对中华文明影响深远的一部上古典籍。《易经》里有一个反复出现的词："息"。"息"的原始意思是指呼吸时进出的气。根据该词反复出现的语句环境，我们可以归纳出"息"至少有吞吐、吸纳、交融、停止、开始、滋生、成长、繁衍等等呈相对性出现的意思。如果把我们所赖以生存的世界比做一个生命体，那么昼夜交替、循环往复就是它的"息"，正如《诗经》里写的"卿云烂兮，缦缦兮。日月光华，旦复旦兮"。而人世的风景即是生在这"息"里。所以，胡兰成在《礼乐文章》一蒽中写到："人世亦是有意志与息。有意志是有向上的自觉，凡物之生都是善的。有息则是有灵气。"相对于社会的"实"，"息"里的人世风景是"空"的，是"灵气"，这些"空"就是长幼之亲，是男女之爱，是一事一情的委屈，是一草一花的

1 《礼记·郊特牲》，张文修编，北京燕山出版社，1995年10月版，第185页。

喜悦，是曲径通幽的徘徊多致，是所谓磕磕绊绊的“亲亲之怨”，是“日月光华，旦复旦兮”，所以“息”也就是生生不息的日常生活。因此，胡兰成把《诗经》里描写的世界比做“阳光世界”，说里面描写了“种稻割麦蒸尝的陇亩与家室风景”，也就是日常化的、充满人世生活气息的诗歌。他还说：“中国文学是人世的，西洋文学是社会的。人世是社会的升华，社会惟是‘有’，要知‘无’知‘有’才是人世。知‘无’知‘有’才是文明。大自然是‘有’‘无’相生，西洋的社会惟是物质的‘有’，不能对应它，中国文明的人世则可以对应它。文明是能对应大自然而创造的。”[1] 中华民族是个充满人情味的民族，中国文学自古就是人世的文学，是“日月光华，旦复旦兮”的日常生活文学，是“息”的文学，是以日常生活表面之现实，表现人世之“虚”的文学。社会是实的而人世是虚的——《红楼梦》就写透了人世之“虚”。

张爱玲继承旧小说的正是这种通过日常生活之“实”写透人世之“虚”的思想。中华文明与西洋文明的本质不同，孕育了不同的文学特质。从创作实践来说，从我国最早的诗歌总集《诗经》开始，经过汉乐府诗，再到唐宋诗词，中国诗歌就以描写各阶层人民的日常生活为主，以歌唱大自然和人世间的人情百态为主。到了宋元以后，随着小说戏曲的兴起和繁荣，这种文学精神又在小说中得到继承光大。（小说作品本文主要选择了《儒林外史》、《红楼梦》等有代表性的作品，进行了详细分析，尤其以对王国维《红楼梦评论》的分析，对《红楼梦》叙事中的人情美描写做了详细的个案分析。）近代以后，这种具有浓厚中国韵味的人情小说在通俗小说（尤其鸳鸯蝴蝶派小说）中得到了继承。同时这种呈现出浓郁“中国韵味”、“中国魅力”的文学艺术也得到现代一大批政治上倾向于自由主义的知识分子（比如胡适、林语堂、周作人、沈从文、钱钟书、张爱玲等人）的认可和赞赏。事实上，从中国文学的传统看，无论是《诗经》、汉乐府还是唐宋诗歌，无论是《儒林外史》、《聊斋》还是《金瓶梅》、《红楼梦》，都不能说是单纯对立的“言志”或“载道”。这些充满生活气息、充满个人世界日常生活细节的诗词、小说，一方面描写了真切的个人情感世界，

1　胡兰成：《中国文学史话》，上海社会科学院出版社2004年1月第1版，第3页。

描写了人与人的微妙关系，大处又从整体上承载了时代和社会的大主题，可谓是“言志”与“载道”的完美结合。比如《红楼梦》，它所展示的社会画卷和统治阶级的衰落不正是最大的“载道”？所以，“言志”也并不是排斥“载道”，把“载道”对立于文学“抒情言志”的本质，最终导致的是脱离艺术规律的“宏大叙事”。只有二者不落痕迹的统一才是文学艺术的经典之作。

体现着深刻“中国韵味”、“中国魅力”的人情文学和日常叙事就体现了这样的艺术效果。和张爱玲在现代文学史中的命运一样，从《诗经》开始，这种日常化的人情世态的文学传统就一直是处于边缘的，不入正统的。《红楼梦》第九回里写到贾政向跟随宝玉的人打听宝玉学习的情况，宝玉奶母之子李贵赶紧跪着说：“哥儿已念到第三本《诗经》，什么‘呦呦鹿鸣，荷叶浮萍’，小的不敢撒谎。”贾政虽然也忍不住笑了，但还是板起脸道：“那怕再念三十本《诗经》也都是掩耳盗铃，哄人耳目。你去请学里太爷的安，就说我说了：什么《诗经》古文，一概不用虚应故事，只是先把四书一气讲明背熟，是最要紧的。”[1] 这个细节足以说明在以科举制度为主的漫长的封建教育中，《诗经》文学的地位。汉乐府相对汉大赋是边缘，宋儒们认为杜甫的诗是“闲言语”，小说自产生开始就是文学中的下里巴人……《红楼梦》最初也是以手抄本流传的闺房消遣读物。鸳鸯蝴蝶派文学是五四新文学的重点批判对象，张爱玲 40 年代的短暂成名则大多是因为“孤岛”环境。但是，不容置疑的事实是，经过千百年来的岁月流转，这种世情文学的精神顽强地承传下来，且有日趋繁荣之趋势，而且正在成为文学园地里最动人和灿烂的部分。今天，我之所以从日常生活叙事这个角度研究张爱玲，不仅仅是因为张爱玲或张派传人的创作继承了这一传统，而是我深为这一珍贵的文学传统在当代逐渐走向变味而感到忧虑。我们有必要对中国文学这一伟大的传统进行追溯并重新认识其价值，绝不应该将它曲解为某种粗糙的市场化文字的借口——相反，它应该成为新世纪中国文学重要的精神资源。

今天看来，张爱玲不仅在沦陷区的上海“孤岛”名藻一时，她的文字经

---

1 曹雪芹、高鹗：《红楼梦》，人民文学出版社，1982 年 3 月北京第 1 版，第 135 页。

过半个多世纪时光之流的冲刷，业已成为一个介于俗与雅、古与今之间的坚硬存在。她的创作既不是“文以载道”的革命文学，也不是纯粹的“言志派”。她所建立起来的文学传统，可以上溯到诗经、汉乐府和唐诗宋词的文学精神，上溯到以《金瓶梅》和《红楼梦》为代表的中国小说传统，最终成为新文学中深具“中国气派”和“中国魅力”的重要传统——以日常生活为基础的叙事传统，广为流传。她独具特点的“张式叙事“也成为后来众多作家追摹的典范。

第三节 “宏伟叙事”的发生和形成

无论张爱玲在人们的视野中是怎样的一个“异数”，她都是属于中国现代文学中一个值得研究的现象。所以，要考察上面提到的问题，还必须从中国新文学的诞生语境说起，分析在这样的语境中会形成怎样的叙事形式。

哀我中华，命运多舛。20 世纪的百年中国是一个风云激荡，充满民族屈辱与抗争的世纪。早在 19 世纪后叶，正处于资本主义上升时期的西方列强，在全球范围内疯狂地为自己发达剩余的生产力寻找一切可能的市场。被这些贪婪的蓝眼睛觊觎已久的古老东方，神秘、富庶，辽远阔大。当侵略者的坚船利炮轰打到家门前的时候，摇摇欲坠的大清王朝方从江山永固的千年帝国梦中惊醒。衰朽不堪的统治者只能以不断让步换取帝国的一时苟安，真正觉醒的是以忧国忧民为己任的知识分子。但知识分子革命接连遭到挫折和失败。从 1898 年戊戌维新运动失败，到辛亥革命和五四运动，中国知识分子渴望建立一个强大的、现代的中国。然而到来的现实却是军阀混战，国共合作失败。1937 年，日本侵入中国，再一次给中华民族带来漫长的巨大的战争灾难……中国现代文学就诞生在这样一个特殊的文化语境里。张爱玲的创作也正是诞生在这样的文化语境里。毋庸置疑，在这样的时代里，民族危机和民族救亡成为压倒一切的社会主旋律。文学的命运理应或注定要承担起“感时忧国”、救国救民之重任。于是，有关民族、国家、解放、救亡、英雄等主题的文学成为中国现代文学的主流，这种文学，我们不妨就套用法国学者让－弗朗索瓦·利奥塔的定义，把它称为“伟大正统式叙事 (Grand narratives)”[1] 文学。

1979 年，利奥塔在法国出版《后现代状况——关于知识的报告》一书。在他的这本后现代经典之作中，把人类知识分为“叙事知识”和“科学知识”两大类型。叙事知识发源于童谣、神话、情歌，温和朴素，包含丰富的情感价值；而科学知识则一味追求理念、描述规律、限定真理。人类文明正常应该仰仗两类知识的共存互补。但科学知识却不断用自己的标准否定自身也否定前者。十八世纪启蒙运动造就的科学与民主，代表着人类自由与进步的统一，利奥塔称之为资本主义的“宏伟叙事”。按照利奥塔的分析，所谓后现代就是对“宏伟叙事”的质疑和否定。具体说就是，文化人不再相信英雄壮举，也不再妄想进入理性天堂。他们热衷搜索边缘话语，提倡小型叙事（Minor narrative），发展局部知识。在一个大的背景来看，中国现代文学中以张爱玲为代表的日常生活叙事就可以说是那个时代的“小型叙事”。具体对于张爱玲本人来说，她不相信进化论的历史观，对于英雄壮举和理性天堂也说不上理解和相信，她看重的是一个平常人的人世生活，看重的是金粉金沙的个人世界，是“岁月静好，现世安稳”。张爱玲的这种“小型叙事”，在当时是文学的异端，是不关心时局的文学反面教材，但时事变迁之后，我们再来看她的叙事成就，不由得要惊觉：也许，在那些琐碎、具体、细节的日常生活里，才真正蕴藏着文学的永恒光辉。

张爱玲的文学实践，在当时绝对是一种极大的反叛。我们或许记得，1902 年 11 月，梁启超在《新小说》创刊号上，发表《论小说与群治之关系》一文，提出：“欲新一国之民，不可不光新一国之小说，故欲新道德，必新小说；欲新宗教，必新小说；欲新学生，必新小说；及至欲新人心，欲新人格，必新小说。”他阐述了小说必须改革的主张。显然，梁启超先生把小说从“小道”提升为大道，并赋予它新国新民的崇高任务，将小说看成改良社会、改

1 [法] 让 - 弗朗索瓦 · 利奥塔：《后现代状况——关于知识的报告》，湖南美术出版社，岛子翻译，1996 年 6 月第 1 版。（本书原著为法语版，1979 年出版。1984 年美国发行英语版。所引著作是根据 1984 年英语版翻译。）“宏大叙事”的英译是 Grand narrative，“小型叙事”的英译是 Minor arrative。

造国民性的万能工具，夸大了文学的实用价值。很显然，这个观点也可视为是中国新文学建立“宏伟叙事”的一个起点。

“五四”新文化运动以“语言革命”为发轫，把中国这个古老的封建帝国至少在文化上带进现代社会。一如马克思所言，现代性也强迫古老中国接受它多变的生活方式。它的东渐，一度被中国人喻为德先生和赛先生双喜临门。以叛逆、摧毁、自由和创造为精神本质的“五四”运动，崇尚西方的民主、科学和进步观。“五四”人正是要用文学的手段来拥护德先生和赛先生，因为他们相信二者里有着中国的未来。在新文化运动催生下，文学革命全面开始。陈独秀发表《文学革命论》，提出了了“三大主义”的文学纲领。他们倡导写新诗和白话小说，着力对有着几千年优秀传统的中国文学进行全方位的文学变革。在此理论的指导下，一大批觉醒了的作家和文学青年纷纷选择了运用现代的文学样式和创作手法，以倾吐内心的时代苦闷和理想追求，表现“五四”时代叛逆、自由、创造的精神，成为新文学的第一代作家。蔡元培、陈独秀、李大钊、胡适、鲁迅、周作人、郭沫若、冰心、郁达夫、巴金等一大批优秀知识分子投身到这场文化变革中。文学革命开始不久，俄国爆发了列宁领导的十月革命，这对正在苦苦寻找救亡图存之路的知识精英们产生了巨大的影响。他们向往取得胜利的俄国革命，开始热情关注马克思列宁主义，并以《新青年》为阵地，把马列主义介绍到在中国来。文学革命成功，新文学领域一时繁花似锦。

20 年代后期“五四”退潮，北洋政府黑暗统治依旧。最初的启蒙主义文学开始暴露自身的弱点，新文学队伍开始分化。1921 年中共诞生，受新一轮革命高潮的裹挟，从追求“民主”、“科学”进而服膺十月革命，越来越多的中国知识分子认定社会主义可以救中国，文艺界开始了“文学革命”向“革命文学”的转变。1927 年“四一二”政变后，中国知识分子队伍开始出现明显左、中、右的政治分裂。左翼作家高举无产阶级文学的旗帜，创造新的革命文学；右翼文人则开始所谓“民族主义文艺运动”；而相当一部分自由主义作家则摇摆在二者之间。

今天看来，从“五四”走过来的这些自由主义作家，他们始终坚持“五四”精神中人性和自由的精神本质，又不完全排斥传统，他们中的大多数是中国知识分子中比较优秀的部分，后来却一直处于被压抑的状态。这些人无论是对文学史还是对中国传统文化精神的传承都具有重要的历史意义。就人生观而言，他们不能兼济天下的时候就选择独善其身，不能普渡众生的时候就选择修身养性，始终坚持一个独立的人格世界。张爱玲正是这类自由知识分子中的一个。他们实质上是继承了"五四"精神中的另一支血脉，立足于人本身，追求个人自由，注重个人世界，看重个人价值，是五四现代性的一个延续。复杂的现代社会以各种形式反映到知识分子的生存世界和精神世界中，但中国现代文学又不仅仅是反映复杂时代的一面镜子，新文学从其诞生之日起，就负载着救国救民的巨大使命，载道的"革命文学"成为大部分具有民族国家意识的中国文人的选择。"革命文学"成为贯穿中国近一个世纪的文学主流。新中国后的30年也基本延续了这样的文学状态。这使得本应多元共存、丰富多样的中国文学逐渐变得单一化。

这种"宏伟叙事"在相当长的时间里，占领了中国文学的主流地位。尤其是1942年后，在主流文学创作中，知识分子个人的声音基本消失了。"宏伟叙事"具体化为以时代为大主题的命题文学。如果说之前的文学是被革命"挫折"的文学，那从此后的文学就成了革命"高扬"的文学。1942年，毛泽东发表著名的《在延安文艺座谈会上的讲话》。这是中国现当代文学发展史上一个极其重要的事件。《讲话》确立了新中国成立后几十年中国文艺发展的方向：文艺为工农兵服务。《讲话》明确指出："我们今天开会，就是要使文艺很好地成为整个革命机器的一个组成部分，作为团结人民、教育人民、打击敌人、消灭敌人的有力的武器，帮助人民同心同德地和敌人作斗争。"[1]直到民族革命结束，毛泽东关于革命时期的文艺政策也继续贯穿到了新中国的文艺发展过程之中。

文学与政治紧密结合成为新中国文学的主要特征。于是我们有写土改的文学，写工业化的文学，有样板戏，有伤痕文学，有改革文学……一直到上世纪80年代中后期先锋小说之前的中国当代文学，无不或浓或淡地抹上这

1　见《在延安文艺座谈会上的讲话》。

种“宏伟叙事”的印记。从1949年后到1985左右的时间，以表现时代、社会内涵为主题的“宏伟叙事”成了中国小说的主流。这一时期的许多作品，超验代替了经验，“所指”代替了“能指”，文学作为一种语言艺术的探索一再被忽略和边缘化。类似张爱玲这样充满独特的个人艺术感觉的“小型叙事”或日常生活叙事文学自然就成为了被历史尘封的记忆。

第四节 “被遮蔽”的思想根源

周作人在谈到中国新文学的源头时提出了两个概念:“言志派”和“载道派”。他认为中国的文学，在过去所走的并不是一条直路，而是像一条弯曲的河流。“言志”和“载道”两种潮流的起伏便造成了中国的文学史。他说：“言志派的文学，可以换一名称，叫做‘即兴的文学’，载道派的文学，也可以换一名称叫做‘赋得的文学’”，“古今来有名的文学作品，通是即兴的文学”。[1]他还具体分析了“即兴文学”好的原因，因为“即兴文学”是先有意思后有题目；而“赋得的文学”则是现有题目后有文章。显然，新文学以来所提倡的“革命文学”其实就是“载道”的“赋得的文学’，也就是所谓宏大叙事。在中国现代文学发展中，两种文学存在着明显的强弱对比。为什么会形成如此不平衡状态呢？除了上一节所分析的宏伟叙事在现代中国的形成过程，以及取得主流话语权的原因外，我认为，这两种文学叙事的遮蔽与被遮蔽也是“现代性”本身的内在矛盾所造成。

当“五四”新文化运动把中国带进现代社会，古老的中国就开始较全面遭遇现代性的问题。“现代性”是一个涵义非常复杂的概念。“现代”一词诞生于1800年前后，是资本主义兴起后的产物。根据韦伯的理论，现代性的概念起源于基督教的末世教义世界观。最先的说法，是指一种时间概念，一种直线向前、不可重复的历史时间意识。哈贝马斯认为是黑格尔最先提出明晰的现代性概念。

---

1 周作人：《儿童文学小论中国新文学的源流》，（《周作人自编文集》，周作人著，止庵校订），河北教育出版社，2002年1月第1版，第36页。

在黑格尔看来，“现代”首先是一个决心与传统断裂的概念：它告别中世纪愚昧，面向理性之光。“现代”又是一个充满运动变化的概念，它串联起一组新话语，如革命、解放、进步与发展。现代性不啻是新生资本主义的梦想：它满腔激情，气势如虹，一扫中世纪蒙昧和封建传统的僵滞。从诞生起，现代性就不断向世界发布变革信息，许诺理性解决方案，发誓要把人类带入一个自由境界。

但有人却看到了黑格尔的矛盾。尼采最先打开了潘朵拉之盒，他因而也成为后现代哲学话语的鼻祖。矛盾在哪里？矛盾就在“自我意识”和“理性”的冲突。身为自我意识，理性不受任何约束，反能自知自明；它既是自由解放的象征，又担负反思纠错的责任；它浑身洋溢变革冲动，偏偏被赋予宗教的保守功能。面对以上难题，尼采要么重头修改主体化理性，要么干脆舍弃这一方案。狂放不羁的他选择了第二方案：即告别启蒙，背弃理性，转向与之对立的神话。尼采崇拜酒神狄俄尼索斯，因为他是一个能为百姓（个人）带来无尽欢乐的未来神。人们不知他何时回家，但他的回归，将给人带来救赎。至此，尼采的策略已凸显如画。一方面，他在现代性内部预设了冲突机制，即借神话打造一门反叛美学，以突破现代性的理性外壳。可以说，尼采美学开辟了一条精神逃亡之路：它抛弃与理性相关的意识、真理与道德，专一颂扬狂喜、欲望、享乐等人类本能。

自尼采以降，现代性不断遭受批驳，渐至整体裂解。直到以萨特为代表的存在主义的出现，以启蒙理性为源的“宏伟叙事”遭到彻底怀疑。冲突裂解的迹象，最生动鲜明地体现在现代派文艺作品上。实质上，萨特的存在主义哲学并不是空穴来风。作为德国著名哲学教授胡塞尔的学生，萨特不仅研究胡塞尔现象学，他还广泛地研究了克尔恺郭尔、海德格尔、雅斯贝斯等人的哲学思想。这几位上世纪最优秀的哲学家的思想，成为萨特存在主义思想体系形成的最直接源泉。克尔恺郭尔是19世纪上半叶丹麦基督教哲学家，以对理性哲学，特别是黑格尔哲学的批判而闻名，他认为历史哲学只关心客体世界，忽视了作为世界主体的“人”，从而主张以“人的存在”作为哲学研究的基础；海德格尔是20世纪德国著名哲学家，他提出著名的“本体论”，主张人类有自我选择的自由，成为萨特存在主义理论的核心；雅斯贝斯是同海德格尔同时代的德国哲学家，他将人的主观世界视为现实的核心，并为人的自由呼吁。如果说莎士比亚、达芬奇时代的文艺复兴代表"人"的觉醒，以理性为旗帜的启蒙主义则代表了"人"不切实际的狂妄和自大，而以对现代性的反叛为标志，则代表"人"的自由和对"人"存在本身的回归。"人"在这样一路下降的高度中获得对自身的关注和自由。

显然，这几位哲学家的思想体系中有一个核心的词语，那就是"人"。和前辈存在主义哲学家一样，"存在先于本质"、"自我选择论"是萨特学说的基本命题。人首先存在，然后按自己的意志造就自身；生活本是一片虚无，全靠自己赋予生活以意义。萨特强调存在主义是一种"关于自由的学说"。"自由"成为这一学说的核心。自由是指人有思想和选择的自由。所以，萨特的存在主义实质上是一种试图超越环境的限制，努力寻求个人价值的学说。存在主义哲学的诞生表明，西洋哲学自柏拉图、黑格尔以来传统的全面崩溃，普遍真理被存在的偶然性所击败，而具体的、个人的生命哲学则取代了抽象的理念，即所谓"绝对理念"。

对近代世界社会发展影响巨大马克思主义哲学同样是在对黑格尔理性哲学的继承上发展起来的。早在上世纪二三十年代，以卢卡奇和葛兰西为代表的所谓"非正统"的西方马克思主义就以自己的理论和实践预示了马克思主义一个新的可能的发展方向，即从对社会的政治经济结构及其变革的优先性的关注，转向对社会历史进程的总体性的强调。"总体性"当然包括"个人"在社会历史进程中的真实状态。30年代初，马克思《1844年经济学哲学手稿》正式发表，由此，他们发现了把马克思同当代历史进程相结合的契机。他们以此为根据从不同的方向对现存社会进行全方位的批判。在这种情况下，文化批判、意识批判以及日常生活批判等愈来愈引人注目。西方马克思主义研究者拓宽了马克思主义，尤其是与日常生活研究的接轨，让马克思主义回归到了人的存在本身和人性的层面。直到60年代，西马哲学大师卢卡奇的学生，也是"布达佩斯"学派的主要代表人物阿格妮丝·赫勒把日常生活的研究推向一个高度。他认为真正的马克思主义并非只一味追求宏大历史，而是关注民众与当下生活。

由此可见，现代性是一个总体特征。历史的发展，日益暴露出启蒙现代性的缺陷。由对黑格尔历史哲学的继承而产生的马克思主义以及由对黑格尔的批判而产生的存在主义，经过近一个世纪的发展在此殊途同归：最终回归到人和人的日常存在这个命题上。所以，尼采攻击现代性是权力意志，海德格尔批评它是“现代迷误”，福柯指它为话语权力机构，利奥塔干脆笑它是一套崩溃的宏伟叙事。

正如现代性本身所蕴涵的矛盾性一样，“五四”精神本身也蕴涵着两个矛盾性的因素。一方面是“感时忧国”、叛逆、决裂、救国救民，企图凭着科学和民主两根巨柱在一瞬间建立起一个强大的新中国，另一方面则是个体生命的彷徨苦闷，追求个人自由和人性的全面解放。虽然以理性为核心的启蒙现代性来自西方，但它一旦落地中国就有了一个本土化的过程。在这个本土化过程中，西方现代性中某些因素会自然和本土中国所产生的现代性因素发生暗合。事实上，明末清初随着资本主义萌芽和发展，中国社会就已经蕴涵了某些现代性的因素。个人利益、生命欲望、精致的日常生活、世俗快乐等观念逐渐合法化，一个皇权和封建等级之外的资产阶级和市民阶层初步显现。文学越来越呈现出华洋夹杂、雅俗不分的复杂状态。王德威把这称为被“五四”以来“感时忧国”的革命文学压抑了的现代性。在《想象中国的方法》一书中，王德威先生认为他所谓“被压抑”的现代性指陈三个方面：“一是它代表一个文学传统内生生不息的创造力。二是指“五四”以来的文学以及文学史写作的自我检查及压抑现象。三是泛指晚清、“五四”以及30年代以来，种种不入（主）流的文艺试验。即“从科幻到狭邪、从鸳鸯蝴蝶到新感觉派、从沈从文到张爱玲，种种创作，苟若不感时忧国或呐喊彷徨，便被视为无足可观”。[1]其实这三个“指陈”表达了一个意思：有着悠久、优秀传统的中国文学自有一种内在创造力，晚清文学以及“五四”后不入（主）流的文学就是这一创造力的表现，只是“五四”后被革命文学压抑了。

和“五四”精神本身蕴涵的矛盾性相一致，“五四”文学也呈现出两个方面：

1　王德威：《想象中国的方法》，生活·读书·新知三联书店出版社，1998年9月北京第1版，第12页。

一方面是强劲的“救救孩子”的呐喊，另一方面则是以胡适、周作人、郁达夫、冰心等人为代表的自由的、自我的、人的、爱的文学。这些“五四”精英追求新文学的同时并不与古老的文明传统完全决裂，精神上却更多地追求个人自由和价值。他们的共同点是希望避开现代性的冲突和危机，以一种渐进的、稳妥的方式，把中国带进一个比较理想的社会。鲁迅并不完全是前者的代表，鲁迅典型地代表“五四”精神的复杂性。但国家命运和剧烈民族灾难造就了革命文学的宏伟叙事。以民族国家和现代化为主题的“宏伟叙事”在中国现当代文学中取得绝对的主流地位，而以描写和探讨个人、生命个体遭遇现代性困境的“小型叙事”，比如以张爱玲为代表的日常生活叙事，则遭长期冷遇和遮蔽。从“五四”运动到漫长的社会主义革命期间，对所谓“现代性”的追求就演变为一场以共产主义为最终目标的社会主义运动，“革命文学”代替了人的文学，“宏伟叙事”成为唯一合法的文学叙事。相比国家命运，牺牲个人的性命都是不足挂齿的。在此情形下，个人世界、精致的个人生活和个人情致皆被时代洪流冲淡了，个人的生存价值被国家和民族的宏大主题遮蔽了，反映在文学中，就是“宏伟叙事”对“小型叙事”（或曰“个人叙事”）的压抑和遮蔽。

第五节　日常生活叙事的重新崛起

这种遮蔽局面之所以在后来的文学发展中被打破，应该承认，以夏志清、李欧梵和王德威等人为代表的海外研究学者的成果，形成了新时期以来中国文学史接受张爱玲的最重要的外部推动力量。虽然他们各自切入中国现当代文学的角度不同，但他们有一个共同的立场，那就是重新读解“五四”和左翼文学以来形成的“宏伟叙事”立场，着力建构新的阐释视角，尤其是对日常生活叙事抱以了足够的尊重，并重视文学作品的“人性”分析过于重视这些作品中的社会性和“革命性”。所以，张爱玲等人的创作其实是和左翼文学进行了一场潜在对话。

另外，当时代走进21世纪，尤其是从上世纪90年代开始，中国开始走上社会主义市场经济的道路。经济的迅猛发展，在短短的二十年内给人们带来了物质生活的实惠和富庶，一个城市化和都市化的中国开始成了大家共同的追求。同时，整个社会的审美取向和价值观念也发生了深刻的变化，"世俗化"和"市民化"的价值体系得到民众的广泛认可。一个迅速市民化的社会让人们普遍接受了重实际、重实惠、重经验、重当下、重公平交易的价值观。稳定、殷实的生活使人开始追求更精致的物质形态，并让人们更为关注个人的日常生存现状。可以说，相比于以往几十年，中国人的个人生存状况、个人趣味、价值取向，从未像今天这样得到如此多的关注和尊重。此外，市民化的生活还带来了大众传播的空前繁荣，思想上一度单一的中国，也因个人叙事的迅速崛起而走向多极的众生喧哗的复调社会。当个人感觉越来越受到重视的时候，对日常生活的表达和审视也随之成了现代生活的主流形态之一。这种深刻的变化也生动地表现在文学领域。人们开始对缺乏个人体验的"宏伟叙事"产生怀疑，尤其对那些主题先行的假大空文学进行了反思。文学经过了上世纪80年代中期狂飙突进的形式主义探索之后，进入90年代，就更多地回到了一个市民化的生活表达之中，回到了日常的、细节的、现实的根部，回到人类生存中最为普遍、但也最为基本、永恒的事物——日常生活的基本经验——之中。显然，张爱玲的叙事风格契合了这一美学诉求，所以，到了20世纪90年代，张爱玲在中国大陆广受欢迎，并非出自偶然。

尽管这时的张爱玲已经沉寂了近半个世纪，但张爱玲的小说品质，尤其是她对世俗经验的独特处理，对日常生活的经典叙事，在一种新的文化语境中，开始受到重视，并成了新一代作家书写城市经验、表达日常生活的重要参照。可以说，这是中国当代文学的一个巨大的转型：它让许多作家意识到，"小事"和"个人经验"同样也是文学书写的重要内容——在宏伟叙事之外，小叙事，个人叙事，同样也能抵达心灵的核心。我们虽然不能说是张爱玲开创了文学叙事的"小事"时代，但她的重新出现，极大地扩大了当代作家（尤其是女作家）的叙事资源，却是不争的事实。张爱玲笔下的个人命运，那些具体而琐细的日常细节，那些微小但苍凉的生活喟叹，原先是很难见容于正统文学秩序的，如今，随着文学观念的多元化，大家蓦然发觉，个人的经验同样具有永恒的价值，个人经验所构成的叙事传统，也是历史叙事中不可分割的部分。

张爱玲的写作所代表的日常生活叙事传统既延续了中国几千年来关心此世生活的文学传统，又建立起了属于她自己的叙事风范，因此，当许多应景的时世文学很快就被人们所遗忘的时候，张爱玲所守护的日常生活，多年之后却再放光芒，这不能不说，永恒的文学法则又一次起作用了。其实，自古以来，文学的核心母题之一便是如何保存社会的“肉身状态”——日常生活，从而使作家与他的生活处境之间建立起艺术的通道，它看起来是微不足道的，却是文学的基本使命之一。

这样的文学传统，我们不仅可以在《金瓶梅》、《红楼梦》等经典小说中找到，它甚至可上溯到中国文学的源头——《诗经》。《诗经》里那些以生动的日常生活画面，对远古时代男欢女爱的诗歌叙事，早已为中国文学的发展埋下一根扯不断的红丝线。因此，本文不是机械地研究张爱玲本身，不是孤立而封闭地从张爱玲到张爱玲，而是把张爱玲的文学放到一个动态的文学史中研究其作品所代表的美学意义；通过对张爱玲的研究，找出她的文学传统及其在当代文学中的延续，使这一脉文学精神重新进入读者的视野。我认为，这里面潜藏着着中国文学的一个重要维度。正是在这个意义上，和鲁迅等人相比较，张爱玲的写作代表了中国现当代文学中的另一个高度——她创造了 20 世纪日常生活叙事的文学经典。

第一章

Chapter 1

张爱玲与中国文学传统

ZhangAiLing Yu ZhongGuo WenXue ChuanTong

真正的文学，表现的是人在人世的生存形态，重在塑造的是人的心灵景象。因此，研究一个作家的写作，总要看他所创造的文学世界，在多大程度上表达了那个时代的真实状况。张爱玲，这个在上世纪 40 年代的上海文坛光彩夺目的女作家，她笔下那些精心构筑的故事和个性突出的人物，就表达了这样的真实——即便今天的我们读起来，也依然能感受到那个年代所特有的既陌生又熟悉的生活气息：之所以陌生，是因为这些一直处于边缘的民国世界遗老遗少们的生活和精神世界，并不是其他的文学作品所表达的那样；之所以熟悉，是因为这些故事和人物所呈现的，是无论在哪个时代人都要面对的日常生活和人自身的生存状态。所以，理解张爱玲本人，研究张爱玲的叙事世界，具有不可忽视的价值。

第一节　贵族·平民·自由作家

晚年张爱玲

1995 年 9 月 8 日，美国西部城市洛杉矶沐浴在灿烂的阳光里。在西木区罗契斯特街一幢普通公寓里，75 岁的美籍华人、女作家张爱玲，在房间靠墙的一张行军床上，面容安详地离开人世。几天之后，她的离世才被世人所知。房门边的小袋里放着她的有关证件，日用品装在一个个纸袋里放在地上，电视机也放在床前的地上，窗前放着纸盒堆成的写字台，家徒四壁……她的身边没有丈夫，没有儿女，没有一个亲人或朋友。没人知道她是怎样艰难地咽下最后一口气的，也没人看见她怎样合上她看了一辈子人世风景的那双“冷眼”。这个从50岁上起就不再见人的女人，至死都保持着她孤独的表情。她的凄然离世，有如一场永远不再展出的行为艺术，她不仅用她的生、她的文字，而且还用她的死向人们阐释着生命的荒凉。她的凄然离去是她给这个世界的最后一个“苍凉的手势”。

这一天，正是中国人最看重的人月两团圆的中秋佳节。

1995年9月19日，张爱玲在洛杉矶惠泽尔市玫瑰岗墓园化作一缕青烟。9月30日，正值张爱玲76岁冥诞，张爱玲的遗嘱执行人林式同、张错等人把她的骨灰携带出海，撒于浩淼无际的太平洋。于是，这个生前连丢在门外的生活垃圾，都有人偷去翻检、研究的人[1]，就这样无声无息地，从这个她既热爱又躲避的人世永远地消逝了。张爱玲的寂寞离世并不像有的学者说的“是个难解的谜”，正如一首唐诗写的：纱窗日落渐黄昏，金屋无人见泪痕。寂寞空庭春欲晚，梨花满地不开门。

一、“冷眼”看世界

张爱玲保存的祖父的照片

张爱玲是贵族之后。祖父张佩纶是光绪朝廷“清流派”的代表人物，1882年最高职务任督察院侍讲署左副都史，参奏大员。祖母李菊藕则是清末重臣李鸿章的女儿，也就是说，张爱玲是李鸿章的曾外孙女。张爱玲的父亲张廷众是典型的遗少人物。母亲黄素琼（后改名黄逸梵，英文名Yvonne）是清末首任长江水师提督黄军门黄翼升的孙女。同是清朝官宦人家出身的黄逸梵却是当时的新派女性。张廷众吸食鸦片、讨姨太太，混迹欢场，终生靠祖荫遗产生活。母亲却追求新式的婚姻关系，追求进步、文明的新式生活。

1 金宏达主编：《回望张爱玲：昨夜月色》，文化艺术出版社，2003年1月第1版，第385页。

这样的家庭使张爱玲的成长受到极大影响，最终形成她性格、创作以至私人生活中的一些特有的双面色彩。

1920 年 9 月 30 日，张爱玲出生于上海麦根路（今泰兴路）一栋清末民初式样的洋房里，起名叫应煐煐。两岁时，她们一家搬回天津英租界 32 号路 61 号一座花园洋房里，依然靠祖业过着骄奢的生活。但好景不长，父亲的放荡生活很快给这个看似美好的家庭带来浓重的阴影。夫妻无爱的家庭生活，留给孩子的更多回忆是与保姆在一起的时光。张爱玲只记得和女佣玩秋千，和照看弟弟的女佣调皮，听她讲《三国演义》的故事。还有，就是以一个两三岁女孩幼小的心灵，所隐隐感知到的母亲的不快乐。

童年张爱玲

张爱玲四岁的时候，母亲认为自己再也难以忍受这样无爱的婚姻，便和志同道合的小姑子一起，以留学的名义，抛下一双幼小的儿女远赴欧洲，离开这个鸦片烟雾弥漫的家。说到母亲，张爱玲在《流言·童言无忌》中写到："我一直是用一种罗曼蒂克的爱来爱着我母亲的。她是个美丽敏感的女人，而且我很少机会和她接触，我四岁的时候她就出洋去了，几次回来了又走了。在孩子的眼里她是辽远而神秘的。"[1] 从此开始直到 1957 年病逝英国，张爱玲的母亲虽曾四次往返于上海和欧洲之间，但对于童年和少年时代的张爱玲来说，母亲永远是"辽远而神秘"的。但从母亲对张爱玲教育的重视程度来看，她并不是一个缺少母爱的自私女人。即便是临终之时，她也还是牵挂着女儿，把自己身边仅有的几箱古董留给了女儿，这对当时在美国生活拮据的张爱玲来说派上了

童年张爱玲与弟弟在天津故居前合影

1　张爱玲：《流言》，花城出版社，1997 年 3 月第 1 版，第 87 页。

大用场。黄逸梵对待儿女的态度，也许是那个特殊时代，一个具有新思想的富家女子无奈的选择吧。就在四岁母亲离开时，张爱玲也开始接受中国传统的私塾教育，开始了她的文学启蒙。

张爱玲母亲，1930年初，在西湖赏梅

1928年，母亲和姑姑留学回来。为了挽救这个无爱的遗少婚姻和濒于破散的旧式家庭，张爱玲父母把家再次搬回上海。母亲带回西化的生活方式和教育文明。母亲教她弹钢琴，学绘画，学英语，读报纸，及有关一个“欧式淑女”应有的言行举止。家里也因母亲回来而多了新气洋派的客人，多了生气和活泼。1930年，8岁的小煐煐在母亲的坚持下被送到新式的黄氏小学，名字也从英文名 Eileen Chang 正式改为张爱玲。母亲和姑姑回国，他们再次搬家到上海的这一年，是张爱玲童年生活中仅有的短暂的幸福时光。遗憾的是，父母之间无法沟通的新旧矛盾，始终没能得到彻底解决。就在张爱玲上学的这一年，父母正式离婚。对一个孩子来说，至少表面的幸福日子结束了。离婚一年多后，母亲再次出国。而父亲几年后也与清朝高官孙宝琦之孙女孙用蕃再婚。[1]

张爱玲的少女时代是灰色的。父母离婚后，她和弟弟跟随再婚的父亲再次搬回她出生时的老洋房里。母亲出洋带回的阳光明亮的日子转瞬即逝，时光随之似乎又回到遥远的从前。正是在这段沉闷的日子里，在父亲的影响下，张爱玲开始尝试文学创作。父亲虽是典型的遗少人物，但

1　关于张爱玲父亲再婚和张爱玲就读圣玛丽女校的时间，各种版本有不同的说法。刘川鄂的《张爱玲传》第21页写到：“就在父亲再婚的那一年，爱玲由小学到了中学。”（北京十月文艺出版社，2000年月1月版）；罗玛编的《重现的玫瑰——张爱玲相册》里的“张爱玲年表”把张爱玲入读圣校的时间列为1931年，而把其父再婚的时间列为1934年。（光明日报出版社，1999年5月，第1版）；余彬的《张爱玲传》中所列“年表”更为可疑，他把张爱玲的出生时间列为1921年。

受传统文化浸淫很深，有很好的旧学底子，这对培养张爱玲早期的文学兴趣有重要意义。

读中学不久，张爱玲就在名曰《凤藻》的校刊上首次发表短篇小说《不幸的她》和《迟暮》、《秋雨》、《心愿》、《牧羊者素描》等散文，并跟父亲学写旧诗。对于女儿在文字上表现出来的天赋，颇有旧学功底的张廷重还是很喜欢的。他启蒙张爱玲读《红楼梦》，甚至与年仅十三四岁的女儿一起讨论《红楼梦》的作者和人物，以至研读《红楼梦》成为伴随张爱玲一生的阅读嗜好。看到女儿有续写《红楼梦》的想法，他还兴致大发地为其拟作章回题目。1937年，张爱玲继续在圣玛利亚校刊《国光》半月刊发表小说《牛》、《霸王别姬》等小说，以及《若馨评》、《论卡通画之前途》等评论文章。

相比"辽远而神秘"的母亲，张爱玲对父亲的感情是很复杂的。虽然由于后母作梗，少年时代的张爱玲和父亲有过很激烈的冲突，甚至几乎因此失去生命。但她也明白，父亲的怨气并不全是针对女儿本身，而是把对新派母亲的怨恨，转嫁到也向往新派生活的女儿身上而已。后来张爱玲用这样的笔调写到父亲："我父亲一辈子绕室吟哦，背诵如流，滔滔不绝一气到底，末了拖长腔一唱三叹地作结。沉默着走了没一两丈远，又开始背诵另一篇。听不出是古文时文还是奏折，但似乎没有重复的。我听着觉得心酸，因为毫无用处。……父亲的房间里永远是下午，在那里坐久了便觉得沉下去，沉下去。"[1]

由于父亲终生吸食鸦片，张爱玲甚至对鸦片都有一种特殊的亲近感。她在《流言・私语》中写到"我喜欢鸦片的云雾，雾一样的阳光，屋里乱摊着小报（直到现在，大叠的大小报仍然给我一种回家的感觉），看着小报，和我父亲谈谈亲戚间的笑话——我知道他是寂寞的，在寂寞的时候，他喜欢我。"[2]在骨子里，张爱玲的一生都没有摆脱来自传统父亲和新派母亲带给她的影响。从婚姻生活来看，她爱的第一任丈夫胡兰成是个对传统文化有很深造诣的民国知识分子，而第二次选择则重蹈她母亲覆辙，找的是个代表另一种文明传统的洋人。从文学创作来看，她的文字既充满传统小说的韵味和美感，表达

1 张爱玲《流言》，花城出版社，1997年3月第1版，第113页。
2 同上。

形式上又有现代的技巧和角度。再从生活方式来说，她既嗜好传统的中式衣食，比如旗袍和点心，又喜欢西式公寓中不与邻里外界有任何接触的起居环境。诸如种种，在那个时代的张爱玲身上都呈现出中国与西方、传统与现代，截然不同又融于一体的奇异景象。这也正和她在文艺美上所追求的“参差”美感相一致，也是她父母的精神气质在她生命里的综合遗传，或许还是那个新旧交替的时代里，一个敏感的知识分子对时代的丰富感受所至。

张爱玲和同学炎樱

1939 年，由于二战的爆发，19 岁的张爱玲只能持伦敦大学的成绩单入读香港大学。从上海到香港的求学时代是张爱玲大量阅读文学作品的年代。港大的生活基本是阳光灿烂的青春岁月，她学习好，积极参加活动，又有一个名叫炎樱的混血的闺中好友。她们一起学习生活，一起逛街看电影吃点心。在这样的青春岁月里，就连听日本侵略者的炮弹声，躲避防空洞和看护伤员的事都变成生活里的有趣和好玩的事。在这一段读书日子里，张爱玲广泛阅读了中外文学作品，尤其是外国文学，同时也为她日后创作有关香港的故事积累了生活经验。这时的张爱玲已经从那种遗老遗少式的萎靡颓废的生活环境中脱离出来，成为一名有点朝气的时代青年了。

1942 年夏天，香港沦陷，港大停课，这让她想去那有着红白房子和绿草地的英国读书的梦想化为泡影。学业未竟的张爱玲和她的好友炎樱一起又回到上海，并在父亲的资助下入读上海圣约翰大学四年级。但只两个月，学习费用上的困扰和学校的平庸，就让爱读书的张爱玲失去了继续读下去直到拿到毕业证的耐心。时代的“惘惘威胁”和人生命运的无常，让年轻的张爱玲迅速成熟起来。辍学后的张爱玲开始直面人生，经过反复比较，她终于走上职业作家的道路。

辍学回来的张爱玲和姑姑迁居上海爱丁顿公寓六楼 65

室，过起卖文为生的职业女性生涯。算计稿费，自己上街做衣服买小菜，而且一生如此。她不仅自己过着卖文为生自食其力的平民生活，而且从心里喜欢这样的生活，喜欢周围人们实实在在的人生百态。在看透人世之“冷”的背后，隐藏着的其实是一颗热爱生活的心灵。她有一篇文章，名《中国的日夜》，是在买菜路上产生的灵感。文章开头是“落叶的爱”，抒写那种温暖、平静、永恒的感情。文章最后有诗“中国的日夜”：我的路　走在我自己的国土。/ 乱纷纷都是自己人，补了又补的，连了又连的，补钉的彩云的人民。/ 我的人民，我的青春，我真高兴晒着太阳去买回来　沉重累赘的一日三餐。/ 谯楼初鼓定天下，安民心，嘈嘈的烦冤的人声下沉。/ 沉到底。……/ 中国，到底。/[1] 这首诗很能表现张爱玲的民间心态。正如刘禹锡的诗里写的：旧时王谢堂前燕，飞入寻常百姓家。

当然，张爱玲的出身毕竟不是寻常百姓家。家庭的这种种变故和后来的生活经历，培养了她表面孤傲内心脆弱、敏感的个性，培养了她贵族后裔的传奇背后那一颗平民化的心。贵族血统，让她看惯荣华富贵；时代巨变、命运无常，让看透了人情世故，也让她有了一颗冷眼对世界的心。但这个冷眼只是看透而已，看透后她不是嘲讽更不是唾弃，而是平和，像她的人物对生活和命运妥协一样，她也向她的人物妥协。张爱玲在《余韵·我看苏青》一文里讲到她对笔下人物的态度：“我写到的那些人，他们有什么不好我都能原谅，有时候还喜爱，就因为他们存在，他们是真的。”是“因为懂得，所以慈悲”。开始写作后，在自己所有涉及到身世的文字中，张爱玲都能以轻松甚至调侃的态度来叙述那些往日生活。关注普通人的生活和命运，以叙写日常生活达到“平淡自然”的艺术境界也成为她终生追求的文学目标。而她能用“冷眼”看透这人生，又说明她骨子里一直是有一种贵族气的。

二、“传奇”才女

1942 年，张爱玲开始给在上海的英文报刊《泰晤士报》和《20 世纪》

1　张爱玲：《第一炉香》，花城出版社，1997 年 3 月第一版，第 280 页。

写些影评类应时文章，以及一些迎合外籍读者阅读口味的文章。由于文章中清新的文风和生动有趣的内容，她的文章很快就受到编者梅奈特先生和读者的喜欢。她后来又把这些文章改写成中文，就是收集在《流言》中的《更衣记》、《洋人看京戏及其它》、《借银灯》、《中国人的宗教》等文章。但是，对于这个19岁时就向世界宣称“我是一个古怪的女孩，从小被目为天才，除了发展我的天才外别无生存的目标”[1]的女子，是决不会满足于世界对自己仅有的这一点点认可的。1943年3月初的一个下午，春寒料峭，乍暖还寒。身穿鹅黄缎子旗袍的张爱玲，手里挽着一只布包匆匆走在上海街道的梧桐树下。包里装着的是经过她精心构思，专为迎合上海读者趣味写的关于香港的传奇故事：《沉香屑 第一炉香》。张爱玲首先要征服的就是上海读者。就在这一天，张爱玲拜见了提携她走上天才舞台的“贵人”、鸳鸯蝴蝶派文学的代表人物周瘦鹃。周瘦鹃当时正准备创办一份名曰《紫罗兰》的文学杂志。张爱玲关于上海人在香港的传奇故事一眼就赢得了周瘦鹃的击节赞赏。他从张爱玲的故事中深深嗅出一股与自己的创作气味相投的鸳蝴故事的情调和味道。但从风格上来说，张爱玲的故事又多了一份浓厚的、来自繁华香港的风流情致，其叙事也多了一份知性女作家的细腻、智慧、机智和清新。至此，张爱玲正式以女小说家的身份在中国文坛崭露头角。这个自八岁起就开始尝试写小说的奇情女子，在后来的两三年里，创作才情如火山爆发。年仅23岁的张爱玲，正如踌躇满志站在猩红地毯前的好莱坞明星一样，踏上20世纪40年代沦陷孤岛上海文坛的星光大道。

从1943年4月开始，张爱玲的名字很快就登上了上海滩的各种人文杂志。仅在当年的后几个月，张爱玲就分别在《紫罗兰》、《杂志》、《古今》、《天地》、《万象》等文学或社科类杂志上发表了《沉香屑 第一炉香》、《沉香屑 第二炉香》、《倾城之恋》、《金锁记》、《心经》、《封锁》等重要的小说、散文13篇。1944年，已经因此前作品出了大名的张爱玲更是走到文学创作和青春生命的灿烂巅峰。她不仅肆意发挥着上帝赋予她的天才般的文学才情，更重要的是她还凭自己的文字吸引了她生命中最重要的男人：时任汪精卫政府宣传部政务次长的胡兰成。

---

1 张爱玲：《张看》，花城出版社，1997年3月第一版，第262页。

年长张爱玲15岁的胡兰成外表儒雅，谈吐潇洒，一派传统知识分子成熟、内敛的风范，而骨子里却有着时代弄潮儿的冒险精神。这些综合复杂的气质，深深吸引了从小有着很深父爱情结的张爱玲。再加上胡兰成对张爱玲的“懂”和对其文学才情的由衷欣赏，令一向矜持孤傲的张爱玲旋风般沉醉于欲仙欲死的爱情仙境。那段她写在自己的照片背面赠送给胡兰成的话，也许已成为中国文学里最著名的爱情表白之一：“见了他，她变得很低很低，低到尘埃里，但她心里是欢喜的，从尘埃里开出花来。”

这个心“从尘埃里开出花来”的张爱玲在爱情的滋润下，单是1944年就在上海的各种杂志上发表小说、散文27篇。这些作品包括《连环套》、《花凋》、《红玫瑰与白玫瑰》、《桂花蒸阿小悲秋》等重要小说，另外还有大量散文。在这些充满了智慧和风趣的散文里，张爱玲以一个年轻女作家的触觉和思维谈写作、谈文学、谈绘画、谈音乐、谈宗教、谈女人，凡她笔触所到之处，事物无不深刻透亮，有趣地呈现出本来的面目。张爱玲这颗耀眼的文坛新星，吸引了留洋归来的著名翻译家和美学家傅雷的视线。5月，傅雷以“迅雨”的笔名在《万象》杂志发表《论张爱玲的小说》长文，在这篇言辞恳切到位的评论文章里，傅雷把《金锁记》称为“我们文坛最美的收获之一”，[1]同时也指出小说《连环套》的不足。但这时的张爱玲正本着“趁热打铁”的老话，忙着实现她“出名要趁早”的梦想。她陶醉于成名带来的狂喜、爱情带来的欢畅之中，不但听不进一句有益忠告，而且一个多月后立即在《新东方》月刊上发表《自己的文章》一文，表达自己的文学观念，间接回应了迅雨的批评。从这年年底到1945年初，改编成舞台剧的《倾城之恋》在上海卡尔登大剧院隆重上演，演出场场爆满。这就更使张爱玲更是成了上海的写作明星。

三、去国岁月

1949年新中国成立。这对于有着满清贵族血统的张爱玲来说，仍是一个蕴涵着“惘惘威胁”和“大破坏”或“更大破坏”的乱世。面对新的时代，

1　钱理群等主编：《20世纪中国小说理论资料》第四卷（1937-1949年），北京大学出版社，1997年北京第1版，第249页。

客观来说，无论是张爱玲还是她所处的“时代”，双方都本着适应的目的，做过很实际的努力。1950、1951这两年，张爱玲仍笔耕不已，她以梁京的笔名在《亦报》上分别连载《十八春》和《小艾》这两部小说。《十八春》写的是同在一间工厂做事的小知识分子沈世钧和顾曼桢之间悲欢离合的爱情故事，《小艾》里的小艾是个大家庭里的小丫鬟。很显然，张爱玲开始让她笔下的人物在努力向“劳动人民”靠近。但，只要仔细阅读这两部小说，就会发现，张爱玲写得最生动、体贴、传神的，还是那个与她自己的生活经历、见识最接近的部分。1952年7月，张爱玲持香港大学的证明出国，经广州抵香港，居住在女青年会。

张爱玲与丈夫赖雅

离开大陆后的张爱玲面临着真正漂泊的日子。经过前几年大上海文坛的大红大紫，几经坎坷的读书岁月，续读港大不过是她离开中国大陆的一个借口而已。虽然当时香港已经是中国右翼知识分子聚集的又一个孤岛，但正处资本主义飞速发展前夕的香港，毕竟还不同于沦陷区畸形繁华的上海。在无亲无故的金钱社会香港居留已是不易，张爱玲还要凭她的一支笔，再次赢得生存和荣誉更不是那么简单。迫于生存等多方面的压力，张爱玲供职“美国新闻处”翻译，翻译了《老人与海》、《爱默生选集》、《美国七大小说家》等书。同时，这个一向孤傲冷僻的女作家，这个在《有几句话同读者说》中宣称“我所写的文章从来没有涉及政治，也没有拿过任何津贴”的清坚独立的女作家，1953年，还按照美国“亚洲基金会”拟定的题目和故事大纲，用英文创作了小说《秧歌》和《赤地之恋》。在这两篇褒贬不一的小说中，张爱玲不仅写了政治，也拿了美金。

1955年11月，张爱玲搭乘“克利夫兰总统号”邮轮赴美，一住就是40年。初到美国，张爱玲面临的仍然是如何凭自己的写作才能活下去的迫切问题。她遇到了好友炎樱，还有她终生崇拜的胡适先生，但这些人都没能给她最需要的切实帮助。一年后，张爱玲与大她近三十岁的美国左翼作家赖雅邂逅相遇。半年后，两人出于各自生存状况的实际考虑很快结婚。在这桩看上去似乎也还不错的老夫少妻的中西婚姻中，赖雅对张爱玲隐瞒了自己已患有严重中风的事实。在后来与赖雅十年的婚姻生活中，张爱玲挑起生活的重担，拖着这个年迈多病的老丈夫奔波于美国各地。她主要是在朋友宋淇夫妇的帮助下，靠为香港电懋电影公司编写电影剧本来维持他们的生活开支。比如《情场如战场》、《桃花运》、《人财两得》、《红楼梦》、《南北一家亲》等充满商业味道的电影剧本，都是张爱玲此时为稻粮谋而做。从 1964 年开始，张爱玲开始在美国本土的文化机构寻找工作机会。1964 至 1965 年，她为美国之音撰写广播剧，并为美国新闻署作翻译。1966 年 9 月担任迈阿密大学驻校作家，1967 年担任麻省康桥赖德克利夫大学朋丁学院成员。就在这年 10 月 8 日，76 岁的赖雅病逝。1969 年，张爱玲应加州柏克莱大学"中国研究中心"主持人陈世骧教授邀请，作高级研究员，收集研究中国宣传语汇，同时也继续她的《红楼梦》研究。1971 年，陈世骧去世后，张爱玲也自"中国研究中心"辞职，并自 1972 年起移居洛杉矶，过起了远离尘世的幽居生活。移居洛杉矶的这二十几年，《红楼梦》成了张爱玲的唯一精神寄托。她与外界隔绝，只和仅有的几个朋友维持通信联系，靠自己已有作品的稿费和版税应付日常生活，潜心研究《红楼梦》，过起完全幽居的生活，直到 1995 年去世。

第二节 "张式叙事"与"中国味道"

1940 年，还在港大读书的张爱玲以《我的天才梦》参加《西风》杂志的征文比赛，正式开始公开发表作品。1943 年 5 月，《紫罗兰》杂志刊发张爱玲的第一篇小说《沉香屑·第一炉香》。这是一个为迎合上海读者趣味写的关于上海人在香港的传奇故事。从这个让《紫罗兰》主编周瘦鹃"一壁读，一壁击节"[1]的小说开始，张爱玲走上职业作家之路。最能代表张爱玲艺术成就的作品集中发表在 1943—1945 这三年。张爱玲的小说数量并不算多，但她自 22 岁时起就以写作为生，终生笔耕不已。张爱玲公开发表的文字大概可分为五大类：小说、散文、剧本、译作和学术文章。其中，艺术成就最高的首推小说，散文其次。包括 2004 年天津人民出版社出版的《同学少年都不贱》，张爱玲一生共发表小说约 26 部，电影剧本十多种，其余还有大量散文，散文内容涉及电影、戏剧、绘画、宗教、读书、写作、文学、亲情、以及吃、穿、住等日常生活中的诸多现象。此外，她还有大量译作，有关于英国作家爱默生、美国作家海明威及《红楼梦》等的学术研究文章。

由于受家庭教育、传统文学以及个人艺术趣味等多方面的影响，张爱玲的创作呈现出浓郁的中国魅力和中国味道。多年来有关张爱玲的阅读之所以几度兴起，其创作风格得到海内外许多作家的追崇、模拟，与张爱玲创作所呈现出的这种中国魅力和中国味道有很大关系。所谓"中国味道"，就是自诗经、汉乐府到唐诗宋词的味道，是《金瓶梅》和《红楼梦》的世界里所呈现的味道。对于一个长期尊奉儒家文化为主流世界观、价值观的民族，中华民族没有太强的超越世俗世界以外的精神信仰。佛教自魏晋传入中华民族，几经统治者提倡或打压，包括后来转化为禅宗的形式，始终都难以成为人们普遍坚守的精神基础——类似基督教对西方人那样。对于中华民族来说，《朱子家训》、《增广贤文》等来自生活经验、生存技巧的具体的道德观和伦理准则，代替了注重灵魂的抽象的宗教观。以孔子为代表的儒家思想就是典型注重世俗和现世生活的思想。受此影响，中国人一直是个讲究实际的民族，天理人情、三纲五常大过看不见的神灵或看得见的法律。"乐天知命"、"知足常乐"是所谓幸福生活的普遍座右铭。表现在文学领域，就是中国文学所呈现出的世俗性和日常性，以及其中多姿多彩、深刻动人的人性、人情世界。张爱玲对于这些规范并不是都赞同的，她也不是"五四"提倡的人道主义或人性论者，但她立足"现世"的人生观和

1 陈子善编：《张爱玲的风气——1949 年前的张爱玲评说》，山东画报出版社，2004 年 5 月第 1 版，第 63 页。

这些规范有着内在的一致。不同的是，她能洞察人生，对种种人性有深刻的感受，并能艺术化地通过故事叙述出来。张爱玲的创作正是个性化地体现了这样的“味道”。这个“个性化”指的是她善于将传统“现代化”，从而形成独树一格的所谓“张式叙事”。她的叙事风格就是传统的审美加现代的意识和感觉。正如张爱玲在《流言·到底是上海人》一文中对上海人的描述：“上海人是传统的中国人加上近代高压生活的磨练。新旧文化种种畸形产物的交流，结果也许是不健康的，但这里有一种奇异的智慧。”张爱玲的作品是新旧文化的交融，这里不但有奇异的智慧，还有奇异的美。这种“奇异的美”其实也就是“艳异”，是张爱玲自己所欣赏的“葱绿配桃红”的“参差的美”。用傅雷的话说就是“新旧文字的糅合，新旧意境的交错。”[1]这是由她作品中对人物的态度、传统的美感、现代的故事技巧等等因素综合构成的。

一、日常性·人情美

“张式叙事”最显著特征就是“日常性”。张爱玲达到其创作高峰时的年龄仅二十三、四岁，不过一个大学肄业生，远远没有一个作家所要求的所谓丰富的人生阅历。在此之前的学生和家庭生活是她唯一的人生阅历。当人们看到她写出那些文字精致、话语老练的小说，又知道作者的真实身份是一位年轻小姐时，无不感到这是一个“传奇”和“天才”人物。张爱玲并不是没有经历过重大事件，比如香港沦陷时她还参加过照顾伤员的工作。但由于她有自己看世界的独特视角，她善于从日常和安稳的生活中观察人生和人性。正是她那些说是特殊其实也并不特殊的家庭生活经历，让“日常生活”事件时时突兀在张爱玲的生活里，成为壅塞在她成长路上的一个个难以化解的“雾数”景象。这使她从小在无形中就善于琢磨和思考这些看似没有多大意义的日常生活细节，所带给人的心灵冲突和伤害，以及在这过程中所呈现的深刻人性。张爱玲与她的文学的关系正如古语所言：世事洞明皆学问，人情练达即文章。

1 钱理群等主编：《20世纪中国小说理论资料》第四卷（1937-1949年），北京大学出版社，1997年北京第1版，第254页。

个人的日常生活如张爱玲自己所说，无非是“沉重累赘的一日三餐”，无非是婚姻家庭，四时八节，人情世故。张爱玲的26部小说，除了《秧歌》和《赤地之恋》涉及土改和战争题材，《色·戒》一篇描写情色及政治暗杀题材外，其余小说包括散文集《流言》，大多是关于感情婚姻和家庭日常生活题材的。若以发表时间为序，《沉香屑——第一炉香》写30年代姑侄两位上海小姐梁太太和葛薇龙，凭姿色在香港争风吃醋的堕落生活；《沉香屑——第二炉香》写两个外国人罗杰安白登和愫细蜜秋儿纯洁幼稚到几乎愚蠢的两性关系；《茉莉香片》写一个生活在旧世界阴影里的青年聂传庆，在阳光少女言丹珠面前所经受的精神折磨；《心经》写少女徐小寒和父亲之间的暧昧情感；《倾城之恋》写衰落了的富贵之家白公馆里的离婚小姐白流苏，以残留的青春为本，和浪荡公子范柳原进行的一场婚姻赌博；《金锁记》写姜公馆里出身贫贱的二奶奶曹七巧，在家庭地位、金钱和爱情之间的挣扎，最终人性变态的悲剧故事；《封锁》写在城市因战事突然封锁的电车上，一对名叫吕宗桢和吴翠远的男女短暂的调情；《琉璃瓦》写上海一个中产阶级姚先生面对琤琤、曲曲、心心、纤纤、端端、簌簌、瑟瑟等七个女儿的苦恼人生；《连环套》写一个以姘居为生的女人霓喜，在连环套一样一个又一个男人世界讨生活的酸楚和艰难；《年轻的时候》写一个充满生活理想的医科学生潘汝良，和一个名叫沁西亚的俄国姑娘的初恋情感；《花凋》写少女郑川嫦在一个表面生活排场高贵实则混乱邋遢的大家庭里，美好的生活梦想的破灭和生命的凋谢；《鸿鸾禧》写市民娄家在给大儿子娶亲的过程中，各位成员的生动表现；《红玫瑰与白玫瑰》写“最合理想的中国现代人物”佟振保的婚前恋、婚外恋以及无爱苦闷无聊的婚中恋；《等》写在推拿医生庞松龄的诊所里等着推拿的几位市民太太的谈话；《桂花蒸·阿小悲秋》写在上海的洋人家做保姆的丁阿小自尊好强又不免悲苦的日常生活；《留情》写老夫少妻米晶尧和淳于敦凤间相互妥协又算计的复杂心理；《创世纪》从一个叫潆珠的少女角度写遗老匡家沉重无聊的日常生活；长篇小说《半生缘》写三十年代上海的城市白领顾曼桢和徐世钧长达十多年的情感历程；最近刚重新出版的《同学少年都不贱》写几位教会女生的生活经历和心理成长。张爱玲的散文内容更是丰富，谈自己的家庭，谈上海人的衣食住行，谈电影谈绘画和演戏，还有她的电影剧本，都是以人人熟悉的日常生活为题材的。

熟悉中国文学的人都知道，日常生活正是中国文学传统中最重要的书写内容。日常生活进入文学叙事可以说从《诗经》就开始了。先秦是中国文化发生和初创的时期。这时所创立的文化精神对中华民族的后世发展具有极其深远的影响，先秦文学作为先秦文化（文、史、哲，诗、乐、舞）的一部分，也以其独有的魅力昭示着中国文学强大的生命力。先秦文学最早发源于神话传说和歌谣，其中最有魅力也是对后世文学最有影响的部分，除了上古神话外就是《诗经》，而"诗三百"中最有魅力的则是160篇十五国风。"雅"、"颂"多是先民们的祭祖颂歌，十五国风和部分"小雅"多描写农事、燕食、怨刺、战争徭役、婚姻爱情。可以说，《诗经》就是先秦时期中华民族日常生活的人世风景图。"呦呦鹿鸣，食野之苹。我有嘉宾，鼓瑟吹笙。吹笙鼓簧，承筐是将。人之好我，示我周行"。《小雅·鹿鸣》）写的是充满礼仪祥和的宴饮场面；"昔我往亦，杨柳依依。今我来思，雨雪霏霏"。（《小雅·采薇》）说的是对战争的厌倦和伤感。"不稼不穑，胡取禾三百廛兮？不狩不猎，胡瞻尔庭有悬貆兮"？（《魏风·硕鼠》）是从最基本的生活现象出发质问社会的不公平。"自伯之东，首如飞蓬。岂无膏沐，谁适为容"？（《卫风·伯兮》）从微妙的女性心理角度描写战争给人们生活带来的痛苦，是动人深邃的女心世界。"静女其姝，俟我于城隅。爱而不见，搔手踟蹰"。（《邶风·静女》）写两人约好幽会，而女的却摆架子迟迟不出现，男的等得急躁徘徊的憨傻样子。而《郑风·出其东门》里的男子就更可爱了："出其东门，有女如云。虽则如云，匪我思存。缟衣綦巾，聊乐我员"。美人有多美？"手如柔荑，肤如凝脂，领如蝤蛴，齿如瓠犀，首蛾眉"（《卫风·硕人》）。《周南·桃夭》、《郑风·女曰鸡鸣》更像是一出经典的夫妻生活小话剧。诗以对话的形式写到："女曰鸡鸣，士曰昧旦。子兴视夜，明星有烂。将翱将翔，弋凫于雁。弋言加之，与子宜之。宜言饮酒，与子偕老。琴瑟在御，莫不静好。知子之来之，杂佩以赠之。知子之顺之，杂佩以问之。知子之好之，杂佩以报之"。这首诗告诉我们，夫妻生活并不是天天谈情说爱的诗情画意，而是劳作、饮食、歇息等现实的、日常的生活面目。诗里说的是男主外女主内的家庭模式。

我出门去打猎，你就在家给我做好饭。一起吃饭喝一杯。你对我这么好，我就买些首饰送给你。《卫风·氓》里的女人就可怜了。一开始的时候，男的很主动，“氓之蚩蚩，包布贸丝。匪来贸丝，来即我谋。”但当女的不顾一切嫁给他，他却“士也罔极，二三其德”。最后，纵然是“信誓旦旦”，也“不思其反”。……这些诗歌通过十分形象化的日常场景和语言描写，塑造了个性鲜明的人物。

胡兰成在他的《中国文学史话》中把《诗经》比做“阳光世界”，说里面描写了“种稻割麦蒸尝的陇亩与家室风景”，[1] 说的就是诗经所表现的日常化的人世生活的内容。显然，从叙事特点来说，《诗经》立足现实的农耕社会，关注日常生活现象，抒发个体生命的真实情感，显示了强大的日常精神，也奠定了中国文学重现实事物和日常生活的叙事传统，确立了中国文学从对基本事物的描写中表达写作思想的文学精神。这种传统和精神广泛延伸到后来的中国诗、史、神话、小说和戏曲领域。直至今天，《诗经》里那些无论是描写社会之不公平，或是人情人性之丰富，尤其是两性情感之迂回曲折的诗歌依然散发着经久不衰的魅力。

汉乐府诗具有和诗经相似的文学品质。由于汉乐府诗来自广泛的社会各个阶层，所以呈现出丰富多彩的生活和艺术画面。直咏性情、歌唱个人爱恨的作品非常丰富。正是在这些非主流的配乐歌曲中，“诗言志”到“歌缘情”的文学精神得到继承和表现。汉乐府诗的内容直逼人生主题，比如人世间的苦与乐，社会的不公平，两性关系的爱与恨等，显然深受《诗经》影响。和抒情诗相比而言，汉乐府叙事诗成就最突出。这些乐府叙事诗多选取极有日常生活气息的场面，以详略得当的故事情节讲述一个生活故事。有名的篇目如《有所思》、《上邪》、《平陵东》、《陌上桑》、《上山采蘼芜》以及《孔雀东南飞》等。《有所思》真挚，《上邪》情烈，《平陵东》悲愤，《陌上桑》坚贞。《上山采蘼芜》以及《孔雀东南飞》都是不无悲伤的爱情故事。前者采取了一个日常又特别的场景：一个上山采蘼芜的妇女下山时与前夫偶然相遇，通过弃妇与故夫的对话，写了一个背后伤感的爱情故事。女人长跪问故夫：“新人复何如？”“新人虽言好，

1　胡兰成：《中国文学史话》，社会科学院出版社，2004年1月第1版，第16页。

未若故人姝。颜色类相似，手爪不相如。”最后前夫黯然说：“新人不如故。”那为什么离了呢，不得已的原因只有让读者猜想了。语言通俗如日常对白。《孔雀东南飞》是我国古代诗歌中最长的叙事诗。通过一个女人的日常处境深刻地揭示了伦理关系中的悲剧因素。当两厢情愿的自由感情得不到家庭认可与支持的时候，悲剧就发生了。该诗人物形象鲜明突出，语言朴素生动，感人至深。写焦仲卿的懦弱是：“我自不驱卿，逼迫有阿母。”写母亲的专横是：“阿母得闻之，槌床便大怒：‘小子无所畏，何敢助妇语。！’”写焦仲卿与刘兰芝的分别是：“举手常劳劳，二情同依依。”写二人的合葬处是“枝枝相覆盖，叶叶相交通。中有双飞鸟，自名为鸳鸯，仰头相向鸣，夜夜达五更。”汉乐府诗继承了《诗经》立足日常、立足普通人生活状态的文学精神，但它也受汉大赋主流文学的影响，描人状物、故事叙事和情感表达上都有尽力铺排的特点。

唐诗宋词是我国继《诗经》之后的另一个文学颠峰。作为一种配乐的诗歌，词本身就是唐、宋时代的乐府诗。和《诗经》以及乐府诗一样，瑰丽的唐宋诗词中也有相当作品是充满了现实的日常精神的。如果说，中国的文明是五伦五常的礼乐之世，中国文学则是日常、永恒多姿多彩的人情文学。这一观点在唐宋诗词中得到具体表现。诗人们立足日常生活，感悟大自然四时更迭，怀春悲秋，个体生命和现实世界息息相关，写下大量优美丰富的诗词作品，分别涉及感怀、咏史、行旅、离别、伤逝、游讌、唱酬、闺情、咏物等等多个方面，可说是覆盖了人们日常生活、人事人情的方方面面。

唐诗中最富有现实主义精神的是杜甫和白居易。他们的诗“一吟悲一事”，继承了《诗经》以来典型的“言有物”。从内容上说，是写别离、闺情、战乱、隐居等，这些内容大都是通过日常景物、日常场景来表现的。以《千家诗》为例，在中国传统文学中，《千家诗》是具有启蒙性质的文学普及本，流传和影响都非常广泛。220 首唐宋诗歌中，除了部分“嘲风月，弄花草”而别无寄托的作品外，生动、日常、充满人情人性的作品随处可见。“诗家清景在新春，绿柳才黄半未匀。若待上林花似锦，出门俱是看花人。”（唐·杨巨源·《城东早春》）“踏春”本是中华民族特有的日常活动。显然，这首看似写“诗家清景”的诗，背后说的却是“上林花似锦”时看花人间的热闹风情。“酴醿香梦怯春寒，翠掩重门燕子闲。敲断玉钗红烛冷，计程应说到常山。”（南宋·郑会·《题邸间壁》）分离后的日子是孤冷难眠的，还不如起来敲着头钗算算他已经走到哪里了。这是典型的中国式的情感表达。“鹅湖山下稻粱肥，豚栅鸡栖对掩扉。桑柘影斜春社散，家家扶得醉人归。”（晚唐·张演·《社日》）一派民间的祥和富足安逸日子。“打起黄莺儿，莫叫枝上啼。啼时惊妾梦，不得到辽西。”（唐·金昌绪·《春怨》）一个小妇人弱女子，对发动战争的人自然是无法怨恨，但对吵扰了她团圆梦的鸟总是可以嗔打几下的。此情曲折，此怨可爱，是一样可爱的女心世界。“夫因兵死守蓬茅，麻苎衣衫鬓发焦。桑柘废来犹征税，田园荒尽尚征苗。时挑野菜和根煮，旋斫生柴带叶烧。任是深山更深处，也应无计避征徭。”（唐·杜荀鹤·《山中寡妇》）如果说描写战争是一个很大的主题，那么中国文学就是这样通过一个女人的平常日子来批判战争的。这里明显看到《卫风·伯兮》里“自伯之东，首如飞蓬”的影子。“君家何处住？妾住在横塘。停船暂借问，或恐是同乡。”（唐·崔颢·《长干行》）这个女人看似无心，实则有意。平淡之中，风致尽现。

宋词里的大量词作更具有浓郁的感情色彩和日常生活质地。“枕前发尽千般愿：要休且待青山烂，水面上秤锤浮，直待黄河彻底枯。……”（无名氏：《菩萨蛮》）与汉乐府《上邪》里“冬雷震震夏雨雪，天地合，乃敢与君绝！”是一个味道。“春日游，杏花吹满头。陌上谁家少年，足风流。妾拟将身嫁与，一生休。纵被无情弃，不能羞。”（韦庄：《思帝乡》）说的是春游时一女子隐秘激情的内心独白。“织锦机边莺语频，停梭垂泪忆征人。塞门三月犹萧索，纵有垂杨未觉春。”（温庭筠：《杨柳枝》）写一织布女在劳作的瞬间，对远在边塞的亲人无奈的思念。非常具有日常境界。“记得绿罗裙，处处怜芳草。”（牛希济：《生查子》）写的是爱屋及乌的中国人的情致。“凤髻金泥带，龙纹玉掌梳。去来窗下笑相扶，爱道：‘画眉深浅入时无？’弄笔偎人久，描花试手初。等闲妨了绣工夫，笑问：‘鸳鸯两字怎生书？’（欧阳修：《南歌子》）写新婚情趣，娇嗔甜蜜。“去年元夜时，花市灯如昼。月上柳梢头，人约黄昏后。今年元夜时，月与灯依旧。不见去年人，泪湿春衫袖。”（朱淑真：《生查子》）

是应时应景、物是人非的伤感。宋词里最有日常情致和曲折女心的要数李清照的词。她的词多有感日常生活场景，语言明白如话，情感细腻真挚，自成风格，有"易安体"之称。"昨夜雨疏风骤，浓睡不消残酒。试问卷帘人，却道：海棠依旧。知否？知否？应是绿肥红瘦。"（《如梦令》）一派安逸俏皮的日常生活氛围。"中州盛日，闺门多暇，记得偏重三五。铺翠冠儿，拈金雪柳，簇带争济楚。如今憔悴，风鬟雾鬓，怕见夜间出去。不如向帘儿底下，听人笑语。"（《永遇乐》）是美人憔悴后委屈与矜持的心理活动。辛弃疾是宋代成就突出的文学家。他的词有强烈的爱国情怀和广阔的社会内容。如果说李清照的日常是充满闺阁情调的日常生活，那么辛弃疾则描写了最广大的民间的、农村的日常生活画面。"茅檐低小，溪上青青草。醉里吴音相媚好，白发谁家翁媪？大儿锄豆溪东，中儿正织鸡笼。最是小儿亡赖，溪头卧剥莲蓬。"（《清平乐》）是村居人家安宁祥和充实忙碌的生活景象。类似的句子还有："东家娶妇，西家归女，灯火门前笑语。酿成千倾稻花香，夜夜费一天风露。"《玉楼春》里写到："三三两两谁家女？听取鸣禽枝上语：'提壶沽酒已多时，婆饼焦时须早去！'醉中忘却来时路，借问行人家住处。'只寻古庙那边行，更过溪南乌桕树。'"一个醉汉把树上的鸟叫当成姑娘们唧唧喳喳的嬉笑声，他醉得连自家住哪都不知道了，还要问路人。词里极为巧妙地运用"禽言体"和对话语言，一方面惟妙惟肖地刻画了醉汉醉态的可爱，另一方面也表现了人们生活环境的亲睦详和。整首词措辞造意无一板滞，充满生活情趣，和晚唐诗人张演《社日》一诗中的境界很有异曲同工之妙。最有趣味的要数两首《沁园春》。两首诗都运用和朋友对话的形式，围绕是否要戒酒，戒了是否还是再开戒的问题写开，生动活泼，虽然有作者政治生涯不顺等寓意，但却以"喝酒"如此日常的生活内容为诗，通俗又有艺术个性。

张爱玲从小饱读诗书。《诗经》里"死生契阔，与子相悦；执子之手，与子偕老"的句子是她特别喜爱的，她称其"是一首哀伤的诗，然而它的人生态度又是何等肯定"。她熟悉唐诗宋词，对诗经、汉乐府最是喜好。中国传统诗词里的这种描写日常性和人情美的美学风格，张爱玲是早就深深领会的。在《国语本〈海上花〉译后记》一文中，张爱玲接着陈世骧教授说的"中国文学的好处在诗，不在小说”的话，说：“当然他是对的。就连我这最不多愁善感的人，也常在旧诗里看到一两句切合自己的际遇心情，不过是些世俗的悲欢得失，诗上竟会有，简直就像是为我写的，或者是我自己写的——不过写不出——使人千载之下感激震动，就像流行歌偶有个喜欢的调子，老在头上心上萦回不不已。旧诗的深广可想而知。”[1] 可见，张爱玲受传统诗歌的浸淫是很深的。魏晋以后，中国文学传统里的这种描写日常性人情美的文学精神在小说中得到继续流传。

二、“细节”与“史蕴诗心”

“张式叙事”的第二大特点是不写事物间激烈的正面冲突，也很少正面描写人物感情上的剧烈变化、冲突，但她照样把故事讲的好听好看，她的出色就在于她擅长用日常生活叙事的手法把冲突“内化”，一个好故事所要求的所有“曲折”都是通过细节和内心完成的。张爱玲的小说很少有紧张曲折的情节安排，整个故事的叙述都是在平和冷静有距离感的态度中，以娓娓而谈的口气进行的。开讲之前，她给读者说，要么你斟上一杯茶仔细听我说，如《茉莉香片》，要么就点上一炉香慢慢听我讲，如两篇《沉香屑》。张爱玲的大部分小说都是描写“情节淡化”的家庭日常生活场景的，像是截取生活之流的一个镜头和片段，如台湾研究张爱玲的学者水晶先生所说，是“生活的切片”，slice of life。[2] 如电车上，如门前候诊的时候，如夫妻一起走亲访友的短暂过程等。即使描写一个人的一生，也是由若干个看似平常的片段连缀而成，如曹七巧的一生。张爱玲一点没有想用跌宕起伏的故事情节争取读者的意思，但她的小说也没有因情节淡化而成为混乱庞杂的意识流或个人抒情。她笔下的人物都是在一些非常日常化的场景中展示性格的，其叙事也就在这一段段平淡自然的冷静中展示深度。这一点将在本文的第四章中得到进一步论述。

小说的情节既然平淡，那作者靠什么来传达她的文学精神？就靠日常生活叙事和大量的细节描写。细节是优秀小说最重要的元素之一。细节如同小说的

1　张爱玲：《续集》，花城出版社，1997 年 3 月版，第 9 页。

2　水晶：《张爱玲未完》，大地出版社（台湾），1996 年 12 月第 1 版，第 28 页。

肌体，使小说丰腴充实。这里“细节”，包括细小的道具，看似日常的场面，人物的言行举止等等。张爱玲的作品充满这样的生活细节，她不动声色地写着，让人觉得平常又值得思考，甚至有触目惊心的阅读效果。《倾城之恋》是张爱玲最优秀的中篇小说之一。小说中写到白流苏和范柳原经过一段时间的调情试探后，终于可以暂时走在一起了。他们在巴而顿道租下了房子。一起进餐送别范柳原暂时回英国后，流苏略带醉意回到租来的新家。这里有一个非常出色的细节：“流苏到处瞧了一遍，到一处开一处的灯。客室里的门窗上的绿漆还没干，她用食指摸着试了一试，然后把那粘粘的指尖贴在墙上，一贴一个绿迹子。为什么不？这又不犯法！这是她的家！她笑了，索性在那蒲公英黄的粉墙上打了一个鲜明的手印。”这是一个看似平常其实是非常有意思的细节，它至少表达了三个意思：一、离婚后在娘家长期受到兄嫂欺负的白流苏，为自己终于有了一个自己的家而高兴、自豪；二、白流苏得意自己终于以女人的魅力套住了风流倜傥的男人范柳原；三、只要有恰当的机会，表面隐忍矜持的白家六小姐其实是个内心放肆的女人。

这样充满日常生活意味的细节和文字，咋一看是非常俗气的絮絮叨叨，所以有学者称其是没有“中枢神经”的文字。作家贾平凹也说：“张是一个俗女人的心性和口气，嘟嘟嘟地唠叨不已，又风趣又刻薄，要离开又想听，是会说是非的女狐子。”[1] 贾平凹说得很准确，张爱玲的文字只是“一个俗女人的心性和口气”而已。但是，张爱玲的叙事只是表面的“媚俗”。这种看似“媚俗”的小叙事，表面看去是大众罗曼司，是普通人传奇，是琐碎的日常生活，揭示的却是人性深处的大悲哀，颠覆的是那种空洞的宏伟叙事。她是从“媚俗”到“骇俗”。这种把文学日常化、细节化的叙事技巧，在中国文学中有着很久远的传统。

中国文学批评有“史蕴诗心”这样一个概念。这被看作是历史与文学相结合的最高境界。《史记》被鲁迅称为“史家之绝唱，无韵之离骚”，说的也正是这意思。陈平原先生在《中国小说叙事模式的转变》[2] 一书中有一章专

1 金宏达主编：《回望张爱玲：华丽影沉》，文化艺术出版社，2003 年 1 月第 1 版，第 283 页。
2 陈平原：《中国小说叙事模式的转变》，上海人民出版社出版，1988 年 3 月第 1 版。

门论述中国小说的“史传”传统与“诗骚”传统。他认为，中国古代没有留下篇幅巨大、叙事曲折的史诗，在很长时间内，叙事技巧几乎成了史传作家的专利。“史蕴诗心”指的是传记著作中所具有诗的意蕴和魅力，一个重要含义就是说历史叙事中所运用的文学手法。从这点来说，《史记》取得了很高的文学成就。《史记》的“诗心”不仅表现在作者渗透在著作中的强烈的人文精神，还表现在其突出的艺术成就上。《史记》的叙事艺术不仅表现在它勾连天人、贯通古今的结构框架，表现在对复杂事件和宏大场面的驾御能力，更突出地表现在它对历史人物的出色刻画。《史记》刻画了一系列极生动的人物形象，上至帝王将相，下至市井细民，诸子百家、三教九流，应有尽有，所涉人物四千多个，重要人物数百名。司马迁塑造这些人物有强烈的平民精神和自己的独特视角。比如《伯夷列传》和《游侠列传》中对伯夷、叔齐以及战国四公子的刻画就非常生动。此外还有项羽、萧何、范雎、苏秦、李广、伍子胥、荆轲、刘邦、司马相如等等，宛如一幅精彩的时代人物的画廊。

《史记》之所以在人物塑造上取得很高艺术成就，因为它运用了许多后来小说塑造人物的基本手法，比如使用符合人物身份、性格的语言，通过具体事件或日常生活琐事显示人物性格。《苏秦列传》里写苏秦出游数岁，“大困而归”。他的兄嫂妻妾都嘲笑他说：“周人之俗，治产生，力工商，逐会二以为力。今子释本而事口舌，困，不亦宜乎！”但当苏秦游说成功，六国从合而并力，苏秦为约长，并相六国的时候，苏秦之昆弟妻嫂则“侧目不敢仰视，俯伏待取食”。仅以一个细小的日常生活现象就把这种势利小人的嘴脸突显出来。《史记》一书的人物描写往往一句话直见性情，比如项羽火烧咸阳后一心东归，说：“富贵不归故乡，如衣绣夜行，谁知之者？”都是非常日常却又见性情的语言。他虽是杀人不眨眼的大英雄，但当汉军兵临城下的时候，他却对伴随自己的战马和虞姬慷慨悲歌，“泣数行下”，让左右莫能仰视。这些日常细节真切生动地表现了项羽纯真、豪迈又柔情的性格。由于史传一直被认为是正统和主流的文章，此后，学者们就把凡具有《史记》文学手法的作品，比如强烈的情感意识、细节化和日常化的叙事风格等，都称赞为有“史才”。金圣叹之所以赞“《水浒》胜似《史记》”，毛宗岗之所以说“《三国》叙事之佳，直与《史记》仿佛”，张竹坡之所以直呼“《金

瓶梅》是一部《史记》";[1] 等等，都是因为他们在其中发现了情感，发现了性格，发现了细节，发现了日常生活与人物塑造的关系。

文字精致、叙事准确是"张式叙事"的另一特点。张爱玲的文字是典型的知识分子文字。一方面表现在她描人状物的准确性上，另一方面则表现在文字中那种距离感和无处不在的机巧、善意的嘲讽与哲理性相融合上。胡兰成在《今生今世》里把张爱玲称为"民国女子"，他在文中写到张爱玲的文字才气时说："还没有过何种感觉或意态形致是她所不能描写的，惟要存在心里过一过，总可以说得明白，她是使万物自语，恰如将军的战马识得凶吉，还有宝刀亦中夜会得自己鸣跃。"[2] 这段略有夸张的话无非是说张爱玲具有用文字准确生动描述人或事物的非凡能力。仅把她小说中的几个人物外貌描写对比一下就可看出她这方面的才华。《倾城之恋》里她写白流苏是"她那一类的娇小的身躯是最不显老的一种，永远是纤瘦的腰，孩子似的萌芽的乳。她的脸从前是白得像瓷，现在由瓷变为玉——半透明的年青的玉。下颌起初是圆的，近年来渐渐尖了，越显得那小小的脸，小得可爱。脸庞原是相当的窄，可是眉心和宽。一双娇滴滴，滴滴娇的清水眼"；《留情》里她写淳于郭凤对佣人说话时的样子"她那没有下颌的下颌仰得高高的，滴粉搓酥的圆胖脸饱饱地往下坠着，搭拉着眼皮，希腊型的正直端丽的鼻子往上一抬，更显得那细小的鼻子的高贵"；《花凋》里他写川嫦的父亲郑先生"郑先生长得像广告画上喝乐口福抽香烟的标准的上海青年绅士，圆脸，眉眼开展，嘴角向上兜着，穿上短裤子就变了吃婴儿药片的小男孩，加上两撇八字须就代表了即时进补的老太爷，胡子一白就可以权充圣诞老人"；《心经》里她这样描写早熟的对父亲有着暧昧感情的少女许小寒："她的脸，是神话里的小孩的脸，圆鼓鼓的腮帮子，尖尖下巴。极长极长的黑眼睛，眼角向上剔着。短而直的鼻子。薄薄的红嘴唇，微微下垂，有一种奇异的令人不安的美。……"

精致的，准确的，细节的——正是这样的文字，构成了张爱玲小说中那坚实的质感。

1　陈平原：《中国小说叙事模式的转变》，北京大学出版社，2004 年 7 月第 1 版，第 198 页。
2　胡兰成：《今生今世》，中国社会科学出版社，2003 年 9 月第 1 版，163 页。

张爱玲不喜欢把时间分成一分一秒的文明的日子，如“十字布上的挑花”，看着令人不舒服。

三、“荒凉”的历史感

张爱玲不喜欢把时间分成一分一秒的文明的日子，如“十字布上的挑花”，看着令人不舒服。她也不相信线性发展的历史观。对于时代的巨变，张爱玲不是欣喜不是向往，而是感到“惘惘的威胁”。她说：“个人即使等得及，时代是仓促的，已经在破坏中，还有更大的破坏要来。有一天我们的文明，不论是升华还是浮华，都要成为过去。如果我最常用的字是‘荒凉’，那是因为思想背景里有这惘惘的威胁。”[1]为什么有这样的“威胁”？因为她的个人命运让她不断怀疑“近两年来孜孜忙着的，是不是也注定了要被打翻的……我应当有数。”[2]当苏青问她将来是不是要有一个理想的国家呢？张爱玲说：“我想是有的。可是最快也要许多年，即使我们看得见的话，也享受不到了，是下一代的世界了。”她认为她所处的时代是“乱世”。“我想到许多人的命运，连我在内的；有一种郁郁苍苍的身世之感。”[3]她相信，“将来的平安，来到的时候已经不是我们的了，我们只能各人就近求得自己的平安。”

人生的底色是荒凉的，命运是未卜的，未来是模糊的，没有什么永恒的价值和意义，“天长地久的一切”全都是易碎和不可靠了，“靠得住的只有她腔子里的这口气，还有睡在她身边的这个人。”（《倾城之恋》）张爱玲把她这样的世界观和历史观艺术化地表现在她的小说里。这个艺术化的手法就是“意象”的运用。张爱玲小说最精彩的几个意象分别是月（包括日等各种光）、镜（包括瓷器、玻璃等薄脆易碎的东西）和胡琴（包括戏）。

1 张爱玲：《倾城之恋》，花城出版社，1997年3月第1版，第2页。

2 张爱玲：《余韵》，花城出版社，1997年3月第1版，第66页。

3 同上。

月亮本是自然界永恒的表号，也是中国诗词传统中一个最常见的意象。诗人们根据自己的诗心和诗情赋予月亮无数的涵义。张爱玲小说中的月亮多象征荒凉、鬼魅的人生和世界。“月亮”的每次出现都和故事场景以及人物精神世界相得益彰。她第一次关于月亮的描写出现在《檀香屑——第一炉香》里。小说写到葛薇龙终于被姑妈梁太太收留，下山回去的路上太阳已经偏西了。但“南方的日落是快的，黄昏只是一刹那……在山的尽头，烟树迷离，青溶溶的，早有一撇月影儿。薇龙向东走，越走，那月亮越白，越晶亮，仿佛是一头肥胸脯的白凤凰，栖在路弯处，在树桠杈里做了窠。越走越觉得月亮就在前头树深处，走到了，月亮便没有了。薇龙站住歇了一会儿脚，倒有点惘然。再回头看姑妈家，依稀……那巍巍的白房子，盖着绿色的琉璃瓦，很有点像古代的皇陵。”[1] 在这里，本来美好的月亮变成了一个妖鸟一样的“肥胸脯的白凤凰”，在它的映照下，豪宅变陵墓；在它的引诱下，青春纯洁的葛薇龙甘愿走进一个鬼气森森的坟墓世界，也就是梁太太那“像古代皇陵”一般的豪宅去。这个“肥胸脯的白凤凰”一样的月亮，其实正象征了梁太太这个表面风光内里荒凉的人物。她无儿无女，追逐钱财和男人是她唯一的乐趣，而当她年老色衰，生活就剩下鬼影憧憧的陵墓般的房子。

《檀香屑——第二炉香》里的月亮是这样的：“……山后头的天是冻结了的湖的冰蓝色。大半个月亮，不规则的圆形，如同冰破处的银灿灿的一汪水。不久，月亮就不见了，整个天空冻住了……”这里的月亮是令人窒息的冰冷，只给人一点冰破的希望，很快就不见了，又冻住了。它极其恰当地象征了幼稚的愫细婚后懵懂却又自以为是的心理和情感状态。张爱玲最有名的一段月亮描写莫过于《金锁记》的开头：“三十年前的上海，一个有月亮的晚上……我们也许没赶上看见三十年前的月亮。年轻的人想着三十年前的月亮该是铜钱大的一个红黄的湿晕，像朵云轩信笺上落了一滴泪珠，陈旧而迷糊。老年人回忆中的三十年前的月亮是欢愉的，比眼前的月亮大，圆，白；然而隔着三十年的辛苦路往回看，再好的月色也不免带点凄凉。”《金锁记》

1　张爱玲：《第一炉香》，花城出版社，1997 年 3 月第 1 版，第 17 页。

的故事就在这月光的映照下开始的。这个出色的开头很轻易地就把整个故事笼罩在一片苍凉的氛围里面。当第一个场景写完，“天就快亮了。那扁扁的下弦月，低一点，低一点，大一点，像赤金的脸盘，沉下去。”这里，月亮代表历史和深邃无穷的时光隧道，代表人世的荒凉和艰难，也代表了那个一点点沉下去的旧世界。而当长白和长安都在日渐变态的曹七巧调教下也变得堕落时，儿子长白整夜躺在母亲身边烧烟泡，这个不像母亲的母亲便不怀好意地刺探儿子的私生活。这时的月亮是：“隔着玻璃窗望出去，影影绰绰乌云里有个月亮，一搭黑一搭白，像个戏剧化的狰狞的脸谱。一点，一点，月亮缓缓的从云里出来了，黑云底下透出一线炯炯的光，是面具底下的眼睛。”那黑云下“炯炯”的光和面具底下的眼睛，不正是曹七巧疯子般“机智”又变态的眼睛吗？月光、日光等各种光给张爱玲的小说抹上了一层鬼魅色彩，所以王德威教授把张爱玲的叙事语言称为“Female Gothic”（女性鬼话）。[1]

镜子、玻璃等都是虚幻和易碎的事物的象征。在张爱玲的小说中反复出现这类意象的描写。这里仅以《鸿鸾禧》为例。“镜”是这个小说里无处不在的道具和场景。短短的一个婚礼故事就有九处地方写到“镜”或“玻璃”的字眼。故事一开始准新娘邱玉清就背对着镜子反照自己。她为自己准备的新婚用品中，光镜子就有两个：“金珐琅粉镜，有拉链的鸡皮小粉镜”；娄先生从银行一回到家就看到“晶莹的黄酒，晶莹的玻璃杯搁在棕黄晶亮的桌子上”；娄太太戴眼睛，娄先生也戴眼睛；为丈夫为儿子操尽心还不落好的娄太太烦恼地“对着镜子，她觉得痒痒地有点小东西落到眼镜的边缘，以为是泪珠……凑到镜子跟前，几乎把脸贴在镜子上，一片无垠的团白的腮颊……”这里很深刻生动地描写了一个陷入琐碎烦恼的日常生活中的女人，她失去自我的生命显然是苍白的，但她却把这些当成镜像般虚幻的幸福。再看看结婚的大礼堂，“黑玻璃的墙，黑玻璃壁 里坐着小金佛……整个花团锦簇的大房门是一个玻璃球，球心有五彩的碎花图案。客人们都是小心翼翼顺着球面爬行的苍蝇，无法爬进去。”这里的“黑玻璃”暗示着婚礼上看似热闹其实虚假、脆弱的人情关系。她写玉清的一个表妹，

1 王德威：《想象中国的方法》，生活·读书·新知三联书店出版社，1998 年 9 月北京第 1 版，第 211 页。

活泼了多年也没把自各儿嫁出去，于是："她圆圆的小灵魂破裂了，补上了白瓷，眼睛是白瓷、白牙也是白瓷，微微凸出，硬冷，雪白，无情，但仍笑着，而且更活泼了。"非常具有讽刺意味。在这"镜"的返照下，本应热闹喜庆的婚礼在张爱玲的笔下有了象征的意味：男女关系是易碎的，人与人的亲密关系只是镜里的假象，活泼亲密的下面是实际是玻璃般的冰冷。

"戏"本是欲真还假，欲假还真的人生。中国旧戏所表现的更是多彩多姿的民间世界。从"五四"新文学走过来的大多数作家对旧戏都是很反感的，但张爱玲却爱看旧戏和电影，尤其是那些民间的、"低级趣味的"小戏，比如申曲、蹦蹦戏、绍兴戏等。她喜欢的就是旧戏里这种人情世态。她喜欢戏剧里表现的人情状态，中国人古老的情感方式。她还专门写过《洋人看京戏及其他》、《借银灯》等文章谈她对戏剧的喜爱。鲁迅和周作人也有对旧戏的描写，但都是厌烦的语气。从他们和张爱玲对旧戏态度的不同，可以看出彼此对待人生和文学态度的不同。1944 年 12 月，根据张爱玲小说改编的舞台剧《倾城之恋》在上海大受欢迎，这是张爱玲的作品首次以戏剧的形式面世。她后来也不断为香港电影公司写电影剧本。可以说张爱玲有很深的戏剧情结。这种戏剧情结也深刻影响着她的小说，对她的创作有很大影响。她写人生如戏，也用"戏"的场景来安置她笔下的日常生活。也正是在旧戏里，她体味出人生的短暂和荒凉。

张爱玲尤其对胡琴这种中国传统的古老乐器情有独衷。因为胡琴的声音悠远苍凉，很适合她对人生世界的看法。在《倾城之恋》的"再版自序"中，她写去看上海的蹦蹦戏，"拉胡琴的一开始调弦子，听着就有一种奇异的惨伤，风急天高的调子，夹着嘶嘶的嘎声。天地玄黄，宇宙洪荒，塞上的风，尖叫着为空虚所前……"《倾城之恋》的开始就写白四爷单身坐在黑沉沉的破阳台上拉胡琴。白四爷的胡琴声几乎贯穿整个故事。但白四爷拉得好还是不好，他们都是"唱歌唱走了板，跟不上生命的胡琴了"。暗示着旧贵族这个破落阶级的末世的惶恐，和他们所感受到的人世苍凉。小说最后写到："到处都是传奇，可不见得有这么圆满的收场。胡琴咿咿哑哑拉着，在万盏灯火的夜晚，拉过来又拉过去，说不尽的苍凉故事——不问也罢！"胡琴一样的咿呀人生，演奏的无非是人生过来又过去的悲喜故事。《鸿鸾禧》中写娄家的两个小姑子二乔四美和新娘子玉清去成衣店试衣服，“各人都觉得后天的婚礼中自己是最吃重的脚色，对于二乔四美，玉清是银幕上最后映出的雪白耀眼的‘完’字，而她们才是精彩的下期佳片预告。”这是个非常机巧的比喻，幽默调侃中透露中“人生如戏”的悲冷。

看月亮，照镜子，拉胡琴，这不过是些日常生活的细小事情，但在张爱玲的小说里却有了特别的意义。这些符号和旨趣，使她的小说具有了意味无穷的艺术魅力，也深刻地体现了张爱玲的人生观和历史观。

张爱玲小说的历史感还表现在许多小说都有一个非常有意味的结尾上。《茉莉香片》写了聂传庆难以忍受言丹珠带给他的压力，终于在圣诞晚会后的山路上打了她，他以为他从此可以解脱了，摆脱开朗、快乐的言丹珠带给他的青春压抑。但小说最后写到：“丹珠没有死。隔两天开学了。他还得在学校里见到她。他跑不了。”这里说的并不仅仅是言丹珠顽强蓬勃的生命力，而是说言丹珠所代表的自由、快乐、平等、个性解放的时代精神，是生活在旧家庭阴影里，像旧缎屏风上白鸟一样苦闷残破的聂传庆所躲避不了的。再比如《金锁记》的结尾写到：“三十年前的月亮早已沉下去了，三十年前的人也死了，然而三十年前的故事还没完——完不了”。事实上类似曹七巧这样为自己的一生戴上黄金枷锁的人，被金钱异化了的人又何止只出现在三十年前或三十年后呢？

第三节　小说的起源与中国文学精神

要理解张爱玲小说中的这些艺术气质，就不能不说到中国小说的叙事风格和精神传统。中国小说起源于魏晋南北朝时期。最早的作品是基于神话传说、寓言故事和丰富的史传著作上的文言小说。中国文言小说的成熟形态是唐传奇，而白话小说的成熟形态则是宋元话本。由魏晋南北朝文言小说开始，到唐人传奇、宋元话本，再到明清小说的繁荣，是我国小说发展的基本过程。从明代开始，我国诗文创作逐渐衰落后，戏剧、小说创作进入了一个繁荣发展的高潮时期。重视现实生活、重视日常生活叙事和人情世故描写的文学精神又在新的文艺形式，尤其是小说中得到延续和继承。在儒教文艺思想长期占正统地位的封建社会，话本、小说、戏曲为正统文人所不齿。但随着时间的推移，小说戏曲却不断显示出强大的生命力和突出的成就，自然引起文人在理论上的重视。宋代开始有零星的小说批评。南宋洪迈对小说的认识很有价值。他说："唐人小说，小小事情，凄惋欲绝，洵有神遇而不自知者，与诗律可称一代之奇。"[1]这段话至少表达了四个意思：一、小说有很强的情感渲染色彩；二、小说叙事以"小"故事和"细节"取胜；三、小说有很强的虚构特点；四、唐代小说之魅力堪与诗词相媲美。

金元时期中国文学理论发展出现了新现象，那就是出现了小说、戏曲理论。中国小说理论最初的产生形态是评点和对话本的批评。宋末元初著名的评点家有方回和刘辰翁。刘辰翁对《世说新语》的评点被认为是小说评点的滥觞。中国古典小说理论一开始就注意到"人物"塑造在小说中的重要意义。小说评点在明清时期达到高峰。明代小说评点已经涉及到诸如小说的地位和作用、历史真实与艺术真实的关系、虚构与真实的关系等重大问题。值得重视的是评点家认识到了中国小说描写"人情物态"的艺术特质。注意到在此基础上小说的真实性、生动性和形象性，并由而产生的艺术魅力，从而对小说的审美特征有了深刻的认识。胡应麟在《少室山房笔丛》中说《水浒传》是"不事文饰，而曲尽人情"。睡乡居士在《二刻拍案惊奇·序》中说小说要能"举人情物态，恣其点染"，使人"欲歌欲哭其间"。作者的倾向和创作意图也正是通过对"人情物态"的描写而体现出来的。金圣叹认为《水浒传》最有艺术价值的是对小说人物的成功塑造。他特别注意到《水浒传》人物之所以成功，是因为作者把他们塑造得合乎"人情物理"，而不是故意把英雄拔高、神话，而是让人感到他们既是理想的英雄，又是现实生活中活生生的人。正因为他们是日常生活中的人，才各自具有个性化的语言、举止和处事方式。

1　张少康、刘三富：《中国文学理论批评发展史》（下），北京大学出版社，1995年12月第1版，第149页。

要做到这点，作家就必须做到对生活“澄怀致物”，对人物“因缘生法”。

《金瓶梅》是中国第一部文人独立创作的白话长篇小说，也是中国白话小说发展的里程碑。它成书于明万历前中期。这个时期，单一的封建经济有了走向衰落的迹象，以官商结合为特点的新经济关系出现，商业繁荣，市民阶层崛起，人们在贫富两极分化中感受到金钱和权势的冲击，价值观念发生了急剧变化。《金瓶梅》反映的正是这样一个时代。

《金瓶梅》被看作世情小说的开山之作。关于世情小说，鲁迅较早在《中国小说史略》中就有专列篇目论述。该书共计 28 篇，其中有三篇是专讲“人情小说”的。他分别列举了明之《金瓶梅》、《玉娇李》、《好逑传》和清之《红楼梦》为例。鲁迅对世情小说的定义是：“当神魔小说盛行时，记人事者亦突起，其取材犹宋人小说之‘银字儿’，大率为离合悲欢及发迹变态之事，间杂因果报应，而不甚言灵怪，又缘描摹世态，见其炎凉，故亦谓之‘世情书’也。”[1] 小说涉及世情可溯源到魏晋小说产生之初。这实质上也正是中国诗歌中所孕育的“情志”文学精神在小说形式中的流传。单从文字上看，《金瓶梅》写的是西门一家人的日常生活，但所涉及的社会深广度可说是由一家而及天下国家。清朝人张潮说，“《金瓶梅》是一部哀书”，欣欣子在《金瓶梅词话·序》中也说：“窃谓兰陵笑笑生作《金瓶梅》，寄意于时俗，盖有谓也。”[2] 关于此书荒淫恣肆的表面文字背后所蕴涵的意义，比如对人欲的肯定，人性的觉醒和对人的解放与自由的追求，以及人如何在自以为解放的欲望中走向毁灭等一系列的问题，都得到了深入的表达。

作为中国白话小说发展的里程碑，《金瓶梅》最值得思考的是它从此为中国小说叙事提供了一个新的叙事形态：以日常生活为基础的叙事美学。中国小说自产生时起就以讲述历史或神话故事为主。在由魏晋前文言小说向白话小说的发展演变过程中，宋元话本的意义是很重要的。话本创作为明清小说的繁荣进行了前期尝试和准备，也是中国小说由自命古雅高级的文言、传奇故事走向平民和俗文学的一个转折点。“说话”产生于初唐时期。到了宋代，“说话”

1 鲁迅：《中国小说史略》，浙江文艺出版社，2000 年 12 月第 1 版，138 页。

2 兰陵笑笑生：《金瓶梅词话》，香港太平书局，1982 年 8 月第 1 版，第 1 页。

已经成为一种十分繁荣的民间艺术。北宋汴京、南宋临安都有很多叫做“瓦舍”、“勾栏”的大众娱乐场所，在这里，专业说书人绘声绘色为百姓讲述各种故事。这些故事的类型被分为银字儿（如烟粉、灵怪、传奇），公案（皆搏刀赶棒及发迹变泰之事），铁骑儿（谓士马金戈之事），说经（谓演说佛书），还有诸如参请、讲史书以及合生等，十分丰富。可是说，这些话本类型基本包括了现有的所有小说题材。

从文学形式上来说，《金瓶梅》的出现应是其中“银字儿”一类的发展。也是鸳蝴小说的前身。从历史、神话故事到当下所生活的现实社会，从帝王将相、英雄豪杰到琐琐碎碎的家事和平平凡凡的人物，这不仅仅是小说取材的一个变化，它标志着继承了自《诗经》以来文学精神的小说艺术，已经逐步确立了它以日常生活叙事为基础的艺术方式，而且这种叙事方式已发展成一种独立的文学形式，使得中国小说进入了真正关注社会人生、关注个人世界的现实主义文学阶段。它为中国近现代出现大量的世情小说奠定了基础。《金瓶梅》的日常性还表现在它的语言。《金瓶梅》的语言多用“市井之常谈，闺房之碎语”，[1]它的语言来自民间，又经过专业文人的提炼和创造，具有此前文言小说或半文半白的话本小说所不具有的生鲜味道，给整部作品带来了浓郁的俗世情味和鲜明的时代特征。此后，《儒林外史》、《红楼梦》刻意用京白来将口语净化，《醒世姻缘》、《海上花列传》之类则在方言上下工夫，都可看作是在不同程度上受了《金瓶梅》的影响。

《金瓶梅》之后有涉世情的小说明显地分为两大流派，一是以才子佳人和家庭等个人生活为题材描写世情的，即后来所谓的鸳蝴小说；一是以社会公共生活为题材，揭露社会黑暗来描写世情的，即所谓“黑幕小说”。以短篇小说形式出现的“三言二拍”同样是一幅市民社会的风情画。从艺术成就来说，《聊斋志异》让短篇小说达到了相当高的艺术水准。蒲松龄看似写鬼狐故事，说的实为现实生活中的“人情物理”。以日常生活叙事来描写世态人情的小说，因《红楼梦》的出现而达到颠峰。在这两者之间，值得一提的

1　兰陵笑笑生：《金瓶梅词话》，香港太平书局，1982年8月第1版，第3页。欣欣子《金瓶梅》序。

是《儒林外史》。

前文说到，由于中国古代文学中惟有史诗地位为最高，所以小说一出现就自然以历史传奇或神话故事为主，借以提高自己的身份。《金瓶梅》开始了文人小说涉及人生世俗的先河，而真正完成这一转变的则是《儒林外史》。《儒林外史》写的无非是一些有关穷书生的故事。它既没有惊心动魄的传奇色彩，也没有生死缠绵的动人故事，书里随处可见的是当时人们的日常生活和平凡人平凡的精神世界。作者写书的平凡心态和世俗主旨在书的一开头就用一首词来表明："人生南北多歧路，将相神仙也要凡人做。百代兴亡朝复暮，江风吹倒前朝树。功名富贵无凭据，费尽心情，总把流光误。浊酒三杯沉醉去，水流花谢知何处。"[1]

围绕着一群书生的形象，小说描写了高人隐士、医卜星相、娼妓狎客、官吏衙役、市民村妇人等各色人物，展示了一幅生动的社会风俗和人情世态画。《儒林外史》集中了日常生活叙事文学具有的基本特征：情节淡化，寻常细事，看似通俗实则精致的语言，平凡人物，几近真实的生活再现。整部作品基本没有情节曲折的故事，而是在密集的日常生活场景、白描式日常风景、人的日常行为和日常话语的描写中，塑造人的性格和复杂多面的精神世界。第一回写到，王冕因画有名，高官邀请他却反复躲避拒绝。理由竟是："时知县倚着危素的势要，在这里酷虐小民，无所不为。这样的人，我为什么要相与他？"一介书生的耿直性格跃然纸上。第三回写范进没中举的时候，胡屠户骂他是"现世宝穷鬼"，范进中了举就成了天上的文曲星下凡，范进中举乐极而疯，胡屠户不得已壮着胆子打了他一下，他发现自己巴掌都仰着了，而且再也转不过来，赶紧找来膏药贴上。严监生死前一直伸着两根指头不肯咽气，守在身边的人都不明白他想说什么，原来他是嫌灯盏里有两根灯草太费油了。作者甚至不用自己说一句自己的话，只是角色本身的语言和心理活动就将人物刻画得栩栩如生。此外，小说中自然优美又具体真切的景物描写，也完全不同于章回小说里程式化、骈俪化的景物描写。吴敬梓一生对《诗经》情有独钟，非常推崇，《儒林外史》

1　吴敬梓：《儒林外史》，云南美术出版社，2002年1月第1版，第1页。

可看到源自《诗经》的民间精神和创作态度。

这些传统的章回白话小说直接为张爱玲的创作提供了艺术养料。她熟读《红楼梦》、《金瓶梅》等章回小说。她在《红楼梦魇》的序中说："这两部书在我是一切的源泉，尤其是《红楼梦》。"张爱玲早期的小说风格偏于浓，多有《金瓶梅》和《醒世因缘》的影子，以后的小说风格则趋于平淡，心追手摹的范本是《海上花》。

第四节 张爱玲与"鸳鸯蝴蝶派"

在革命文学、左翼文学以及抗战文学等宏大叙事为主流的时代，张爱玲的文字几乎没有进入文学批评家的视野。虽然在40年代后期的上海文坛，张爱玲曾风靡一时，评论界反映热烈，但也仅限于彼时彼地而已。在后来的文学史中偶有提到，也把她多归于不足挂齿、不入主流的鸳鸯蝴蝶派。那么，张爱玲的小说到底属不属于于鸳蝴文学？二者又是怎样的关系呢？

鸳蝴文学的源头可以追溯到宋代。上文说到，在当时的南宋临安有很多叫做"瓦舍"、"勾栏"的大众娱乐场所，职业说书人就在这里为广大市民听众讲故事。这些众多的故事类型中，有一种叫做"银字儿"（如烟粉、灵怪、传奇）的故事。"烟粉"就是指言情类的故事。宋以后，这种典型迎合新兴市民阶层文化娱乐口味的文学形式一直得到延续和发展。魏子安的《花月痕》（1859）及文康的《儿女英雄传》（1872）可谓鸳鸯蝴蝶派文学在19世纪的两大源头。《花月痕》第31回以"卅六鸳鸯同命鸟，一双蝴蝶可怜虫"为题，从此"鸳鸯蝴蝶"成为这一类言情小说的代名词。1903年，孙玉声在笑林报馆刊行了《海上繁华梦》，十年后，与此作创作倾向相似的作品大量涌现，被人称之为"鸳鸯蝴蝶派"。

民国初年流行的鸳蝴作家重要的有徐枕亚、程小青、范烟桥、周瘦鹃、顾明道、张恨水等人。较早批评"鸳鸯蝴蝶派"的是周作人。1918年4月

19日，周作人在作《日本近三十年小说之发达》的讲演中，提及徐枕亚的四六骈文小说“《玉梨魂》是鸳鸯蝴蝶体”。周作人说“鸳鸯蝴蝶体”的意思是指专写艳情的小说。1919年1月12日，周作人在《每周评论》发表《论”黑幕”》，文中写到：“到了袁洪宪时代，上下都讲复古，外国的东西，便又不值钱了。大家卷起袖子，来做国粹的小说；于是《玉梨魂》派的艳情小说，《技击余闻》派的笔记小说，大大的流行。”周作人在这里把鸳鸯蝴蝶派作为复古思潮的一种表现有他的一定道理，因为鸳蝴文学本来就是宋元话本中“银字儿”故事的延续。应该说周作人的看法只是针对狭义的定义。“狭义的鸳鸯蝴蝶派只写‘卅六鸳鸯同命鸟，一双蝴蝶可怜虫’的言情小说，广义的鸳鸯蝴蝶派包括言情、狭邪、黑幕、社会、武狭、侦探等多种题材。”[1]张爱玲的小说很有些“同命鸟”与“可怜虫”的味道，她的小说承传的主要是这类言情小说的艺术气质。

可以说，鸳鸯蝴蝶派小说是张爱玲时代所面临的非常普遍的文学资源。从民初到沦陷的孤岛上海，鸳蝴文学一直拥有众多的读者。尤其在当时的上海，类似于今天言情电视连续剧一样的鸳蝴文学，是一种很能适应现代都市商业运作机制的文化形式。它的类型化操作（小说人物、故事、道德以及形式的类型化）使得它比较容易找到固定的消费者。一定的写作者同一定的阅读之间建立起了良好的供求关系。从这里也可看出，晚清传统文人正在向现代职业文人转变。

张爱玲一直对鸳蝴文学抱有浓厚的兴趣。张爱玲一生研究旧小说《海上花列传》，还用鸳蝴文学的方式戏写过《红楼梦》。她还为鸳蝴小说抱不平，认为鸳鸯蝴蝶派小说在民国以后被用了一种先入为主的观点来对待，不被“现代派”的读书人所欣赏。这正是由于五四新文化运动中，鸳蝴文学被当作旧文学彻底批判的结果。《海上花》是1892年付印的章回体小说。张爱玲认为这部写上海妓院的小说没受到新文学重视，与北伐革命后废妓、废妾制度有关。鲁迅、胡适等都给该书很高的评价。鲁迅认为该小说真正达到了“平淡而近自然”的境界，张爱玲是把该书处处和《红楼梦》相提并论的。她认为《海上花》“写情”无书能及。张爱玲在《国语本〈海上花〉译后记》中，和《红楼梦》相比较，

1　程文超：《1903：前夜的涌动》，山东教育出版社，1998年5月第1版，第249页。

详细分析了《海上花》一书的好处。指出《海上花》中所用的“穿插藏闪”之法是《红楼梦》里的手法，她说“《海上花》把传统发展到了极端”。[1]对于同时代的鸳蝴小说家，张爱玲最喜欢看张恨水的小说，当然对首发她小说的编辑周瘦鹃也是很尊敬的。她在《存稿》一文中还写到她读书时经常为到底喜欢张资平还是张恨水，和一个要好的同学争辩。鸳蝴文学自形成源头开始就是不入主流文学的，是不被专业认可的文学流浪儿。“五四”新文化运动和革命文学兴起后，鸳蝴小说的存在似乎更是对新文学和左翼文学的嘲讽，所以一段时间还遭到左翼革命文学的激烈批判。但这类小说为什么会得到张爱玲喜爱呢？鲁迅虽然也批判过造作呻吟的鸳鸯蝴蝶派，但对《海上花》还是评价很高。胡适也认为《海上花》是吴语文学的第一部杰作。

张爱玲为什么喜爱鸳鸯蝴蝶派，这和鸳蝴文学的本质有很大关系。鸳蝴小说固然有它猥琐的、封建的、谄媚读者趣味的一面，但我认为程文超对鸳蝴小说的一个观点很有意义。他说：“问题的关键在于：读鸳鸯蝴蝶派需要换一个读法。由读主题变为读情调。主题在鸳鸯蝴蝶派作品里往往只是结构作品的某种契机，乃至一种展开情节的一种过得去的借口。不同的作者、甚至同一作者在不同的时空，选择的契机和借口也许有不同，但他们要表现的东西却是一致的。在鸳鸯蝴蝶派那里，作品主题并不能完全揭示其思想倾向，其骨子里的思想倾向则体现在情调上。”[2]——这里的“情调”和“一致的东西”都指的什么呢？那就是“市民情调”。

鸳鸯蝴蝶派的主要阵地《礼拜六》杂志出版赘言中说：“惟礼拜六与礼拜日闲暇而读小说也。”（市民的生活节奏）“买笑耗金钱，觅醉碍卫生，顾曲苦喧嚣，不若读小说之节省而安乐也。”[3]（市民的消遣方式）。把读小说看成等同于买笑听曲一类纯粹娱乐活动，“市民情调”完全消解了正统文学中所谓“文以载道”的文学原则，难怪革命文学要对它大加挞伐了。其实，我国社会自宋代开始就萌发现代性因素了。其中一个重要的表现就是个人意

1　张爱玲：《续集》，第 32 页。

2　程文超：《1903：前夜的涌动》，山东教育出版社，1998 年 5 月第 1 版，第 249 页。

3　《礼拜六·出版赘言》，见《鸳鸯蝴蝶派研究资料》。

识的觉醒。“说话”正是迎合个人文化消费需要而产生的艺术形式。进入现代社会后，无论社会的精英阶层如何看待旧文学，也无论社会主流高唱什么时代主旋律，这种强调最大众趣味的文艺形式随着社会的现代性转折一直得到延续。市民情调实为复杂现代性的含义之一。鸳鸯蝴蝶派在现代文学的繁荣表面看是对左翼文学的一个讽刺，实质上却是明清现代性在“五四”后的一个延续。张爱玲喜欢的正是鸳蝴小说中的这种“市民情调”。

在一个农耕文明的中国社会，“都市”本就是个新兴的事物。但在特殊的沦陷区上海，“孤岛”环境反而使都市文明得到充分甚至畸形的繁荣。这孕育了张爱玲对都市生活的全部经验和感受。港大读书时在香港三年的生活经历，已给了她充足的都市生活经验。包括她后来远走美国，和赖雅一起的日子（不写作的闲暇时间大部分用来逛街、购物、下馆子、看电影），都表明张爱玲对城市生活的喜欢和迷恋。不过相比鸳鸯蝴蝶派的旧市民小说，张爱玲以她现代知识分子的触觉发现并肯定了新的“都市价值观”。《流言》一书“到底是上海人”一文中，张爱玲很精确愉快地描写了自己对市民情调的迎合与追求，以及对新兴的市民价值观的肯定。这也使她的小说自然呈现出不同于一般鸳蝴小说的风格和意蕴。

只有“言情”才能有“情调”。鸳蝴小说的最大能事就是言情，言情也是鸳蝴文学对旧小说言情传统的继承和延续。其实，从广义上说，《金瓶梅》、《海上花》、《红楼梦》都是言情小说。但鸳蝴小说的最大流弊不在于言男女之情，而在于为了言情而言情，为了情调而情调。它忽略了这种“男女之情”后面的庞大、实在的人生背景和现实生活，所以鸳蝴小说才能有所谓“痴情”、“哀情”、“惨情”、“奇情”等产品商标一样的分类。张爱玲和鸳蝴文学本质的不同就在于，前者是为了写情而写情，而后者总是把“男女之情”放在现世生活里去写，目的在于写人生、写生活、写世态，揭示“情”背后的人性真相。张爱玲故事中的“男女之情”既不是为情而情的杜撰，也不是革命加爱情的浪漫。张爱玲的情爱故事是“饮食男女”，不过是人物世俗生活的一部分，而不是为情而情的全部。在她描写的精致的日常生活里，在她精心布置、安排的迂回百折的情调背后，读者最终总能看到人性的深处，从而发现人性里某些经不起追问的悲凉的根性，比如冷漠、自私、妥协等。而鸳鸯派的小说家往往是以痴男怨女的眼泪掩盖了人性的真相，褪去了人生的本来颜色。正是因为张爱玲是把男女之情放在社会人生的大背景里去写的，她也比那些鸳蝴故事更能准确真切地把握男女情爱中的心理状态和过程；也正因为她在这样的情爱故事中写出了人性和人生的真相，她的故事总笼罩着一层非个人的悲凉情绪。这些都使她更接近《红楼梦》的境界，而比那些纯粹给读者以娱乐的鸳蝴小说高出一大截。

能写出市民情调中的悲凉，作品就有了文人气。这个特点使张爱玲的小说大大区别于一般以娱乐为目的的鸳鸯蝴蝶派小说。如果按照陈平原先生关于"诗骚"传统和"史传"传统的观点，张爱玲的小说就是既继承了"史传"传统中写人状物的叙事手法，又继承了"诗骚"传统中注重个人感受和抒情的特点。对于张爱玲来说，前者是显性的，后者则是隐性的，是在文章的背后渗透出来的。因为张爱玲从不直接抒情，她把自己在作品中藏得很严实，情感性也是通过日常人物的日常举止言行表现的。陈平原还指出，"五四"小说中，"诗骚"传统的体现是多个人抒情和个人情调，讲究"小说的情调"和"小说的意境"，语言也讲究意境美和诗意美，如冰心（《超人》）、成仿吾（《一个人流浪的新年》）、郁达夫（《茑萝行》），王统照（《春雨之夜》）、鲁迅（《故乡》）等。也还应包括那些描写个性解放，个体生命欲望被压抑的小说。

张爱玲和"五四"文人小说共通的部分是都注重文人感受，是纯粹的文人小说。不同的是"五四"小说多散文化地描写个人情感感受，而张爱玲的小说则更多的是注重日常生活中的个人感受。前者虚，后者实。惟其实，就可更多地接近读者，具有了"五四"小说不具有的通俗性。显然，张爱玲的小说隐含着"五四"人道主义小说中的凄清悲凉，又超越了鸳鸯蝴蝶派的低俗娱乐，在一个孤岛上成就了自己作为市民文学之代表的高度。所以，黄修己把张爱玲称为"现代市民文学的艺术成就最高的作家，是为市民画像的高等画师"。[1] 从整个文学史的发展来看，张爱玲的创作也代表了中国小说从"旧"

1 黄修己：《为市民画像的高级画师》，见《张爱玲名作欣赏》，中国和平出版社，1996年6月第1版。

（鸳蝴文学）到“新”的一个过渡，为中国小说增添了新的意义和新的写作方式。所以说，张爱玲的小说有鸳鸯蝴蝶派的影子，但又不属于鸳鸯蝴蝶派。

第五节　《红楼梦》与张爱玲的“女心世界”

在中国现当代作家中，张爱玲是少数具有深厚文学修养的人之一。贵族出身给她提供了良好的家学环境，博览群书让她很小就学会了理解人情世态。张爱玲对于古今中外的文学都有深刻了解，但无论是对于哪种形式的艺术，她喜欢的都是那些有“人生的回声”、有日常生活气息的艺术。张爱玲不喜欢高扬的艺术，她追求安稳的人生和艺术。中国最伟大的言情小说《红楼梦》是张爱玲一生的至爱。她之所以一生热爱《红楼梦》，是由她的审美观决定的，可以说，这是她的美学选择。

一、倾听“人生的回声”

胡兰成在《民国女子》一文中写到：“爱玲把现代西洋文学读得最多，……她讲给我听萧伯纳、赫克斯莱、桑茂忒芒，及劳伦斯的作品。她每讲完之后，总说：‘可是他们的好处到底有限制’。……可是对西洋古典作品她没有兴致，莎士比亚、歌德、雨果她亦不爱，西洋凡隆重的东西，像他们的壁画、交响乐、革命或世界大战，都使人觉得吃力，其实并不好。爱玲宁只是喜欢现代西洋平民精神的一点。托尔斯泰的《战争与和平》，我读了感动的地方她全不感动，她反是在没有故事的地方看出有几节描写得好。”[1] 这一段话，非常典型地说出了张爱玲的艺术观点和美学旨趣。张爱玲曾翻译过海明威、汤姆森、简·奥斯汀等人的作品，但她都没特别赞扬过他们的好。与上面一段相对照来理解的还有胡兰成在《论建立中国的现代文学》一文中说的一段话：“张爱玲对西洋的古典文学都不喜欢。托尔斯泰的《战争与和平》里重大场面及陀斯妥也夫斯基的小说里

1　胡兰成：《今生今世》，中国社会科学出版社，2003 年 9 月第 1 版，第 157 页。

天主教的，与斯拉夫民族的深刻严肃的热情，她都不以为好，德国法国英国的浪漫文学她都不感动。她不喜拜伦，宁是喜爱萧伯纳的理性的、平明的、讽刺的作品。”[1]

张爱玲是典型地用中国眼光看西洋文明的。从张爱玲的文学气质看，她其实对西方文学是懂的，而且创作风格有明显的现代文学精神。她不喜欢的只是其中隆重的东西。对于符合自己审美趣味的西洋文学她还是很喜欢的。她在西洋文学、绘画以及音乐中，都注重去发现那些具有浓郁生活气息的、有人情味的、永恒的、细节的、民间精神的事物，而反感激烈的、革命的、宏大的、英雄气的、庙堂气息的事物。同样，对于西洋绘画，她只喜欢塞尚，对于西洋音乐，她喜欢巴赫而不喜欢贝多芬的悲壮严肃。德国作曲家巴赫有“欧洲近代音乐之父”之称。他性格内向、安静，但他的音乐却生气勃勃，富有人情味，充满人道主义的崇高信念和对美好生活不屈不挠的追求。张爱玲喜欢的正是巴赫音乐里这种生气勃勃的人情味道。她在《流言·谈音乐》一文里写到：“我最喜欢的古典音乐家不是浪漫派的贝多芬或萧邦，却是较早的巴赫。巴赫的曲子并没有宫样的纤巧，没有庙堂气也没有英雄气，那里面的世界是笨重的，却又得心应手：小木屋里，墙上的挂钟滴答摇摆；从木碗里喝羊奶；女人牵着裙子请安；绿草原上的有思想着的牛羊与没有思想的白云彩；……”可见，无论是欣赏西洋绘画还是欣赏音乐，张爱玲用的都是和文学一样的审美原则，她注重的是一个细节而日常的、有“人生的回声”的世界景观。

张爱玲是典型地用中国眼光看西洋文明的。

1　胡兰成：《中国文学史话》，社会科学院出版社，2004年1月第1版，第140页。

对于传统旧小说，张爱玲同样不喜欢那些神话、历史和英雄故事，她惟独喜欢《红楼梦》、《金瓶梅》、《海上花》、《醒世姻缘》等文人写的而非民间流传的言情小说。在比较完整普及的几本长篇小说，如《三国演义》、《西游记》和《儒林外史》中，也只有后一个是好的，前两本无非是历史神话传说，“缺少格雷亨·葛林（Greene）所谓的‘通常的人生的回声’。似乎实在太贫乏了点。”[1]张爱玲的一生，对《红楼梦》的喜爱可以说到了痴迷的程度。她八岁时就开始读《红楼梦》、《西游记》、《七侠五义》等古典小说。十四岁就创作了章回小说《摩登红楼梦》。定居美国后，张爱玲的大部分时间用来研究《红楼梦》和翻译《海上花列传》两本书，并写、译有《海上花开》、《海上花落》以及《红楼梦靥》等著作。她在《红楼梦靥》一书的序中写到：“这两部书在我是一切的源泉，尤其是《红楼梦》。《红楼梦》遗稿有‘五六稿’被借阅者遗失，我一直恨不得坐时间机器飞了去，到那家人家去找出来抢回来。”[2]从这话中，足见她对《红楼梦》的喜欢。

张爱玲之所以对《红楼梦》情有独钟，也是和她对中国文学的认识密切相关的。在作品集《余韵》一书里，张爱玲有一篇《谈宗教》的文章，她认为中国人表面上没有什么宗教可言，但中国文学里却弥漫着大悲哀。这种悲哀无非是对岁月无情、人生短暂、苦多欢少、聚散无常的感叹。关于中国文学中的这个“悲”的传统，陈平原在《中国小说叙事模式的转变》中说：“这种审美趣味无疑带有明显的民族烙印。从李贺、李商隐的诗，李煜、李清照的词，到戏剧《桃花扇》、《长生殿》，小说《儒林外史》、《红楼梦》，中国文学中有一个善于表现‘凄冷’情调的传统。”[3]张爱玲是这样理解中国文学里的这个“大悲哀”的，她在《谈宗教》一文中说到：“世界各国的人都有类似的感觉，中国人与众不同的地方是：这‘虚空的虚空，一切都是虚空’的感觉总像是个新发现，并且停留在这阶段。一个一个中国人看见了花落水流，于是临风洒泪，对月长吁，感到生命之短暂，但是他们就到这里为止，不往前想了。灭亡是不

1 张爱玲：《续集》，花城出版社，1997年3月第1版，第10页。

2 张爱玲：《红楼梦魇》，哈尔滨出版社，2003年10月第1版，第4页。

3 陈平原：《中国小说叙事模式的转变》，北京大学出版社，2004年7月第1版，第201页。

可避免的，然而他们并不因此就灰心，绝望，放浪，贪嘴，荒淫——对于欧洲人，那似乎是合乎逻辑的反应。”[1]她认为这种约束的美是中国人最值得引以自豪的。其实，张爱玲在这里发现的是中华民族审美特性里一个很本质的特征：感到人生的悲凉、空虚，却不因此放浪形骸或绝望，而是知道约束而不放松，知道如何去珍惜生命热爱生活，这“大悲哀”里就有了一种人情的丰富涵义。张爱玲之所以喜欢《诗经》里那四句诗“生死契阔，与子相悦；执子之手，与子偕老”，也是一样的道理。明知人生无常，短暂，但要坚持的还是要坚持。因为文学里有大悲哀，所以，“只有在物质的细节上，它得到欢跃——因此《金瓶梅》、《红楼梦》仔仔细细开出整桌的菜单，毫无倦意，不为什么，它因为喜欢——细节往往是和美畅快，引人入胜的，而主题永远悲观。一切对人生的笼统观察都指向虚无。”[2]或者正是因为没有宗教观的中国人意识到了“一切对人生的笼统观察都指向虚无”，所以才要在意从日常生活中，在物质的细节上寻找意义和永恒。

在这能令人“和美畅快，引人入胜”的细节上，张爱玲发现了中国文学一个强大的生生不息的叙事传统——我们可将它称为关于日常生活的叙事传统。而且她一直对此写作路径充满自信，并且一直将它作为自己稳定的艺术风格来追求。立足于日常生活，《红楼梦》写尽人间各种情感，又由于始终有一个“大悲哀”的底色，这种种情感就有了人情之种种曲折、可怜、可喜或幽婉，这之中就有了人情之美。于是，在“大悲哀”—日常生活叙事—人情美三者的循环、交错、渗透中，渲染出了一种鲁迅称之为“人情小说”的中国特有的文学品种。

二、“大悲哀”里的人情

张爱玲小说和《红楼梦》最深刻的血缘关系在于两者在情感本质上的共通。这个共通，有几个方面的表现：一是伤逝往昔岁月；二就是上文讲到的中国式的大悲哀。张爱玲和曹雪芹都是曾经荣华富贵的贵族之后，对于如烟

1　张爱玲：《余韵》，花城出版社，1997年3月第1版，第8页。

2　同上，

如云消逝了的往昔岁月，他们不是沉湎梦想，因为他们明知往日永远不会再来；但他们也不是摒弃，更不是批判，他们是时有追怀伤逝的情绪，是为旧人旧时代唱挽歌的情调。旧式大家庭是这挽歌中的吟唱主角。

《红楼梦》写的不过是一个大家庭的故事。在中国现代文学中，以封建大家庭为叙事主题的作家除了张爱玲，还有巴金、曹禺等人。虽然巴金的长篇巨制《家》、《春》、《秋》同样也是描写旧中国封建大家庭的故事，但我们在巴金的小说中一点都嗅不出《红楼梦》的味道。这是为什么呢？因为巴金的《家》里只有一种非常单向的感情，那就是"反抗和叛逆"。在巴金的人物眼里，凡是旧东西都是不好的。作者呼吁人物快快砸烂旧世界，然后出走，只要走出去似乎肯定就是一番光明、幸福的新世界。但张爱玲并不相信这种线性的进化的历史观。她不相信时间就一定会带来一个美好光明的未来。未来对她不过是"惘惘的威胁"，或者是"更大的破坏"。巴金是决然地宣布了大家庭的死刑。他具有无政府主义倾向的先入观念，这使他失去了思考大家庭制度以及大家庭制度下人物之复杂性的可能。所以，巴金的创作让人感到似乎始终停留在"五四"启蒙文学的层面。当然，巴金有他自己的创作理念，他并没有要学《红楼梦》的意思。事实上，作为维系了中国几千年封建文明的一种最主要的社会伦理组织关系，中国的旧式大家庭有它极为复杂的多面性。一生努力、过上家大业大的好日子，几乎是大多数中国人心目中正统且得到社会认可的生活理想。而且对于掌握权力的阶层来说，家国一体，家国一理，家庭之意义非同寻常。当翻天覆地的新时代来到的时候，大家庭以及大家庭里的成员并非就是如巴金写的那样统统反抗，和阿Q一样喊着"同去同去，于是一同去"地去闹革命。曾在旧时代旧制度旧秩序里尽享优越的大家庭的张爱玲所面临的，更多的是怀恋、挽留、感慨、迷茫、无奈、苟且和所谓"惘惘的威胁"。这正是张爱玲的小说所写出的东西。其实在作者的心底深处，他们是留恋那往昔岁月的。不过曹雪芹的怀恋明显，而张爱玲更隐晦些。曹雪芹的挽歌明唱在《红楼梦》大量的词曲里，而张爱玲则唱在那不时咿呀响起的胡琴声里，就是那白四爷单身坐在黑沉沉的破阳台上拉着的胡琴。

中国式的"大悲哀"一方面是临风洒泪，对月长叹，感慨人生之有限，另

一方面则是“并不因此就灰心”，而是该干什么还是干什么，该坚持什么还得坚持什么。大观园里的人们从主子到下人，各个都知道“千里搭帐篷，没有个不散的宴席”，但在情、欲面前的贪嗔痴怨一样有张弛有度，有进有退，并不因此特别放肆或特别收敛。张爱玲的小说大多都指向这样一个对生活妥协、无奈的情感旋律。意识到人生的种种不如意，但还是肯定、依恋、执着于这样的人世生活。《鸿鸾禧》里的娄太太窝窝囊囊地忙完了儿子的婚礼坐在客厅里，一向百般看她不顺眼的丈夫说了个笑话，一屋子人全笑了，这笑话本不是她应当笑的，但“娄太太只知道丈夫说的笑话，而没听清楚，因此笑得最响”。《红玫瑰与白玫瑰》里的振保睡前刚因破败的婚姻向妻子烟鹂掷过台灯座，但“第二天起床，振保改过自新，又变了个好人”。最能代表这种情绪的是小说《留情》的结尾：“生在这世上，没有一样感情不是千疮百孔的，然而郭凤和米先生在回家的路上还是相爱着。”这就是中国式的“大悲哀“里的人情。

《红楼梦》里的“好了歌”好似一出大戏的主题曲，使得全书笼罩着一种由好到了、由色到空的感伤旋律。宝玉所感受到的痛苦，比如充满尔虞我诈的仕途经济、人生有限、没有不散的宴席、天地无情、爱怜弱者、纯洁被亵渎、孤独、爱而不得等等，其实已经是非个人的具有普遍意义的痛苦。关于《红楼梦》的“大悲哀”里隐含的“人情美”，近代大学者王国维早在百年前就有深刻论述。王国维运用西方叔本华的悲观主义理论展开对《红楼梦》的批评。《红楼梦》巨大的艺术价值也是第一次被如此隆重地发现。1904 年 7 月《教育世界》杂志发表了王国维的长篇论文《〈红楼梦〉评论》。全文分五章：分别是《人生及美术之概观》、《〈红楼梦〉之精神》、《〈红楼梦〉之美学上之价值》、《〈红楼梦〉之伦理学上之价值》以及《余论》。今天看来，王国维把叔本华理论完全套用于《红楼梦》》固然有点牵强的味道[1]，但王国维的研究最有意义的有两点：一，他自《红楼梦》》问世百年来首次肯定了它是一本表现人生本质的小说，是“为人生”的小说。“以其目的在

1 饶芃子：《心影》，花城出版社，1995 年 2 月第 1 版，第 234 页。

描写人生，故吾人于是得一绝大著作曰《红楼梦》。”第二，他肯定了《红楼梦》是描写人情之“壮美”和“优美”的“宇宙之大著述”。

在第一章，王国维第一句就引用了老庄的话来切入自己的欲望理论。他写到:“《老子》曰：‘人之大患在我有身’。《庄子》曰：‘大块载我以形，劳我以生。’”这里的“身”和“大块”指的就是人的肉身，或者人之所以为人中“物性”或“生物性”的一面。王国维由此观点出发，指出生活之本质就是“欲”，欲望是人一切的痛苦之源。由于欲望“原生于不足”，因而人的欲望本性是永远无法满足的。欲望得不到满足的状态是人永远的苦痛。由于得不到满足欲望的对象，人就会心生厌倦，“故人生者如钟表之摆，实往复于苦痛与倦厌之间者也。”在第二章，王国维继续深入论述他的欲望与艺术的理论。他说：饮食男女，人之大欲存焉。其中“饮食”之欲是“形而下学”的，而“男女之爱之形而上学”耳。他认为“诗歌小说之描写此事者，通古今东西，殆不能悉数，然能解决之者鲜矣。《红楼梦》一书非徒提出此问题，又解决之者也。”他认为所有艺术包括宗教都是为了解脱欲望之痛苦这个目的而产生的。《红楼梦》之所以称得上“宇宙之大著述”，就是因为它描写了解脱之路。

事实上，《红楼梦》的魅力正在于曹雪芹充分写出了在王国维所谓的“解脱”过程中，这些人物所表现出来的人性和人情美。按王国维的分法就是“壮美”和“优美”。他认为，由外观别人的痛苦而感悟到的解脱就是优美，而由于亲身经历过的痛苦而感悟到的解脱就是壮美。由于《红楼梦》是“悲剧中之悲剧”，作品自然以壮美为主，所以小说的主角是宝、黛而不是惜春、紫鹃等人。他举了一个他认为典型的“壮美”的例子，是第九十六回写宝玉与黛玉最后相见的一节:

“那黛玉听着傻大姐说宝玉娶宝钗的话，此时心里竟是油儿酱儿糖儿醋儿倒在一处的一般甜苦酸咸，竟说不上什么味儿来了……。自己转身要回潇湘馆去，那身子竟有千百斤重的，两只脚却像踏着棉花一般，早已软了。只得一步一步，慢慢的走将下来。走了半天，还没到沁芳桥畔，脚下愈加软了。走的慢，且又迷迷痴痴，信着脚从那边绕过来，更添了两箭地路。这时刚到沁芳桥畔，却又不知不觉的顺着堤往回里走起来。紫鹃取了绢子来，却不见黛玉，正在那里看时，只见黛玉颜色雪白，身子恍恍荡荡的，眼睛也直直的，在那里东转西转……只得赶过来轻轻的问道："姑娘怎么又回去？是要往那里去？"黛玉也只模糊听见，随口答道："我问问宝玉去。"……紫鹃只得搀他进去。那黛玉却又奇怪了，这时不似先前那样软了，也不用紫鹃打帘子，自己掀起帘子进来。……见宝玉在那里坐着，也不起来让坐，只瞧着嘻嘻的呆笑，黛玉自己坐下，却也瞧着宝玉笑。两个也不问好，也不说话，也不推让，只管对着脸呆笑起来。忽然听着黛玉说道："宝玉，你为什么病了？"宝玉笑道："我为林姑娘病了。"袭人、紫鹃两个吓得面目改色，连忙用言语来岔，两个却又不答言，仍旧呆笑起来。……紫鹃搀起黛玉，那黛玉也就站起来，瞧着宝玉只管笑，只管点头儿。紫鹃又催道："姑娘回家去歇歇罢。"黛玉道："可不是，我这就是回去的时候儿了。"说着便回身笑着出来了，仍旧不用丫头们搀扶，自己却走得比往常飞快。"[1]

这是一段足以让人心碎的文字。黛玉回去就一头栽倒，吐了一口血出来。这些描写，没有亲身经历过感情折磨的人是所难以写出和理解的。宝、黛心有灵犀，深爱对方。但黛玉身为孤儿，寄人篱下，无父母兄长为她做社会层面上的现实操作。上一回宝玉已因"失玉"而家人又以假玉混真玉（暗示下一回宝玉结婚中的掉包计）让他疯癫了。一直沉浸在与宝玉终生厮守之美梦中的黛玉，无意中从贾母房里的粗丫头傻姐儿嘴里知道了贾家人的想法，如遭雷击一样，一时迷了心性，眼直了，腿软了，路不知怎么走，话不知怎么说，随口说出的只是"我问问宝玉去"。但是他们的爱情本是两人的心灵之约而非媒妁之言，所以即使见了宝玉，她也不知从何问起，只是彼此望着傻笑，"忽然听着黛王说道：'宝玉，你为什么病了？'宝玉笑道：'我为林姑娘病了。'这两句如梦里人一样失真的对话，最为动人心弦，看似失真，却实为彼此的心灵真实。而早已疯癫了的宝玉只对来探视的老太太说"我有一颗心，前儿已交给林妹妹了，他要过来，横竖给我带来，还放在我肚子里头"。

1 ［清］曹雪芹 高鹗：《红楼梦》，人民文学出版社，1982 年 3 月北京第 1 版，第 1360 页。

看到这里，让人不仅为这两个为情疯傻的可爱又可怜的人而潸然泪下。显然，王国维把这段描写看作是“壮美”的典范之笔，实质上却是因为曹雪芹深刻描写了那个时代和那样的家庭环境中，两个深深相爱的少男少女心里深刻、细腻、动人的人之常性与人之常情。

王国维按照叔本华的观点把悲剧分为三种。“第一种之悲剧，由极恶之人极其所有之能力以交构之者。第二种由于盲目的运命者。”[1] 而第三种悲剧，则是“由于剧中之人物之位置及关系而不得不然者，非必有蛇蝎之性质与意外之变故也，但由普通之人物、普通之境遇逼之，不得不如是。彼等明知其害，交施之而交受之，各加以力而各不任其咎。”他认为宝、黛之爱情悲剧就属第三种。在宝、黛婚姻上，贾母爱宝钗之婉约随和识大体会做人，而不喜欢黛玉之孤僻小性，又迷信金玉之邪说而想用金玉婚姻为宝玉的病冲喜。王夫人自然想把娘家外甥女娶进贾府，而作为实权派的王熙凤则担心黛玉太聪明，娶进门后自己难以驾御，可能威胁到自己的权力地位。凡此等促成悲剧的种种因素，王国维都认为这是“自然之势也”，是可以理解的人之常情，并不是有人故意为难，或有什么难以理解的原因。宝玉和黛玉在心灵深处都信誓旦旦，但宝玉“不能言之于最爱之祖母，则普通之道德使然，况黛玉一女子哉！由此种种原因，而金玉以之合，木石以之离，又岂有蛇蝎之人物、非常之变故行于其间哉？不过通常之道德、通常之人情、通常之境遇为之而已。由此观之，《红楼梦》者，可谓悲剧中之悲剧也”。[2] 他认为只有第三种才是最感人至深的“悲剧中的悲剧”。为什么只有第三种悲剧才是“悲剧中的悲剧”呢？因为“彼示人生最大之不幸非例外之事，而人生之所固有故也。”宝、黛之爱情悲剧并不是什么恶人有意制造的，也不是什么盲目的命运，一切都是可以理解的人之常情，是沉淀了千年文化观和价值观的中国人性中所固有的。但正是在这可怕的人之常情、常理、常境和常德中，悲剧就发生了。这样的悲剧隐藏在我们的日常生活之中，时时刻刻都有发生的可能，可能发生在自己身上，也可能发生在别人身上。这人生人性真正永恒的悲剧。“在第三种，则见此非常之势力足以破坏人生之福祉者，

1　《王国维文集》第一卷，中国文史出版社，1997年5月第1版，第11页。

2　同上，

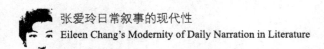

无时而不可坠于吾前。且此等惨酷之行，不但时时可受诸己，而或可以加诸人，躬丁其酷，而无不平之可鸣，此可谓天下之至惨也。”[1]

王国维之所以认为《红楼梦》是以“壮美”取胜的最伟大的悲剧艺术，是因为《红楼梦》通过日常生活描写了人性人情中永恒的悲剧因素。而小说的感染力正在于对这悲剧美的成功描写。所以，王国维表面上似乎生搬硬套了叔本华的悲剧理论，但他却通过分析在本质上抵达了《红楼梦》所蕴涵的真正的艺术价值：人情之美。同时，无论就“人的自觉”或就“文的自觉”来说，王国维都可以说是个先觉者，他的理论对传统的文学观点发起了冲击。五四之后的新文学提倡人的文学也正是这种文学精神的发展。《红楼梦》是以描写为主的伟大的现实主义杰作，是中国文学对人类文学艺术的伟大贡献。社会是实的而人世是虚的，《红楼梦》正是通过社会生活之实写透了人世人生之“虚”。

三、续写“女心的世界”

写出“大悲哀”里的人性美，这正是日常生活叙事的核心。在这一点上，张爱玲继承了人情小说的精髓。鲁迅评价《金瓶梅》的特点，在于“作者之于世情，盖诚极洞达，凡所形容，或条畅，或曲折，或刻露而尽相，或幽伏而含讥，或一时并写两面，使之相形，变幻之情，随在可见……”[2] 这其实也是对想写好人情小说作者的要求。所谓“世事洞明皆学问，人情练达即文章”，而人情世事最直接的显现，往往就在琐细的日常生活之中。二十来岁的张爱玲之所以能以如此老到的话语出现在文坛，一方面是家庭出身原因，一方面也正是因为她太烂熟《红楼梦》，她从阅读中了解了真正的人情世态。张爱玲从《红楼梦》等旧小说里发现的正是这个日常生活的人情秘密，而且把它当作自己一生的艺术目标。在《红楼梦》缜密的日常生活描写中，张爱玲从中学到了细节描写，学到了如何通过礼节习俗、饮食起居、穿衣打扮、摆设器物等等描写为自己的故事和人物塑造服务。从《红楼梦》，张爱玲还找到

1 《王国维文集》第一卷，中国文史出版社，1997年5月第1版，第11页。

2 鲁迅：《中国小说史略》，浙江文艺出版社，2000年12月第1版，第140页。

了自己写小说的语言方式，甚至用词。

《金锁记》里曹七巧和姜季泽调情的场面，就有王熙凤与本家兄弟侄子打情骂俏的味道；《沉香屑——第一炉香》里梁太太家的摆设让人想起秦可卿的房间摆设；就连用词也不时冒出类似《红楼梦》里人物常挂在嘴边的“仔细”、“小蹄子”等字眼。张爱玲的小说中，最有《红楼梦》叙事味道的要数《金锁记》。小说由新娶的三奶奶的陪嫁丫头凤萧写起，她半夜起身后和伺候二奶奶的丫头小双的一段对话，自然而然地向读者交代了故事发生的背景。比如下面的一段文字几乎和《红楼梦》一个味道：

“凤萧恍惚听见大床背后有窸窸窣窣的声音，猜着有人起来解手，翻过身去，果见布帘子一掀，一个黑影趿着鞋出来了，约莫是伺候二奶奶的小双，便轻声叫了一声：“小双姐姐。”小双笑嘻嘻走过来，踢了踢地下的褥子道：“吵醒你了。”她把两手抄在青莲色旧绸夹袄里，下面系着明油绿裤子。凤箫伸手捻了捻那裤脚，笑道：“现在颜色衣服不大有人穿了。下江人时兴的都是素净的。”小双小道：“你不知道，我们家哪比得旁人家？我们家老太太古板，连奶奶小姐们都做不得主呢，何况我们丫头？给什么，穿什么——一个个打扮得庄稼人似的！”她一蹲身坐在地铺上，拣起凤箫脚头一件小夹袄来，问道：“这是你们小姐出阁，给你们新舔的？”凤箫摇头道：“三季衣裳，就只外场上看到的两套是新制的，余下的还不是拿上头人穿剩下的补贴补贴！”小双道：“这次办喜事，偏赶着革命党造反，可委屈了你们小姐！”凤箫叹到：“别提了！就说省俭些罢，总得有个谱子！也不能太看不上眼了。我们那一位，嘴里不言语，心里岂有不气的？”小双道：“也难怪三奶奶不乐意。你们那边的嫁妆，也还凑合着，我们这边的排场，可太凄惨了。就连那一年娶咱们二奶奶，也还比这一趟强！”凤箫愣了一愣道：“怎么？你们二奶奶……”[1]

两个小丫头半夜醒来说悄悄话，虽都是下人，但因主子不同也暗自攀比，

1 张爱玲：《倾城之恋》，花城出版社，1997年3月第1版，第62页。

先是随新三奶奶来的凤箫笑话小双衣裳土气过时，然后两个一边相互诉各自委屈，一边又替主人抱不平。听似为主人抱不平，其实又有攀比显摆的意思。一段场景和对话，活灵活现地刻画了两个小丫头多层多面的女儿家心理。后来老佣人听了，骂她们："小双，你再混说，让人家听见了，明儿仔细揭你的皮！"都是《红楼梦》的口气和神韵。难怪傅雷要说，张爱玲"文学遗产记忆过于清楚"。

《红楼梦》最大的艺术成就是突出地塑造出一群十分个性化的人物。小说中有名有姓的人物多达480多人，数得上典型人物的有几十个，而贾宝玉、林黛玉、薛宝钗和王熙凤则成为中国家喻户晓的典型形象。然而，作者对这些人物的反复渲染并不是通过什么跌宕的故事情节，读者也根本看不出作者有任何的叙事技巧和策略，整部书采取的都是细密的日常生活描写，大量的日常生活细节构筑起了整个文本的密实肌理，这一点和《儒林外史》里所呈现的叙事风格是完全一致的。

《红楼梦》的出现代表着中国小说一个至今不可超越的艺术巅峰。它批判地继承了唐传奇、《金瓶梅》和才子佳人小说以及《儒林外史》的叙事手法，并在此基础上实现了重大突破。这个突破就是写出了"大悲哀"里的人情美。曹雪芹在《红楼梦》第一回就明确了自己的写作原则，他大概认为，公式化的、概念化的、反现实的创作远不如"按自己的事体情理"创作的作品"新鲜别致"，那些"不大近情，自相矛盾"之作，"竟不如我半世亲睹亲闻的几个女子"。作者的自题诗"满纸荒唐言，一把辛酸泪。都云作者痴，谁解其中味"，说明这是他的至情至志之作。所以，胡兰成在《中国文学史话》中，把《红楼梦》说成是一个女心的世界。他认为好的小说都是描写了女心世界的小说。

"女心的世界"也就是描写日常生活和人情美的世界。就此而言，张爱玲也是一个创造了自己的"女心的世界"的作家。她的写作资源，更多是得益于中国传统小说，并在中国文学精神中找到了伸张自己人生理想的方式。张爱玲所承续和发扬的书写日常生活的文学传统，为现代小说如何进一步在生活世界中展开，找到了新的根据。我们都知道，在张爱玲那个时代，写小说的人很多，但许多的小说，或者流于散文化，或者过于强调戏剧性，都有不少失真的地方。而张爱玲的写作注重细节和日常性，有力地改写了我们对那一时期的中国小说的总体印象。细节与散文式的情绪相对，日常性与戏剧性相对，这两点，正是小说的核心要素。因此，张爱玲的小说，看起来叙写的都是阿婆阿妈的琐事，但这样的小说则使小说走向了它的本体——我们甚至可以说，这样的小说由于书写了每一个人生存于世的具体细节，而有效地保存了现代中国的肉身，因为按照思想家约翰·奥尼尔的研究，“我们的身体就是社会的肉身”。[1]（46）没有对每一个人的身体生活的叙写，小说就无法与现实建立起亲密的关系，更无法获得坚实、准确的真实感，但是，这些在张爱玲的小说，都做到了。她不多的小说篇章，至今仍是我们研究现代中国都市生活的重要依据，也是现代中国日常生活最重要的写照之一，正如《金瓶梅》、《红楼梦》是明清时期中国日常生活的写照一样。

因此，从本章分析中，我们可以看到，张爱玲小说这朵艺术奇葩是深深扎根在中国传统文学的土壤里的。在现代文学史上，能像张爱玲这样继承传统小说精髓与神韵，又一直对传统文学抱有坚定信心的作家并不是太多。她既熟练掌握了白话小说的叙事模式与语言技巧，又深刻洞悉了现代人心和日常人情，她小说中独有的“艳异”之美，人情之美，在血脉上重新接通了中国白话小说、尤其是《红楼梦》的伟大传统，并使这一传统获得了现代意识，从而发扬了中国古代小说以日常生活为依托的言情叙事艺术。谁都不能否认，在这一点上，她对中国新文学的发展有着巨大的贡献。

1 约翰·奥尼尔:《身体形态——现代社会的五种身体》，张旭春译，春风文艺出版社，1999年6月第1版，第17页。

第二章
Chapter 2

张爱玲与现代性
ZhangAiLing Yu XianDaiXing

张爱玲的写作不仅赓续着中国古典小说的辉煌传统，她的文字，也是研究20世纪中国文学现代性最重要的表征之一。诚如一些学者所说，现代性是全人类不可回避的命运。张爱玲的写作正处在中华民族由古老的封建社会向现代社会的巨大转型期，在这样一个特殊的时代，要研究一个作家的写作史和接受史，回避现代性的问题显然是不全面的。

古老的传统中国虽然不全是歌德所说的“金鱼在池子里跳跃，鸟儿在枝头歌唱不停，白天总是阳光灿烂，夜晚也总是月白风清”[1]，但总体上是讲究礼乐文章、天道人世、君臣父子的皇天厚土。产生于传统文明环境中的中国文学是充满着中国人心灵奥秘的人世文学、人情文学和日常生活精神的文学。以《诗经》、《汉乐府》、唐宋诗词以及《金瓶梅》、《红楼梦》等为代表，这种文学叙事的最大特点就是通过对日常生活场景和细节的描写，展示人性和人情，展示世态百相，揭示人身体和精神的存在。我们之所以用“艳异”之美来形容张爱玲这朵文学奇葩，因为它的根是深扎在传统文学精神的沃土里的，又浑身散发着现代光彩和现代意识。现代性本来就是张爱玲精神世界的一个基本维度，离开了现代性这个维度，势必会使张爱玲研究走向肤浅和简单——而一个肤浅和简单的张爱玲是不可能获得这半个多世纪的赞誉的。

第一节　“现代性”的涵义

一、西方的现代性

作为一个词语，“现代性”显然来自西方，它是随着基督教的兴起与普及而出现的，与欧洲历史的世俗化过程密切相关。它最先是指一种时间概念。中世纪早期的拉丁文中出现形容词modernus，它源自modo这个重要的时间定语。这个词根的意思是“现在”、“此刻”、“刚才”、“很快”。这个词后来就被用来描述任何同现时（包括最近的过去和即至的将来）有着明

1　歌德：《歌德谈话录》，人民文学出版社，1978年9月第1版，第112页。

确关系的事物。它同antiquus（古代）相对，后者指一种就质而言的"古老"（古老＝一流＝工艺精良＝可尊敬的传统＝典范，等等）。[1]

中世纪前的西方人从上帝那里获得生存的理由和永恒意义。但新兴的资本主义生气勃勃，于是他们就想办法为人类的各种变革寻找一个合法性。也就是说，如何在没有上帝的情况下，肯定新兴的、进取的、生气勃勃的资本主义精神呢？那就是向自己许诺一个光明的、自由的、解放的未来。当下的和未来的，只要是modernus的，就是对的、好的、值得追求的。一百多年来，西方的思想家们在"现代"的意义平台上，为人类社会开出了若干现代性"方案"，努力想建立一个光明的、自由的、解放的、崭新的社会。伏尔泰、卢梭、康德、黑格尔、马克思、马克斯·韦伯、哈贝马斯等人都有各自关于现代性的阐释。于是，源于精密计算的"科学"和"理性"精神成为启蒙运动的旗帜，发展经济、建立市场体制和法律行政体制得到了大多数人的信仰和推崇。比如康德就认为，现代社会是由科学、道德、艺术三个领域组成的，它分别由认知工具理性、道德实践理性和艺术表达理性所支配。三种理性默契运转，即可导向完美未来。黑格尔的历史观就是这种"向前的"线性时间观的完整表达。在黑格尔那里，这种进化的、进步的、不可逆转的时间观为人们提供了一个看待历史与现实的"线性"方式，而且也把自己的生存与奋斗的意义统统纳入这个时间轨道，并由此来定位时代的位置和未来的目标等。马克思继承了黑格尔的"线性"历史观。马克思主义思想对社会主义国家的影响是全球性的。百多年来"现代性"在政治、经济、文化等领域不断进行演绎、注释和裂变，衍生出无数彼此亲和或矛盾、对立的面孔。

但是，作为人类一种不可能摆脱和规避的特定的精神状态或精神品格，"现代性"并非一定要产生于西方资本主义上升的时代，它也可能产生于人类社会的任何一个民族或国家，或先或后的时期。从这个意义上说，或许中国社会的现代性就产生于宋元或更早些的时代。比如有人就认为，屈原离骚式的抒情，对于前代而言就是一种文学现代性，明末公安三袁高扬性灵大旗，也是中国式

1　[美]马林内斯库：《现代性的五副面孔》，顾爱彬、李瑞华译，商务印书馆，2002年5月第1版，第1页。

的现代性等。这些观点虽然可以存疑，但有一点应该是比较确定的，那就是中国自明末以来，无论是社会还是文学本身，都明显出现中国式的现代性特征。文学方面以《金瓶梅》、《红楼梦》为标志，这些小说中有明显的个性解放和生命主体意识觉醒的现代性色彩，同时这种觉醒又和传统的悲情意识相结合，形成了中国文学自身的现代性趋向。打着科学和民主大旗的西方现代性是随着五四新文化运动来到中国的。但我们不该忽略的是，当这个现代性来到中国的时候，还多了一个个性解放和人道主义的口号，同时，西方现代性在文化方面也演变出浪漫主义、现代主义等多种潮流，都分别影响了中国现代文学的成长。

二、现代性在中国：五四文学的两个走向

1898 年，严复翻译的《天演论》发表，这标志着物竞天择和适者生存的进化观念进入了中国思想传统，也就是说，西方现代性中"崇新"这个核心概念来到了中国。中华文明的传统哲学思想是以"易"为核心的圆形哲学，注重人与人、人与自然的和谐、圆通。西方现代性不仅相信线性的历史观，而且它还具有强大的发散性和裂变性，在文化和政治等领域不断产生新的涵义。因此，可以想像，《天演论》给当时的中国知识思想界带来了多大的震动。

1840 年，鸦片战争开始，自身现代性还没来得及充分发展的古老中华，被卷进持续百年的救亡图存的巨大灾难之中。同时，也把一个以西方文明为底色的现代社会理想带到了传统中国。自古有"先天下之忧而忧"传统中国知识分子，意识到单纯在技艺和器物层面上的"以夷制夷"并不能挽救中华民族于危难之中，要使中国彻底脱离落后，就必须从制度、从思想和精神上进行彻底的革命。可见，中国的文化现代性一开始就和"革命"、"救亡"等宏大的民族、国家主题结下不解之缘。早在 1902 年 11 月，由进步知识分子梁启超、韩文举、蒋智由、马君武等人主办的《新小说》在日本横滨创刊。该刊附设于《新民丛报》，成为当时影响最大的文学刊物。梁启超在《新小说》创刊号上，发表《论小说与群治之关系》一文，并提出："欲维新我国，

当先维新我民”。文学被首先当成开启民心民智的有力工具。[1]

要以文学开启民智，首先就必须进行文学革命。1917 年 1 月，“五四”运动的先驱胡适在《新青年》第 2 卷第 5 号上发表《文学改良刍议》。2 月，陈独秀又发表《文学革命论》，成为文学革命的开端。《文学革命论》提出了著名的三大主义：“曰推倒雕琢的阿谀的贵族文学，建设平易的抒情的国民文学。曰推倒陈腐的铺张的古典文学，建立新鲜的立诚的写实文学。曰推倒迂晦的艰涩的山林文学，建设明了的通俗的社会文学。”[2]进而，陈独秀也对“文以载道”、“代圣贤立言”等封建文学观念给予了批判。显然，三大主义的主张是合理进步的。胡适在他的“八事”中也要求文章首先要“言之有物”，这个“物”就是指个人的情感和思想。他说写诗要“惟作我自己的诗”，描写则“惟写今日社会之情状”，认为这才是“真正的文学”。事实上，从他后来对张爱玲小说的赞赏也证明这正是胡适一生坚持的文学观念。陈独秀在《文学革命论》中也明确表示，“文学本非为载道而设”，他要求有“赤裸裸的抒情写世”的文学。这些观点都是“五四”个性解放精神的反映，也紧扣文学表达个人和感情的艺术本质。最能代表“人的发现”、“人的觉醒”的是周作人的文章。周作人 1918 年 12 月在《新青年》发表《人的文学》一文，提倡“为人的”人道主义的文学。正如前文所论述的，中国文学自古就有描写人世人情和日常生活的传统，只是自唐古文运动以后，“文以载道”、“代圣贤立言”等观念成为封建正统的文学观念。“五四”文学革命再次以新的“人道主义”提法让新文学与中国文学传统取得呼应。人道主义的文学观取代了“文以载道”、“代圣贤立言”等封建文学观念，回归写人写情的艺术本质。所以，周作人才说：“生了四千余年，现在却还讲人的意义，从新要发现‘人’，去‘辟人荒’，也是可笑的事。”[3]他后来还发表《平民文学》，进一步阐释了为人生文学的重要理论主张。“五四”新文学创作了大量的充满个人主义色彩的人道主义作品，成了中国现代文学一个辉煌的起点。

---

1 黄修己：《20 世纪中国文学史》上卷，中山大学出版社，1998 年 8 月第 1 版，第 40 页。

2 同上，第 78 页。

3 周作人：《周作人经典作品选》，当代世界出版社，2002 年 3 月第 1 版，第 5 页。

如果沿着文学革命最初的主张，以白话文为载体，建立所谓“抒情的国民文学”，相信中国 20 世纪文学会有另外一番面貌。但是，由于不断加重的民族灾难使得文学革命的先驱者都对民族命运抱着强烈的忧患意识和使命感。于是，他们从事文学运动，不自觉地把文学理解为精神或文化的救亡运动，这就难免导致文化和文学改革上的急切心情和激进态度，同时也使中国现代文学打上了浓重的政治烙印，甚至革命形势直接决定了文学的发展方向、发展方式和发展质量。文学革命开始不久，俄国爆发了列宁领导的十月革命。十月革命的胜利给现代中国带来了巨大影响。李大钊、陈独秀等五四精英开始热烈关注马列主义，不仅在《新青年》上极力宣传，自身也转而彻底信奉马列主义。从 1920 年 9 月第 8 卷第 1 号起，《新青年》成为上海共产主义小组的机关刊物。胡适对此过激态度有所不满，并于 1922 年创办《努力》周报，同时新文化队伍中的一部分知识分子，以胡适为中心，形成资产阶级自由派。自由主义的知识分子对旧文化并不采取彻底排斥的态度，比如 1919 年，胡适就已经意识到五四初期对传统文化的过激态度，从而提出“整理国故”。显然，一种革命的现代性渐成五四新文化之潮流。新文化阵营开始分裂。

1921 年中国共产党正式成立，国共两党联合北伐。受革命新高潮裹挟，马列主义的社会主义学说逐渐遮蔽了来自西方的科学、民主的五四声音，文艺界开始有了“革命文学”的主张和实践。1927 年“四一二”政变发生后，随着国共合作破裂，文坛也出现大分裂，部分在中共领导下的革命文学家高举无产阶级文学的旗帜，组织左翼作家联盟。所谓“左翼”，就是指那些以激进革命的方式变革现存的半封建半殖民地社会制度，求得民族解放和国家独立自由、实现民主理想的人。他们真诚信仰共产主义理论，以毕生的精力甚至自己的生命作为代价，为国家、为民族、为社会争自由，争独立，争民主，贡献巨大。“革命文学”概念的提出，代表了左翼文学的最早萌芽。左翼文学早期的理论家主要有邓中夏、恽代英、萧楚女、李求实、瞿秋白、蒋光慈等，他们分别在中共机关刊物《新青年》上分别撰文，其理论核心就是要求文学成为革命的工具。这显然和梁启超的文学用于启蒙的观点是一脉相承的。相对来说，“启蒙”还是一个宽泛丰富的概念，而文学直接作用于革命就非常具体和狭隘了。由于这些建构左翼文学理论框架的人大多是政治家、理论家，而不是单纯的文学家，他们的观点会逐渐远离文学写人写世态的传统，也就不足为奇了。再往下发展，文学的“工具论”和“服务论”就应运而出了。

“工具论”和“服务论”要求文学在民族独立和民主革命中直接发挥作用，这就大大抬高了文学的地位，从而得到了怀有强烈历史使命感的作家们的极大认同，并认为这是文学的光荣。一些作家，比如郭沫若，甚至瞬间改变了自己一向反功利的文学主张，提出艺术的本身是无所谓目的的，作家应该是阶级的代言人。而鲁迅也说：“最初，文学革命者的要求是人性的解放，……大约10年之后，阶级的意识觉醒起来，前进的作家，都成了革命文学者。”[1]他的《伤逝》、《娜拉走后怎样》等作品中，都涉及到五四运动单纯追求个性解放所带来的局限。鲁迅甚至已经能够明确地看到，中国的现状只有大炮才能解决问题。1930年3月2日，中国左翼作家联盟在上海成立，鲁迅、冯雪峰、柔石、夏衍、冯乃超、蒋光慈、郭沫若、茅盾等40人出席。左联宣布自己的理论纲领是“站在无产阶级的解放斗争战线上”，“援助而且从事无产阶级艺术的产生”。至此，五四新文化运动倡导的“文学革命”的主流便已转化为“革命文学”。

从“文学革命”到“革命文学”的演变，五四新文学所倡导的“国民的抒情的文学”出现了两个发展方向。随着五四潮的衰落，虽然科学与民主的声音微弱了，但进化论的线性历史观却深入人心，知识精英们甚至也用这样的观点对待文学，认为新文学一定好于旧文学。由于文学一开始就被当成开启民智、救国救民的有力工具之一，从“文学革命”受苏俄影响演变为“革命文学”的时候开始，这种文学追求就借进步、革命、解放以及能把民族带向一个光明、美好未来的旗帜获得了合法性，形成利奥塔所说的那种“宏大叙事”。但正如西方现代性内部至始至终都是个含有矛盾冲突的悖论一样，五四新文学演变出来的两个文学走向，暗示着中国现代文学一直存在着革命现代性和日常现代性这两种截然不同的文学精神。再结合中国传统文学，尤其是元明清文学遗产里的某些市民化的、以表达个人的日常世界为旨意归的文学特质，我们就知道，

1　鲁迅：《鲁迅杂文全集》，河南人民出版社，1994年12月第1版，第709页。

中国现代文学其实呈现出了极其丰富复杂的面貌。这一时期的文学，按照马泰·卡林内斯库的分法，有的是现代主义和象征派，比如在30年代的“雨巷”里来回徘徊的戴望舒，还有李金发等；有的颓废，比如在个体的肉体欲望里挣扎的郁达夫等；有的真媚俗与假媚俗，典型如鸳鸯蝴蝶派和张爱玲；有的歪打正着体现浓郁之后现代味道，比如王国维；鲁迅则是在国民性的泥沼里痛苦呐喊的革命先锋，还有后来的抗日文学、解放区文学等，都可看作是当时的先锋文学。

在强烈反帝反封建的政治大背景下产生的中国现代文学，经过1917年开始的文学革命，在20世纪20年代后，中国文学的面貌就完全改观了。为无产阶级解放斗争服务的“革命文学”在左翼作家联盟的推动下，成为中国现代文学的主流，而且也成为新中国文学建立和发展的合法起点和资源。现代文学走到这里，开始呈现出矛盾和悖论。“文学革命”之初所反对的“文以载道”、“代圣贤立言”等封建文学观念，在“革命文学”这里演变成“载革命之道”和“代无产阶级立言”的文学。而中国文学传统立足日常生活、描写世态人情的平和的审美本质被遮蔽了。事实上，以鲁迅等人为代表的新文学的成就是有目共睹的，但是，受具体民族命运的影响，中国现代文学的主流，却从这个辉煌的起点开始，慢慢地就走向逼窄的、缺乏文学审美本质的阶级文学，这不仅造成文学作为一种艺术传统的断裂，实质上也是大大限制了文学的繁荣和发展。但中国现代社会是一个极端复杂的新旧交替时代，其复杂性不仅表现在政治和文化上，也表现在人、知识分子的思想和生存状态上。虽然作为主流的“革命文学”取代了写人、写世态的文学，但写人、写世态的文学具有强大的传统，仍在不同的时代以不同的形式成为暗流，顽固地延续下来。事实上，在文学革命完成后近30年的中国现代文学发展中，革命文学、无产阶级文学、社会主义文学、抗日文学等真正的“载道”文学，对源自传统的、个人的、日常的、自由主义的文学形成了长久的遮蔽。本章试图通过对这种对峙的分析，揭开遮蔽，论说文学的多样性和张爱玲写作在当时和后来的意义——必须承认，这种对峙对中国当代文学的发展造成了巨大的影响。

第二节 张爱玲的现代性

以现代性的视角来研究张爱玲，也是从夏志清开始的。他在《中国现代小说史》一书中，把张爱玲与陀斯妥也夫斯基相比较，分析了张爱玲小说对人性的深刻描写和悲剧意识。虽然他并没有为自己的分析明确提出一个现代性的标准，但他的分析已经给读者提供了一个解读张爱玲的现代性视角。之后，李欧梵和王德威等学者明确从现代性语境入手，对张爱玲与现代性的关系进行了充分研究。在《现代性的追求》一书中，李欧梵根据美国学者马林内斯库在《现代性的五副面孔》一书对文化现代的分类，理出一条现代文学中的“颓废”线索，并把张爱玲也归纳到这个颓废的队伍里。王德威则认为，没有晚清文学中的现代性就没有五四现代性。晚清几十年的文学创作正是对中国现代追求的痕迹。他指出从晚清到五四以及30年代以来，种种不入（主）流的文艺试验，比如科幻、狭邪小说、鸳鸯蝴蝶派和新感觉派小说以及沈从文、张爱玲等人的创作，实际上都表达了一种“被压抑的”现代性。从张爱玲创作与传统文学的关系分析中，本文认为王德威的观点更为准确。李欧梵的“颓废”概念过分宽泛，他把张爱玲归于“颓废”亦不甚准确——以我的理解，张爱玲是“颓”而不“废”。孟悦的《中国文学“现代性”与张爱玲》把张爱玲与五四新文学和左翼文学联系了起来，这本是一个很有意义的研究视野，但她一没有表述清楚现代性的概念，另外，她把张爱玲放置在与五四及左翼文学对立的位置上去研究，这就缩减了张爱玲文学所代表的深远意义。而且五四文学和左翼文学也不是完全对立的。刘锋杰在《想像张爱玲——关于张爱玲的阅读研究》一书中，指出了孟文的这一不足，本章关于张爱玲现代性的论述正是对刘文的一个深入理解和再言说。这是有关张爱玲之现代性研究的前研究。

一、延续五四现代性之一

张爱玲的现代性其实是对五四现代性中的另一脉延续和发展。按照新文学运动之初陈独秀提出的三大主义和胡适的“八事”要求，五四文学显然是想走出传统文学的桎梏，建立一种以“人”为中心的现代文学，也就是所谓“抒情的”、“国民的”文学。周作人的主张更是“人的文学”的典型代表。五四的这个文学主张其实是和晚清文学现代性中显露的文学精神有内在联系的。具体来说，《金瓶梅》和《红楼梦》里的描写正是对人个性的张扬。五四表面上看是反传统的，实际上是想对传统进行一种现代性的否定，是期望从传统中走出来，走上现代发展之路，因此它对人的个性是肯定的。这也是为什么在五四运动科学与民主的口号之外，又有一个个性解放和人道主义的内容。正是在与传统文学的这个深层联系中，张爱玲的现代性和五四现代性有相通的血缘。

有一个普遍的看法，认为张爱玲和五四文学是完全无关的，不相容的，甚至是反五四的，上文之所以较为详细地论述五四文学的发生和演变，正是要指出张爱玲的文学实际上是对五四文学的另一脉络继承和发扬。张爱玲对五四新文学是有客观认识的。在水晶 70 年代对张爱玲的访问中可看出，张爱玲对鲁迅的深刻性是肯定的，还遗憾没有能继承鲁迅的人。张爱玲说：“谈到鲁迅，她觉得他很能暴露中国人性格中的阴暗面和劣根性。这一传统等到鲁迅一死，突告中断，很是可惜。因为后来的中国作家，在提高民族自信心的旗帜下，走的都是文过饰非的路子，只说好的，不说坏的，实在可惜。”[1] 显然，张爱玲是很准确地从“人性”这个角度看重鲁迅的意义的。她只是不太认同后来有工具论和服务论意义的“革命文学”以及左翼文学。五四精神中有一个重要的成分就是

张爱玲的文学实际上是对五四文学的另一脉络继承和发扬。

1　水晶：《张爱玲的小说艺术》，（台湾）大地出版社，1980 年 1 月版，第 27 页。

个性解放和人道主义。在这个意义上，张爱玲和五四精神是完全一致的。但五四的个性解放只仅仅停留在与旧道德、旧家庭截然对立的、革命和反叛的姿态上，娜拉出走以后怎么办？《伤逝》里子君与涓生的结合为的是婚姻自由，但自由后还是难以与子偕老，那又怎么办？可见，五四人道主义文学还不可能把个性解放的现代精神真正落实到个体生存和日常生活的层面。

五四新文学的演变最终体现在对于传统的态度。新文学从"文学革命"演变成"革命文学"，"革命文学"力图从对传统的彻底革命中产生革命现代性的文学，而不是从传统中生发中国的文学现代性，把传统放置在和现代性对立的角度上了。"革命文学"普遍相信绝对的进化论，不仅认为未来社会肯定比旧社会或当下社会优越，文学也一样，一个时代必定有一个时代的文学，而且现在和未来的文学也一定比旧文学好，从而忽略了文学内在本质的某种稳定性，比如，有的提出彻底废除孔孟之道等。当时，与激进的革命态度相比，持比较保守态度的有国粹派、学衡派和甲寅派。其实这些人中很多也都是留洋回来的，受过正统的西方高等教育，对东西方文明都有自己的认识。通行的评语把这一派定为"复古"、"守旧"，那么这些人究竟复什么古、守什么旧呢？我们先看一个人物谱：黄侃（留日）、严复（留英，是清政府第一批留欧学生）、林纾（虽不通外文，却开小说翻译之风气）、吴宓（留美）、胡先骕（两次留美）、梅光迪（留美）、章士钊（留日、英）。由此可见，其实这派人物对"西学"的了解绝不亚于陈独秀、胡适等人。他们所谓复古与守旧，不过是对自身文化的自觉保护而已。学衡派就主张"昌明国粹，融化新知"。他们尤其反对文化上的进化论观点，认为文化上新的不一定就优于旧的，认为中国悠久的文化"必有可发扬光大，久远不可磨灭者在"。[1] 最有价值的观点还有，比如胡适之好友梅光迪就认为文化变革不同于工商科技，是缓慢和渐进的。文化上模仿古人固然不对，但全盘西化也不对。应该说这是比较冷静、客观和辨证的态度。张爱玲也是看到传统价值和魅力的人。她甚至耽溺于传统，但她通过对现代生活的感受，对传统作了现代的历史想像，从而生发成非常具有创造意义的中国现代性。

1 水晶：《张爱玲的小说艺术》，（台湾）大地出版社，1980你那1月版，第78页。

日常生活看似琐屑无聊，但张爱玲的小说却写出了人生活在日常生活中的历史感，并在其中生发出中国式的现代性意蕴。张爱玲就是以这种很低的姿态进入五四现代性的更深层面的。刘锋杰是这样理解张爱玲和五四的：“张爱玲与五四的关系是：选择了它的个性解放这一最高目标，将这一最高目标放置在自己的肩头，负荷它蹒跚前行。在这一点上，我认为，张爱玲与周作人为代表的五四精神倾向更加一致些。这种由周作人为代表的五四精神倾向，固然也有飞扬凌厉的一面，却又同时以其对个体的特别重视，对心灵体验的特别维护为特色。这就表明，若将个性解放落实在个体的生存上，前一方面是运动式的倡导开拓，固然是重要的，但后一方面的自我式的承担落实，其实更为关键。从确认五四文学的那种宏大的集体叙事倾向转向发掘五四文学的那种微小的个人叙事倾向，成为张爱玲与五四相连接的一种独特的精神途径。”[1] 这段话把张爱玲和五四现代性之间的关系分析得非常准确。

二、张爱玲的“日常现代性”

张爱玲曾说，她的小说其实就是写普通人生里的传奇故事和传奇故事里的普通人生。“普通”和“传奇”这两个本该矛盾的概念是理解张爱玲日常现代性的切入点。

张爱玲主张安稳和谐的人生观，她认为人生安稳与和谐具有永恒的意义，即使斗争，最终为的也还是安稳，所以她看重的是普通人最日常的生活状态。在《自己的文章》一文中，张爱玲说：“我发现弄文学的人向来只注重人生飞扬的一面，而忽视人生安稳的一面。其实，后者才是前者的底子。又如，他们多是注重人生的斗争，而忽略和谐的一面。其实，人是为了求和谐的一面才斗争的。”[2] 这是张爱玲文学创作的一个基本立足点。很显然，张爱玲并不是故意为了和五四以来形成的革命的、“飞扬”的人生观相对立的，是她确实从心底里认为人生安稳、和谐的一面是人生的本来面目。斗争的目的不过是为了新的安稳和和谐，而所有斗争都只是暂时的，人生安稳的一面是才是永恒。

1　刘锋杰：《想像张爱玲——关于张爱玲的阅读研究》，安徽教育出版社，2004年6月第1版，第424页。

2　张爱玲：《流言》，花城出版社，1997年3月第1版，第178页。

在张爱玲的故事中，一切都是以最平常的日常生活面目出现的。

她的这个看法不仅决定了她对写作题材的选择，而且也决定了她追求“平淡自然”的文字风格。张爱玲的故事多写普遍存在的家庭婚姻和男女之情。按一般想像，描写男女之情似乎一定要有露骨的激情或欲望描写，但在张爱玲的故事中，一切都是以最平常的日常生活面目出现的。以《红玫瑰和白玫瑰》为例，佟振保和王娇蕊的调情是从王因洗头飞溅到振保手背上的肥皂泡开始的。即使到了两人最热烈的时候，张爱玲写下的也只是这样的句子：“梳头发的时候他在头发里发现一弯剪下来的指甲，小红月牙，因为她养着长指甲，把他划伤了，昨天他蒙眬睡去的时候看见她坐在床头剪指甲。昨天晚上忘了看看有月亮没有，应当是红色的月牙。”[1]有研究者说，这段文字是中国现代文学中最有情色意味的文字。张爱玲能用如此日常的字眼和场景写出最有情色意味的文字，这就是她的才华了。她又说自己是想在这安稳、普通的日常生活中写出传奇来。为什么她相信这安稳里一定有“传奇”呢？

因为这是一个非同寻常的时代。由贵族到平民，家庭变故，几次因战争而失学，诸如这些个人遭遇使张爱玲比一般人更能深刻地体会到时代的变迁与动荡。作为一个没落贵族的后代，张爱玲对她的贵族身世以及消逝了的时代莫不带有一些哀怜和伤感之情，尽管她处处以自己作为一介上海平民而自我调侃，但我们不妨把那看作是，她为了显示自己比真正的平民优越而故意做出的一种姿态。虽然她很乐意自己作为一个小市民的生活状态，但在心灵深处，她对当下的时代是并不认可的。对眼前的时代她不认可但也不否定，她认为“时代是那么地沉重”，在这沉重的时代，

1　张爱玲：《倾城之恋》，花城出版社，1997年3月第1版，第148页。

"旧的东西在崩塌，新的在滋长中。"未来只是像米开朗其罗那名为《黎明》的雕塑，是一个大气磅礴又面目模糊的巨人，而眼下的人们仍旧是处在时代的梦魇中。"人们只是感觉日常的一切都有点儿不对，不对到恐怖的程度。人是生活于一个时代里的，可是这时代却在影子似地沉没下去，人觉得自己是被抛弃了。"可就在这要影子似地沉没下去的时代里，传奇是如何发生的呢？人们为了要证实自己的存在，就得"抓住一点真实的，最基本的东西"，而为了能抓住这点真实的基本的东西，人还得求助古老的记忆，因为"人类在一切时代之中生活过的记忆，这比瞭望将来更要明晰，亲切。"[1] 于是，人怀着过去的记忆面对着眼下这个梦魇般的时代，"他对周围的现实发生了一种奇异的感觉，疑心这是个荒唐的，古代的世界，阴暗而明亮的。回忆与现实之间时时发生尴尬的不和谐，因而产生了郑重而轻微的骚动，认真而未有名目的斗争。"就在这过去与未来的交织、新与旧的对照冲突时刻，传奇就发生了。

小说《倾城之恋》正是对传奇是如何发生的最好阐释。英国长大的华侨后裔范柳原是个代表着新时代中西方特征的花花公子，而被迫从白公馆流落出来自奔出路的白流苏温婉娴雅有教养，是范柳原心目中典型的东方美人和古老中国的象征。这两个本是新旧相去甚远的一对男女，在流弹飞窜的香港为了共同的目的走在一起。他们从试探、揣摩到调情，女的想嫁不得，男的想要却不娶，如同推手游戏一样，扳来送去，势均力敌。等到白流苏再应邀来香港，情人关系似乎已成定局。但就在这时战争开始了，经过炮火和子弹对灵魂的洗刷，他们原谅了彼此的虚情假意，反倒产生了真正的感情。故事到这里本已经是个传奇了，但张爱玲说过她写的又是传奇里的普通人生。最终，这两个赌博命运和感情的浪漫男女反而成了忙着一日三餐、回到日常生活的平凡夫妻。小说写到"他不过是个自私的男子，她不过是一个自私的女人。在这兵荒马乱的时代，个人主义者是无处容身的，可是总有地方容得下一对平凡夫妻。"香港的战争并没有把白流苏感化成一个投身革命的进步青年，

1　张爱玲：《流言》，花城出版社，1997年3月第1版，第178页。

香港的沦陷只是成全了她正式成为范太太的生活理想，因为她或他都不过是个平凡又有点自私的男女而已。这也就是作者所要的普通人的传奇和传奇里的普通人生。

在这样不可理喻的充满传奇的时代，很少有斩钉截铁、非一不二、非黑即白的事物。也同样没有彻底的人和彻底的感情。所以张爱玲说她只能选择“参差”的写法，只有这种写法才能表现出时代的诡秘和人的不彻底性。她说，在这样的时代里，“极端病态与极端觉悟的人究竟不多。时代是这么沉重，不容那么容易就大彻大悟。这些年来，人类到底也这么生活下来，可见疯狂是疯狂，还是有分寸的。所以我的小说里，除了《金锁记》里的曹七巧，全是些不彻底的人物。”[1]《倾城之恋》里的男女彼此都有好感，但在这“生死契阔”的时代，范柳原只想拥有暂时的快乐而不想给对方婚姻的保障，也不想给自己婚姻的枷锁；而白流苏在这无处安身的时代里却只想要一个婚姻的保障。他们对彼此的感情都是不彻底的自私的。再看《留情》里的米晶尧和淳于敦凤更是一对苟且和妥协的夫妻。在这个到处冰冷的、早早就生了火盆的家里，这一对彼此礼貌到家的半路夫妻各自都有着自己的小九九。寡妇再嫁的淳于敦凤照顾米先生不过是为了钱，而米先生处处迁就敦凤，也不过是为了自己老来能有个年轻女人相伴，享点清福和艳福。小说最后写到“生在这世上，没有一样感情不是千疮百孔的，然而敦凤与米先生在回家的路上还是相爱着。”[2]

不彻底就是有分寸，有度，就是懂得怜惜。在论文第一章谈到张爱玲对中国人“大悲哀”的理解，那就是明白人生不过是“‘虚空的空虚，一切都是虚空’，但也就到此为止。……灭亡是不可避免的，然而他们并不因此就灰心，绝望，放浪，贪嘴，荒淫……”在看透人生空虚中珍惜生命，认真生活，这就是中国文学里的“大悲哀”。所以，张爱玲笔下的人物不再是古典文学中完美的英雄或彻底奸佞的小人，她描画给读者的都是些不好也不坏，不上也不下的灰色的中间人。这样不彻底的人生和人性只能用“参差”的手法去描写和表现，写出来的故事就呈现出“葱绿配桃红”的美感。这种搭配因为刺眼而和谐，也因为和谐而显得苍凉。

1　张爱玲：《流言》，花城出版社，1997年3月第1版，第175页。

2　张爱玲：《倾城之恋》，花城出版社，1997年3月第1版，第255页。

张爱玲小说里的人物大多选择不彻底的人生，那是因为他们明白人生的最终指向都是空虚，如张爱玲在《倾城之恋》的“再版自序”中说的：“有一天我们的文明，不论是升华还是浮华，都要成为过去。如果我最常用的字是‘荒凉’，那是因为思想背景里有这惘惘的威胁。”[1]

但无论是“苍凉”还是“荒凉”，张爱玲的现代性都不是颓废的现代性。李欧梵把张爱玲归于颓废是有偏颇的。颓废是以自我放逐、放浪形骸的方式反抗某种预设的道德规范，实质上是想树立一种新的来取而代之。而张爱玲无意反抗什么，在她的小说里，生活的本来面目就是“大悲哀”，所以她是“颓”而“不废”，是苍凉或荒凉。无论是范柳原还是白流苏，米先生还是郭凤，他们在内心还都是小心翼翼地把人生捧在手里的。他们知道人生的底色不过是虚无，但并不想因此破罐子破摔，还知道怜惜，还想要个美好的结尾。在《留情》结尾处，故事写到天上突然出现了一段残虹，“米先生仰脸看着虹，想起他的妻快死了，他一生的大部分也跟着死了。他和她共同生活里的悲伤气恼，都不算了。不算了。米先生看着虹，对于这世界他的爱不是爱而是疼惜。”[2]一个尚知道“疼惜”世界的人是绝对不会和颓废联系在一起的。这才是真正的中国式的“大悲哀。”

张爱玲认为每一部好作品都应该是“力”与“美”的共同渗透。“力是快乐的而美是悲哀的”。显然，张爱玲在她的作品里追求“力”与“美”具在的艺术品质。她还把美分为“壮烈”、“悲壮”和“苍凉”三种。在这三种中，她尤其喜欢“苍凉”之美。因为“壮烈只有力，没有美，似乎缺少人性。悲剧则如大红大绿的配角，是一种强烈的对照。但它的刺激性还是大于启发性。”而“苍凉”之美之所以吸引她，因为苍凉里“有更深长的回味，是葱绿配桃红，是一种参差的对照”。她说她写的小说中的人物，“因为他们虽然不彻底，但究竟是认真的。他们没有悲壮，只有苍凉。悲壮是一种完成，而苍凉则是一种启示。”[3]

1　张爱玲：《倾城之恋》，花城出版社，1997 年 3 月第 1 版，第 2 页。

2　同上，第 254 页。

3　张爱玲：《流言》，花城出版社，1997 年 3 月第 1 版，第 174 页。

人们一般把张爱玲简单地看作是一个悲观主义者。但是我们还应看到"她的'冷'，求的是'真'，她的'苍凉'，求的是'美'，所以，'冷'和'苍凉'，既是她悲剧式人生观的表现,同时也是她对艺术美的一种追求。"[1]一个还有"真"、有"美"的世界不该是一个让人绝望的世界，可见张爱玲的悲观并不是彻底的悲观，而是一个有"回味"和"启示"的悲观。在张爱玲关于"苍凉"文字里，我们两次看到她讲到"回味"和"启示"的字眼。所以说，张爱玲的现代性是带有创造性和建设性的现代性。那么该如何理解张爱玲的"启示"？

"启示"就是救赎。现代文学和古典文学的根本区别就在于它描写了"人"的下降过程和下降面目。在现代作家笔下，人不再是是完美的英雄主义者，人不再是大写的纯粹的人。人因为现代性的到来而变得放浪颓废或凌空虚蹈，荒诞迷失或蝇营狗苟。张爱玲的不凡之处就在于，她在那个有着"惘惘的威胁"的时代，以一个女作家的敏感与直觉发现了日常现代性。在她那里，这个现代性不仅仅是让自己的作品充满了现代主义的写作技巧，比如象征、潜意识、异化、同性爱、变态爱、乱伦爱，更重要的是她在看世界的角度和价值观上发生了变化，那就是发现"个人"以及个人隐藏其中的日常生活，还有人在这无尽的日常生活中蝇营狗苟的生存面目。无论在她的现实生活还是想像世界，张爱玲想抓住个人和日常生活这只颠簸的小舟，来横渡现代性到来后人类所面临的物的汪洋大海，还有丢失精神家园的迷茫、惶恐，从而寻得救赎。但遗憾的是，她却在个人和日常生活这里寻得一片无奈和苟且，最后只剩下一个苍凉的手势。也许她本就不想寻找什么救赎，聪明的她知道压根就没有这个救赎，她要做的只是把这只汪洋中颠簸的小舟画给我们看，让我们看看这些舟中人，也就是我们自己脸上的惶恐和无奈，心里的卑琐与自私。正如刘锋杰所说："张爱玲和卡夫卡一样，只是一个愿意提供生存表现的作家，由于提供的是人的终极的生存状态的表现，因此，也就很难从他们那里获得所谓的改造性设计了。任何改造性设计，都将只能对人生过程起作用，而且所起到的只是临时性作用，所以，对终极而言，是没有改造可言的。"[2]但张爱玲毕竟还是因为懂得而慈悲的。她

1　饶芃子：《心影》，花城出版社，1995年2月第1版，第48页。

2　刘锋杰：《想像张爱玲——关于张爱玲的阅读研究》，安徽教育出版社，2004年6月第1版，第454页。

也不想让我们完全绝望，她只是想说，你除了瑟缩在日常与个人这只小舟上外，你别无选择。所以，张爱玲给我们的希望就是那个唱蹦蹦戏的花旦，千万年过去，只有她还是她，在她随遇而安的家，活着。“将来的荒原下，断瓦颓垣里，只有蹦蹦戏花旦这样的女人，她能够夷然地活下去，在任何时代，任何社会里，到处都是她的家。”[1] 这个“蹦蹦戏花旦”让人们想起张爱玲讲到的地母娘娘。这个“地母”是“一个强壮，安静，肉感，黄头发的女人，二十岁左右，皮肤鲜洁健康，乳房丰满，胯骨宽大。她的动作迟缓，踏实，懒洋洋地像一头兽。……像一条神圣的牛，忘却了时间，有它自身的永生的目的。”[2] 显然，这个在奥涅尔的戏剧中以妓女形象出现的地母实质上是一个女神，代表最“广大的同情，慈悲，了解，安息”。也就是永恒的人生人世的存在。所以，张爱玲才会说：“如果有一天我获得了信仰，大约信的就是奥涅尔《大神勃朗》一剧中的地母娘娘。”

这也许正是她的苍凉之美给我们的“回味”和“启示”吧。

《红楼梦》也是大悲剧的文学。不同的是，《红楼梦》主要把这个“大悲哀”表现在结局里。所以，《红楼梦》里体现的所谓“救赎”一是死亡，二是宗教意义上的遁入虚空；而张爱玲则把这“大悲哀”的精神全面地渗透在日常生活里。在《红楼梦》里，日常生活的“细节”也许还是“和美畅快，引人入胜”的，而在张爱玲的小说里，日常生活也演变成敦凤手里织着的绒线，“是灰色的，结着许多牵牵绊绊的小白疙瘩”。无论如何，“主题永远悲观。一切对人生的笼统观察都指向虚无。”所以，张爱玲的“救赎”还是永恒的日常生活，如地母娘娘“忘却了时间，有它自身的永生的目的”。

在这里，我们还发现中国传统文学中所蕴涵着的笼罩人类生活的永恒价值观。从传统文化中生发出日常现代性正是张爱玲对中国现代文学的最大贡献。所谓现代性和中国文学传统，其实不过一纸之隔。

苍凉其实就是张爱玲的日常现代性。

1 张爱玲：《倾城之恋》，花城出版社，1997 年 3 月第 1 版，第 148 页。
2 张爱玲：《流言》，花城出版社，1997 年 3 月第 1 版，第 75 页。

三、张爱玲与西方文学

张爱玲阅读过大量的西方现代文学作品。如果把以《红楼梦》为代表的传统文学比做张爱玲这朵文学奇葩的土壤，西方现代文学就是它的阳光和雨露。仅在它自己和胡兰成写的有关文字中，提到她阅读过的作家就有毛姆、爱默生、萧伯纳、劳伦斯、托尔斯泰、拜伦、汤姆森、简·奥斯汀、海明威、尼采等人。有些作家甚至对她有直接的影响，比如她的小说《心经》，就明显受了弗洛伊德理论的影响。

张爱玲对于这些西方现代文学的态度，胡兰成在《今生今世》“民国女子”一文中有一段描述。他说张爱玲显然很熟悉这些作品，还很喜欢给他讲解，讲完了总说“可是他们的好处到底有限制”。文中写到张爱玲不喜欢西洋文学中隆重宏大的东西，而只是喜欢其中日常生活和平民精神的地方，这原本是和张爱玲主张安稳的人生底色相符合的。但张爱玲说到西洋文学“有限制”的“好处”到底又是什么呢？在《自己的文章》一文中，张爱玲以托尔斯泰在创作《战争与和平》过程中主题不断变化为例，道出了她对西洋现代文学的感受。她说“现代文学作品和过去不同的地方，似乎也就在这一点上，不再那么强调主题，却是让故事自身给它所能给的，而让读者取得他所能取得的”。[1] 张爱玲感觉到了现代文学和古典文学本质的区别：主题模糊。

日常生活叙事往往表面琐细、情节的散漫，很容易被一些专业读者认为是主题模糊和缺少“中枢神经”的写作。如果小说的“主题”一定是指某个明确的非黑既白或引人奋发向上的宏大思想，那么张爱玲的小说主题确实是“模糊的”，她的小说里也没有这样的“中枢神经”。因为在张爱玲眼里，时代已经变得如梦魇一般。而梦魇里的一切人和事注定是模糊和难以辨析的。事实上，自从人类进入现代社会以后，文明的发展就一点点切断了人们和古老传统的联系，和大地的联系。人与世界都不再是古典的纯粹。世界在现代艺术家眼里开始变得模糊或变形。而作为人类心灵写照的艺术也不再是单纯的善恶对立、灵肉冲突。所以，张爱玲才说她只能选择参差的而非“斩钉截铁的冲突那种古典

1　张爱玲：《流言》，花城出版社，1997年3月第1版，第178页。

的写法”。

造成张爱玲小说主题表面模糊的另一个原因还在于她所创造的日常现代性。张爱玲是在日常生活中发现现代人的真实面目的，她的创造性就在于发现了日常生活这个现代性之“根”。人存在于日常生活中，其实也就是存在于时间之中。张爱玲的时间观不是革命现代性所认为的线性时间观。她的时间没有开始也没有结束，是一种原始的洪荒状态。“蛮荒的日夜，没有钟，只是悠悠地日以继夜，日子过得像钧窑的淡青底子上的紫晕，那倒也好。”她不喜欢钟摆滴答的“文明的时间”，她觉得“文明的日子是一分一秒划分清楚的，如同十字布上的挑花。十字布上的挑花，我并不喜欢，绣出来的也有小狗，也有人，都是一曲一曲的，一格一格，看了很不舒服。”[1] 如“淡青底子上的紫晕”一样自由漫洇散开去的时间，使张爱玲的日常生活想像成为一个无限开放的艺术空间。在这个无限丰富的空间里，张爱玲让她的故事含有多种意义指向。在她的故事中，人物的一举一动，各种日常生活的场景和语言都带有可阐释的多重意义。生活现实在这个无限延伸的日常生活空间里充实又空虚，无限容纳又似有若无。现代作家就是在这样纷繁多重的现实中生活感受并发现那瞬间突显的意义细节，发现人性的复杂和难以理喻的生活真相。关于这样的现实，张爱玲在《流言》“烬余录”中说：“现实这样东西是没有系统的，像七八个话匣子同时开唱，各唱各的，打成一片混沌。在那不可解的喧嚣中偶尔也有清澄的，使人心酸眼亮的一刹那，听得出音乐的调子，但立刻又被重重黑暗拥上来，淹没了那点了解。画家，文人，作曲家将零星的，凑巧发现的和谐联系起来，造成艺术上的完整性。”[2]

“时间”是一个迷惑和吸引了许多现代最优秀哲学家和艺术家的重大主题。张爱玲的这种时间感和一些西方现代作家，比如弗吉尼亚·吴尔夫、卡夫卡还有博尔赫斯等很有相通之处。吴尔夫的文学本可以看作是人与时间搏斗的艺术；卡夫卡的小说强烈的寓言性，使之像一个个令人绝望的水晶球一样，悬空在时间之上；而对于博尔赫斯，时间就如同那“交叉小径的花园”，

1 张爱玲：《余韵》，花城出版社，1997年3月第1版，第66页。
2 同上，第49页。

是多维的，偶然的，交叉的，非线性的，最终是无限的。张爱玲把时间比做钧窑出产的瓷器上的图案，是“淡青底子上的紫晕”，当然是充满着中国韵味的比喻，但本质是和那些西方作家一样的。在张爱玲的日常生活故事里，常见到这样的字眼，咿呀的胡琴声，托托敲着的打更声，完不了的故事，逃不出、躲不了的命运，生命自顾自地过去了……在这里，日常生活和时间具有的艺术内涵是一致的。

那么，这样的小说是否就没有故事可讲呢？答案也是否定的。张爱玲不仅承认写小说就是讲故事，而且她还要把她的故事讲得带有点传奇色彩。她的意思是说不能主题先行，作家首先的本分是把故事讲得好听，然后让故事自身去说明主题。她说：“许多留到现在的伟大作品，原来的主题往往不再被读者注意。因为事过境迁之后，原来的主题早已不使我们感兴趣，倒是随时从故事本身发现了新的启示，使那作品成为永生的。”[1]这才是张爱玲所要追求的艺术境界。显然，这样的故事就是一种开放又独立的，具有巨大多面阐释空间和艺术张力的故事。张爱玲很明白，在这样一个巨变的时代，人们很性急，急于让世界呈现出一个清晰的面目，所以在文学上多倾向于表现人生飞扬的、有力的、激烈冲突的革命的文学，但她认为她“既然是个写小说的，就只能尽量表现小说里人物的力，不能代替他们创造出力来”。[2]所以，香港的战火并没有把范柳原和白流苏感化成革命青年，而把他们成全为柴米夫妻，“就事论事，也只能如此。”尊重生活和人性的真实面目，再以艺术的手法表现这种真实，应该说，张爱玲是一个具有真正的艺术精神的作家。

寓言性是张爱玲小说很有西方现代小说味道的又一特征。张爱玲小说中有封闭和开放这两个概念，而且是两个相对存在的概念。张爱玲的小说故事大都发生在一个个封闭的空间，比如沦陷的城市（香港），突然因道路封锁而停开的电车厢，公寓，诊所，厨房，另外还有一个重要的封闭场所：家庭。在这个封闭的场景外，时代背景、社会背景都是非常虚化的。时代正在发生着的翻天覆地的巨大变化，在张爱玲的小说中，往往是通过人物一两句“东西越来越贵”

1　张爱玲：《流言》，花城出版社，1997年3月第1版，第78页。

2　同上，第75页。

或“买不到好东西”的感叹就交代了。小说重在这个封闭的空间里描写人物之间的关系，人物的精神世界和灵魂状态，然后通过这种描写让故事本身去显示力量和主题。典型如《倾城之恋》、《红玫瑰与白玫瑰》、《金锁记》、《留情》、《封锁》等小说。正因为故事发生时空的相对封闭性，它使作者把笔力集中在人物的精神世界。诸如上文列出的小说，分别写人性的自私，写现代人婚姻的泥潭，写金钱对人的异化力量，写婚姻与交易，写现代人戴着面具的生存状态，等等，无不有入木三分的深刻。它写出了现代人存在的普遍真相，因而也就使小说和读者产生了深刻的普遍共鸣。这正是寓言所达到的审美效果。

封闭的场所，情节简单的故事，无限丰富充满阐释张力的内涵，这就使得张爱玲的小说有点接近卡夫卡的精神气质。卡夫卡的小说是典型的现代寓言。《变形记》、《审判》、《城堡》等这些代表作都明显地体现了寓言的美学本质。通过简单甚至简陋的故事，卡夫卡给我们暗示了现代人不堪入目的生存困境和存在面目：一夜间变得渺小卑微如虫豸，莫名其妙的惩罚秘密地也是没完没了地寻找着 K 的罪证，想进城堡的 K 费尽心机还是永远在城堡外徘徊……作为现代主义文学大师，卡夫卡善于通过奇妙的构思给读者呈现出一个夸张和荒诞的画面，把现实与非现实，合理与悖理，常人与非常人并列在一起，把虚妄的离奇荒诞现象与现实的本质真实有机地结合起来，加上他那不带任何感情色彩的纯客观叙述方式，构成了独特的“卡夫卡式”的艺术风格。和一样有独特艺术风格的“张式叙事”相比，前者有奇妙夸张的构思，后者有普通中追求传奇的故事；前者是荒诞后

封闭的场所，情节简单的故事，无限丰富充满阐释张力的内涵，这就使得张爱玲的小说有点接近卡夫卡的精神气质。

者是荒凉，前者是没有感情色彩的纯客观叙述，后者则崇尚平淡自然的艺术境界。显然，二者之间有着一种精神上的内在相似。

之所以说二者只是相似，因为张爱玲的“荒凉”不同于卡夫卡的“荒诞”。虽然他们的艺术底色都是人生的虚无，但前文说到，张爱玲是虚无之后的安稳和怜惜，“苍凉”之中还是有“回味”和“启示”的，人并没有因为生命的虚无而变得放肆，变得不管不顾。但卡夫卡的虚无后面是绝望，坚硬的、令人窒息的绝望。小说《城堡》里的K来到城堡领地的一个村庄，为了进入城堡，他几乎用尽了一切手段：冒充土地测量员，勾引城堡官员的情妇，找村长，给学校当校工，等等，结果最终还是无法进入城堡。这个过程已经让我们想到那个企图推石上山，而石头总是滚落下来的西西弗斯了。但小说还没写完，据卡夫卡的朋友勃洛德说，作者的计划是：K为进城堡一直奋斗到弥留之际，他终于接到城堡的通知，通知说K可以长住在村子里，但不许进城堡。[1]可见，卡夫卡根本没有给读者一丁点希望的意思，他是个让人绝望到发疯的作家。如果《城堡》接着让张爱玲来写，她会首先让K明白，即使他绞尽脑汁和精力进到城堡里，也没什么大不了的收获，所以进不进得去本无所谓。接着她会安排K认识一个女朋友，在城堡外选择一个比较舒适的地方安家过日子。卡夫卡的绝望是因为他眼里始终有那个想进去“城堡”，正如西西弗斯眼里始终有那座山一样。而在张爱玲，她根本就不会做一定要进城堡，或推石上山的打算，因为她早知道进了城堡也不过如此，石头推上去还得滚下来。张爱玲甚至懒得去做这些为什么一定要“进”、要“推”等类似的终极追问。张爱玲立足的是柔软的日常生活，看见的却是人生的“大虚无”；而卡夫卡立足的是坚硬的现代社会，面对现代文明象征的国家、体制、机构等等庞大厚重的东西，说的是个人是多么渺小，个人的种种努力是多么地虚妄。所以，他们一个是荒凉，一个却只能是荒诞。

从当时的文学环境来说，她的小说呈现出和卡夫卡相似的精神气质是完全可信的。上世纪40年代，卡夫卡就被介绍到上海知识界。一篇署名孙晋三，题目为《从卡夫卡说起》的文章，虽然仅有七八百字，但文章就指出卡夫卡小说

1　卡夫卡：《审判·城堡》，北京燕山出版社，2000年2月第1版，第2页。

一个最大的艺术特征，那就是其独特的寓言性。文中说：“在小说方面，卡夫卡的影响，见之于寓言小说的勃兴。但卡夫卡型的寓言小说，并不是本扬或施威夫特显喻性的寓言，无宁可说是相当于梅尔维尔或杜思妥益夫斯基式晦喻性小说，其涵义不是可以用手指所按得住的。”[1] 这说明当时文学界已经发现了卡夫卡的艺术魅力。张爱玲博览群书，又求学香港，文中还说卡夫卡的小说是“象征之内另有象征，比喻之后又有比喻，总是探测不到渊底。”用这样的评论去解读张爱玲小说中的细节也是极为恰当的。

张爱玲小说无疑是写在那个特殊的时代，但小说本身的艺术魅力又使之超越时代而熠熠闪光。其中，上文分析的寓言性就是这魅力之一。寓言性使张爱玲的小说自身完整，这种完整性让它具有神奇的力量穿越半个多世纪阅读时光，今天一再受到人们喜欢。1851 年，法国作家福楼拜的《包法利夫人》在《巴黎杂志》刊出。几经争议之后被看作是现代主义文学诞生的标志之作。关于这部小说，福楼拜说：“我觉得美的，亦即我想写的，是一本建立在虚无之上的书。它仅仅靠自己，靠其文笔的内在力量来维持，就像地球没有任何支撑而维持在空中一样。这是一本没有主题，或者尽可能让主题隐而不露的书。”[2]

张爱玲小说就具有这种靠自身力量悬空的能力。

第三节　中国现代性的复杂面貌

张爱玲创作的高峰期是在 1943 至 1945 年间。上世纪 40 年代，中国新文学经过了五四文学革命到革命文学、无产阶级文学、左翼文学的急剧变化，已经形成多种创作力量和读者群体，彼此坚持的也是不同的文学观念。按照文学史的说法，当时的文学分为国统区文学、沦陷区文学和解放区文学。但

1　钱理群等主编：《20 世纪中国小说理论资料》第四卷（1937-1949 年），北京大学出版社，1997 年北京第 1 版，第 282 页。

2　福楼拜：《包法利夫人》，北京燕山出版社，2000 年 2 月第 1 版，第 11 页。

具体到每个作家的创作却是交错的，国统区也有作家坚持革命文学的创作，而在解放区文学中也有被认为是不那么符合文艺为工农兵服务的文学创作。在这样复杂的局面里，既有为民族解放呼吁的左翼文学和工农兵文学，也有国民党倡导的所谓民族主义的文学。即使在沦陷区，也有真正奴颜婢膝的汉奸文学和专门以休闲和娱乐大众为主的鸳鸯蝴蝶派文学。整体来说，以国家、革命、民族解放、工农兵等为主题的“宏大叙事”为主流和“正统”文学。那么张爱玲是怎样认识自己与当时文学环境的关系的？为什么在那样复杂的社会环境和文学环境中，她却至始至终坚守着自己的创作风格？张爱玲的创作和当时的主流文学又是怎样的关系呢？

1922 年，胡适离开《新青年》创办《努力》周刊。这个小事件标志着五四现代性在中国开始呈现出其复杂的一面。随着左翼革命文学队伍的形成，在五四新文化运动的领袖人物之一胡适周围，也聚集了一批没有明显政党倾向的自由主义文化人。1928 年，他们创办了《新月》杂志，表达他们对于政治和文学的观点。针对左翼作家提出的文学的工具论和服务论，徐志摩、梁实秋等人首先发表文章挑起论战。徐志摩在《〈新月〉的态度》一文中用“健康”和“尊严”两个原则，反对左翼作家倡导的无产阶级文学，认为阶级的文学是“功利派”的文学；梁实秋则认为文学是人性的文学。很显然，这是五四现代性分化的两种现代性——革命现代性与人性的、浪漫的现代性的争论。从 1931 年 12 月起，自称为“自由人”、“第三种人”的胡秋原和苏汶分别在《现代》杂志发表文章，主张文学是超然政治的，是客观反映世界的镜子。这也是当时一种文学现代性的表现。

在张爱玲开始创作之前，林语堂和周作人都是当时文学界声名卓著的前辈。张爱玲时常阅读他们的作品，向往和他们一样有名。林语堂和周作人在精神气质上都和胡适相近，是自由主义知识分子。不同在于他们没有胡适那样浓厚的政治热情。在阶级和党派斗争十分激烈的时代，他们都试图通过文学的途径达到身心的平衡。当时，林语堂提出“性灵文学”和“幽默”文学。“性灵文学”就是“以自我为中心，以闲适为格调”的写作态度，而“幽默”文学让人“不会怒，只会笑”；林语堂的“性灵文学”的观点与周作人所提倡的“言志”文学观不谋而合。这是带有浓厚传统文学色彩的现代性。而新文学旗手鲁迅素来认为杂

文“必须是匕首，是投枪，能和读者一同杀出一条生存的血路”，[1] 是典型的崇尚“力”的革命现代性。鲁迅认为他们是违背了五四传统的“帮闲”文学。一个真正的作家，不可能对国家民族命运持漠然态度的。但他们并不接受鲁迅的批评，而且胡适、林语堂、周作人等人终生坚持自己对文学自然、平和、人本、人性的看法不愿改变。

总体来说，从1930年左翼作家联盟成立到1949年新中国成立二十年间，代表着革命现代性的左翼作家的创作，和大多数自由主义作家的创作在内容、形式方面也形成明显对照。从作家队伍来说，双方有代表性的作家分别有鲁迅（主要指杂文）、柔石、夏衍、冯乃超、蒋光慈、郭沫若、茅盾、田汉、萧军、萧红、胡风、鲁藜等（七月派诗人）、路翎、艾青、丁玲、赵树理、柳青、欧阳山、马烽、孙梨等等，另一方面主要有胡适、徐志摩、梁实秋、林语堂、周作人、废名、张恨水、戴望舒、萧乾、张爱玲、苏青等等。在此难以对每个作家作品具体分析，其总体区别就在于，前者的创作和社会国家的大世界关系密切，后者的创作和个人心灵的小世界关系密切。也可以说一个是追求民族解放的“大真理”，一个是追求个人自由的“小真理”，一个是歌唱科学、民主、阶级、斗争、革命的宏大叙事，一个是关注个体生存状况和主体自由的小型叙事。另外，还有朱自清、冰心等人的创作，追求美与爱，也是中国现代性的多样表现。

前文提到，由于特殊的历史原因，中国现代文学的发展呈现着非常复杂的面貌。各种风格的创作互有交错和渗透。鲁迅就是一个典型的复杂矛盾的伟大人物。在他博大深远的精神世界，“感时忧国”的时代主题要求他为“五四”和革命文学呐喊，但沉重、黑暗、麻木的现实世界又让他感到一个英雄的孤独与苦闷。《野草》里描写的正是一个勇士与觉醒者内心世界令人疼痛的迷茫和孤独。另外，鲁迅小说《肥皂》、《伤逝》等也是具有日常叙事特点的小说，描写的是人性深处的虚伪和两性感情的绝望，而无涉宏大主题。

再比如左翼文学，随着左翼作家队伍的变化，他们沿着无产阶级文艺理

1　鲁迅：《鲁迅杂文全集》，河南人民出版社，1994年12月第1版，第500页。

论的路子，艺术追求也逐渐呈现成熟。“左联”成立前后聚集起来的作家大概有三种人：一是“四一二”政变后流落到上海的作家，他们在大革命失败后脱离了革命队伍流落到此，他们原本就是投笔从戎的作家；还有部分是为了逃避国民党的白色恐怖而到上海的；另外还有在留日中深受日本无产阶级左倾文艺影响的热血青年。显然，这一批左翼作家大都亲身受过革命洗礼，有很强的左倾革命意识。而1933年后，张天翼、沙汀、艾芜、吴组缃、叶紫、夏衍等人加入到“左联”来。其中张天翼、吴组缃等人的创作很有艺术成就。不再是早期革命文学中那种简单的“革命＋恋爱”模式，而是有了更广泛的社会内容和较深刻的人性描写，叙事上也有了传统特色。而30年代以戴望舒、李金发等为代表的现代派诗人，到抗战时期也不再只沉浸在个人的小天地，写出了慷慨激扬的爱国诗篇。

因为战争的缘故，从地域来说，这二十年的中国可分为国统区、解放区和沦陷区。但当时的文学现状并不是因地域而区分的那么清楚。而是你中有我、我中有你，相互渗透的。比如当时国统区也有继续坚持从事革命文艺的。40年代的赵树理和孙梨的创作可说是解放区文艺的代表，既有激动人心的有关民族危难的宏大主题，又不乏抒情和人性化的色彩，这样的文学自然受到广大群众读者的欢迎。还有在三四十年代影响非常大的乡土文学作家，比如许地山、王统照、沈从文等人的创作，他们通过对广大土地和乡村人物命运的思考，既折射了时代又写活了人性，可以说是界于二者之间的文学成果。而对峙中还有一种政治色彩不那么明显的中间力量，比如巴金、老舍、曹禺、聂绀弩（杂文）等人的创作。他们的创作继承了五四启蒙主义精神，具有明显的反帝反封建主题。在叙事手法上也取得突出效果。尤其是老舍的小说和曹禺的戏剧，在塑造人物上很有传统小说的味道，代表了现代文学的一个高度。

作为革命现代性和生活现代性的两个代表，中国现代文学形成最大对照的应是解放区文学和沦陷区文学。这里一方面是胜利在望的热火朝天的新形势，另一方面则是在日本侵略者占领下苟延残喘的“和平”和繁华。一方面是对精致的、个人的日常世界的坚守，另一方面则是一切强调集体和统一强调牺牲的集体主义艰苦生活。也就是周作人所指的“言志文学”与“载道文学”的对照。

一、"言志"与"载道"

周作人是五四现代性的另一个代表。面对新文学的变化，周作人在《中国新文学史的源流》中提出了"言志的文学"与"载道的文学"两个概念。周作人在谈到中国新文学的源头时提出"言志派"和"载道派"。他认为中国的文学，在过去所走的并不是一条直路，而是像一条弯曲的河流。"言志"和"载道"两种潮流的起伏便造成了中国的文学史。他说："言志派的文学，可以换一名称，叫做'即兴的文学'，载道派的文学，也可以换一名称叫做'赋得的文学'"，他还认为"古今来有名的文学作品，通是即兴的文学"。[1]他还具体分析了"即兴文学"好的原因，因为"即兴文学"是先有意思后有题目；而"赋得的文学"则是现有题目后有文章。显然，新文学以来所提倡的"革命文学"其实就是"载道"的"赋得的文学"。

"诗言志"是先秦最早形成的最基本的文学理论观。在中国古代文学理论批评发展史中，其涵义不断变化。先秦时代，"言志"一词中的"志"多指个人志向、抱负。"言志"最早见于《论语·公冶长第五》："颜渊、季路侍，子曰：'盍各言尔志。'子路曰：'愿车马、衣裘与朋友共，蔽之而无憾。"[2]《论语·先进》里又记载："子路、曾皙（名点）、冉有、公西华侍坐。……子曰：'何伤乎，亦各言其志也。'（曾点）曰：'莫（暮）春者，春服既成，冠者五六人，童子六七人，浴乎沂，风乎舞雩，咏而归。'夫子喟然叹曰：'吾与点也！'"[3]显然，《论语》里"言志"的涵义就是表达个人内心的想法。在先秦早期，"志"并非指个人情志，而更多意指个人世界观，政治思想抱负。

到了先秦后期，"诗言志"的文学观点得到普遍认可，而且"志"的涵义则从政治思想更多倾向于"个人情志"。针对先秦时代诗乐舞三位一体的状况，《礼记·乐记》有一个理论性的总结："诗，言其志也；歌，咏其声也；

1　周作人：《儿童文学小论 中国新文学的源流》，止庵校订，河北教育出版社，2002年1月第1版，第18页。

2　《论语》，金良年译注，上海古籍出版社，2001年7月第1版，第91页。

3　同上，第210页。

舞，动其容也；三者本于心，然后乐气从之。”[1]从上论述可以看出，“言有物”、“言有序”和“诗言志”是先秦时代对文学最基本的认识和要求，而“诗言志”则是其对文艺本质的一个基本看法。就是说文学必须立足最基本的现实事物，文学是个人思想、意愿、情感的表现，是人的心灵世界的呈现。

先秦时代的“诗言志”含有“志向”、“情感”两方面意思的，朱自清《诗言志辨》[2]里也表达了这样的意思。先秦早期强调的是“政治抱负”这方面的意思。在《论语》所言“志”之涵义的基础上，以孔子为代表的儒家学派逐渐形成了以“诗教”为核心的文艺观。作为汉代儒家文艺思想有代表性的纲领性著作，《礼记·乐记》和《毛诗大序》继承并发展了先秦儒家文艺“诗教”观中“兴、观、群、怨”和“温柔敦厚”说。但《毛诗大序》也把诗歌的“情志统一说”提到了很重要的位置。汉末后，随着社会动荡和曹魏政权的建立，儒教衰落。文学思想出现从“言志”到“缘情”的巨大变化。“情”、“志”有分离之意。

这个“政治抱负”意义上的“志”，成为孔子“诗教”观的基础。到了唐代逐渐演化为文艺上的“载道”观。到了宋儒理学的时代，“文以载道”观终成系统。朱熹反对文道合一或文道并重的思想，认为文、道分开，一为枝叶一为根本。明确提出“文以载道”说的是周敦颐。周敦颐、邵雍以及“二程”等理学家片面强调文学的社会功能，否定文学的审美特征，对中国近现代文学观念产生很大影响。周敦颐在《周子通书》的《文辞》篇中提出了著名的“文以载道”说，其云：“文所以载道也，轮辕饰而人弗庸，徒饰也。况虚车乎？文辞，艺也；道德，实也。笃其实而艺者书之；……不知务道德而第以文辞为能者，艺焉而已。噫！弊也久亦。”[3]表面上看，周敦颐的“载道”和韩、柳的“明道”、李汉的“惯道”没什么区别，但实际上侧重点很不相同。韩、柳的“明道”的出发点在“文”，要求文章有充实的内容，是为了把文章写得更好。而“载道”的出发点在“道”，说文章里的“文”只不过是“道”的一个载体而已，具体说是理学的附属品。宋明道学家们搅乱了从先秦到魏晋基本澄清了的文学的基

1　《礼记》，远方出版社，2003年8月第1版，第282页。

2　朱自清：《诗言志辩》，广西师范大学出版社，2004年12月第1版，第7页。

3　张少康、刘三富：《中国文学理论批评发展史》（下），北京大学出版社，1995年12月第1版，第33页。

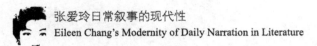

本问题，比如文学的本质是“缘情”的。

也就是说，我国最早的文学观就是“诗言志”，而“载道”的文学观是从“言志”中派生、演化出来，并走向另一个极端的。到了近、现代，中华民族遭遇内忧外困，文学形式上诗歌从明代开始就逐渐呈衰落之势，小说、戏曲创作日益繁荣，如梁启超这样的先知先觉者才把文学救国的梦想放在小说创作上，“文以载道”的主张一再被重视。革命文学也演变为典型的“载道文学”。而“言志”逐渐演化为个人主义的、自由主义的文学。“言志文学”和“载道文学”便逐渐发展为两种不同的文学主张。具体表现在中国现代文学中，就是现代性的复杂面貌。从整体上来说，张爱玲的日常现代性应属于周作人所主张的“言志的文学”。

二、现代性的悖论

在张爱玲创作的时代，中国现代文学之所以呈现出复杂的面貌，与现代性是一个充满悖论的理论有深刻关系。现代性本身所包含的张力和矛盾就表现在各种现代性方案之中了。马泰·卡林内斯库在《现代性的五副面孔》一书中说：“最广义的现代性，正如它在历史上所标榜的那样，反映在两套价值观念不可调和的对立之中，这两套价值观念对应于：一，资本主义文明客观化的、社会性可测量的时间；二，个人的、主观的、想象性的绵延，亦即‘自我’的展开所创造的私人时间。后者将时间与自我等同，这构成了现代主义文化的基础。”[1] 其实，这说的都是现代性中集体与个人之间不可调和的对立。

早在 19 世纪中期，马克思和恩格斯把德国浪漫主义的那种美学批判转变为意识形态批判和政治经济批判，从而区分出了“革命的”和“市侩的”两个鲜明典型。“革命的”历史观代表了精英主义的批判的现代性，“市侩的”生活方式则代表了资产阶级的生活准则。因此，我们通常也把现代性分为精英的和通俗的，这种二分法也可以说是现代性的标志之一。无论是从精英的角度反对通俗，与从通俗的角度反对精英，都没有摆脱现代性的基本逻辑。

1 [美]马泰·卡林内斯库：《现代性的五副面孔》，周宪、许钧主编，商务印书馆，2002 年 5 月第 1 版，第 11 页。

马泰·卡林内斯库主要是从文化和艺术的角度对现代性做了五种分析，分别是现代主义、先锋派、颓废派、媚俗和后现代主义。从马泰·卡林内斯库的这本书中可以看出，作为文化现代性的五副面孔和作为文明阶段标志的现代性之间存在着多么大的分裂。比如在科学主义和人文主义、理性主义与非理性主义在现时期的斗争实质上都是现代性的内部矛盾的表现。

"五四"人显然不可能意识到现代性的悖论及其分裂可能给未来中国带来的危害。当"五四"人对各种现代性（包括以苏俄为代表的马列主义）抱以巨大热情的时候，西方知识分子已经开始对现代性蕴涵的分裂给人类带来的危害开始进行反思了。

最早意识到现代性危害的人是尼采。1888年春，尼采在他的最后一本书《强力意志》中谈到现代科学将给人类带来虚无主义。在尼采看来，历史的巨变已经摧毁了传统，这个传统就是和 modernus 相对的那个 antiquus，指一种就质而言的"古老"（古老 = 一流 = 工艺精良 = 可尊敬的传统 = 典范，等等），就是那条不自觉而无疑"维系着世代和谐和持久意义的纽带"。这里，我们就能理解王国维为什么会对叔本华（尼采哲学正是在对叔本华哲学的继承上建立起来的）着迷，和他的自沉行为了。人们与大地相连的生命纽带、不可剥夺的天性已经断裂，取而代之的是一种商业化文明。尼采是这样谈到时代的分裂的："报纸（代替了每日的祈祷）、铁路、电报，以及大量不同兴趣的高度集中，逼使人们的灵魂变得强硬而多变。"[1] 而中国文学传统里所重视的人情的日常的文学，胡适、林语堂、周作人、张爱玲等文人终生所固执坚守的，王国维所在意的，却是"人和大地相连的生命纽带"，是那些被迫正变得"强硬而多变"的灵魂中柔软和永恒的部分。

尼采之后，接着西方知识分子如利奥塔、福轲、德里达、罗蒂等连续从叙事、语言等多个角度对现代进行了反思和批判。后现代主义者们极力反对强势真理对弱势话语、非主流话语的压迫，要求承认"差别"的地位，主张多元论。利奥塔把宏大叙事带给人类的压力批评为"真理的白色恐怖"，罗蒂声言"大

1 [美]丹尼尔·贝尔：《资本主义文化矛盾》，赵一凡、蒲隆、任晓晋译，生活·读书·新知三联书店出版社，1989年5月北京第1版，第50页。

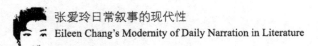

写的真理应该死亡，小写的真理可以继续存在”，福柯则把真理等同于权力，认为人们表面上服从的是真理，实质上服从的是权力。……直至今天，只要现代性自身的悖论性得不到解决，对现代性的反思与批判就不会结束。

现在我们看到，中国现代文学中所谓“言志文学”与“载道文学”的客观并存其实不是一个简单的文学观念的不同。在这个微露的冰山之角下，实质上隐藏着的是科学主义与人文主义、集体与个人、社会时间与私人时间、革命与市侩、精英与媚俗、理性与非理性、宏大叙事与小型叙事、大真理与小真理等等的矛盾，也就是现代性这个悖论式概念所蕴涵的所有矛盾因素。半个世纪以来，无论是左翼叙事还是周作人所定义的“言志”文学，若论创作各自都可谓泱泱大观，成就斐然。多种文学力量此消彼长，形成长久对照。于是，人们终于发现启蒙现代性向世界许诺的自由终成自由的墓地。正如墨西哥诗人帕斯说的，现代性在某种意义上成为一个“自己反对自己的传统”。这里，我们不妨用马泰·卡林内斯库的一段话作为对现代性之复杂性的总结。他说：“从这种观点看，美学现代性暴露了造成其深刻危机意识极其同另一种现代性疏离的一些原因，这另一种现代性尽管有其客观性与合理性，在宗教死亡之后，却缺乏任何令人信服的道德和形而上的理由。然而反映在现代主义文化中的时间意识也缺乏这类理由，这种时间意识产生于孤立的自我，部分也是对社会活动中非神圣化（从而也是非人化）时间的反动。”[1]在过去大约一百五十年里，两种现代性之间一直冲突未止，致使现代性的矛盾无处不在。

如果单从文学成就的角度来审视这个对立，鲁迅和张爱玲就可以被看作两种现代性的代表人物。他们一个是精英的、高调的现代性，一个则是生活化的、日常的、“媚俗”的现代性。精英们的现代性主要表现为不断创造现代性的伟大叙事，扮演历史中的英雄角色，而通俗的现代性和各种摩登的时尚联系在一起，从各个方面渗入日常生活和物质文明。联想现代作家的众多画像，我们发现很多左翼作家本身即使不是在战场上出生入死的战斗英雄，

1 ［美］马泰·卡林内斯库：《现代性的五副面孔》，周宪、许钧主编，商务印书馆，2002 年 5 月第 1 版，第 11 页。

也都是有过枪林弹雨的个人经历，他们的诗句或者塑造的人物形象莫不具有历史代言人或时代英雄的精神色彩。相对，自由主义作家则主张“平淡自然”（胡适语）的文学，主张平民的、性灵的文学，主张写“阿妈他们的事”（张爱玲语）。在国家和民族命运的危机时期，高扬英雄和理想主义的宏大叙事理应成为不容忽视的时代主题，成为具有遮蔽性的宏大叙事。

时代潮流浩浩荡荡。个人化的小型叙事在带有遮蔽性的宏大叙事比照下是微弱的。但作为现代性悖论的表现，我们就不再难理解林语堂为什么终生坚持闲适的性灵文学和幽默文学，周作人为什么固执地鼓吹人的文学，徐志摩为什么会把爱、美与自由尊奉至上。在徐志摩“最是那一低头的温柔，像一朵水莲花不胜凉风的娇羞”音乐般的诗句里，我们可以发现和意象派诗人庞德《在地铁车站》一样的“瞬间”美感。再比如冰心，自新文学登上文坛到20世纪末，都沉浸在母爱与童心世界而不改变。至于敏感的张爱玲，则宁愿抛弃她热爱的“中国的日子”远走他乡，采取主动疏离的态度，来回避自政治和艺术上的宏大叙事对自己的压力。

这里，让我们想到王国维这个在现代中国具有深远象征意义的人物。王国维沉湖之举之所以近百年来牵动许多人心底深处的思和痛，是因为在那个时代，他确实是个地道的异类。在一个民族社稷、感时忧国、救国救民等大主题占绝对主流的时代，王国维潜心研究词话，沉迷于中国传统文学核心之美所在的诗的“有我之境”与“无我之境”；他还沉迷叔本华哲学，潜心研究《红楼梦》，论“红”第一句引用老子的话，说“吾所以有大患者，为吾有身”，把人的欲望置于他思想的核心。他关注美，关注个人的欲望，关注个人的内心世界和精神世界，这是他意识到的现代性。但他以他决然、淡然的死表明他坚决地把这个美与欲望的个人世界彻底摧毁了，又说明他的反现代性。他着迷似地研究叔本华的哲学思想，是因为他在叔本华那里已经朦胧感知到启蒙现代性里所竭力追求的理性精神，以及五四新文化运动倡导的革一切传统之命的革命现代性都是值得怀疑的。在中华民族的传统美、在中华文明传统的心灵世界遭到无情破坏以后，他对宏大叙事披着的那件闪闪发光的未来外衣不再有兴趣，或者干脆不相信。“王国维的魅力恰恰在于差异，在于他与20世纪中国思想文化主潮的不同。它暴露了人们的心灵对另一面的渴望。”[1]然而，面对浩浩荡荡的时代洪流，能做出像王国维那样决绝选择的人毕竟是少数的。但无论是自觉还是不自觉，选择却是必须的，或者不选择本身就表明了一种选择态度。对于张爱玲来说，她也许也像王国维一样，不可能自觉地意识到现代性的悖论，她只是从自己真实的经验、后来的生存处境和思考出发，认识到个人的日常生活才是现代人的存在之根。于是，她就想靠对自己个人日常世界的坚守来回避或消极地抵御这个“惘惘的威胁”。

于是，胡适还是鲁迅？鲁迅还是王国维？张爱玲还是鲁迅？鲁迅还是周作人？不仅是那个时代也是今天值得深思的问题。当然，现代性的复杂局面远不会在 1949 年结束。新中国成立后的当代文学虽然是按照《讲话》精神发展的工农兵文学，但继承了中国传统文学精神的自由主义文学又在港台和海外得到承传发展，继续和新中国的工农兵文学形成明显对照。延续着中国传统文化和文学的血脉，这种人本的、人性人情的、日常的文学精神，百年来一直在海内外华文文学中生生不息地承传下来，直至今天中国大陆文学的现状中，这种新中国成立以来以暗流形式存在的文学传统重有回归主流之势。正如黄修己在《中国 20 世纪文学史》中写的：“1949 年好似一段文学（过去叫做‘现代文学’）的结束。又不是结束。前半世纪打下的文学基础成了后半世纪文学表演的舞台，前半世纪种下的根苗，在后半世纪又长出新的枝芽。在后半世纪光临之际，中国文学披上了‘当代’的服饰，开始踏上新的跑道。”[2]

三、遮蔽中的“孤岛奇葩”

“孤岛”是解读张爱玲不可少的意象。她生活在上海的“孤岛”时期，求学香港也是个“孤岛”，50 年代后声名再起的台湾也是个“孤岛”。前文中，本人用“封闭与开放”概括张爱玲小说中时空场景的有限和故事意义的无限。与张爱玲生活与创作有关的这三个“孤岛”同样有这样的意味。上海——香

1　程文超：《1903 前夜的涌动》，山东教育出版社，1998 年 5 月第 1 版，第 175 页。

2　黄修已：《中国 20 世纪文学史》上卷，中山大学出版社，1998 年 8 月第 1 版，第 162 页。

港——上海——香港，形成张爱玲创作的主要经历和想像空间。张爱玲的青年时代经历过两次城市沦陷：在她的小说中，香港沦陷成就了白流苏的爱情，而上海沦陷则给现实中的作者自己创造了以文学成名的独特空间。1984 年，作家柯灵在《遥寄张爱玲》一文写了这样一句很有意思的话："我扳着指头算来算去，偌大的文坛，哪个阶段都安放不下一个张爱玲，上海沦陷，才给了她机会。"[1] 张爱玲，或者还有苏青等女作家之所以能在 40 年代中期的上海大放光彩，并不是因为当时的中国文坛就只有张爱玲等几个文人、作家了，这其中有多方面的历史和个人的原因。

首先，"孤岛上海"延续了上海的城市生活命脉，工商及出版业得到恢复和发展，为张爱玲的创作与成名提供了相对稳定的阅读环境和市场环境。1937 年 8 月 13 日中日"淞沪战役"后，国民党军队主力转入重庆。当时日本还没有对美、英、法等国宣战，自苏州河以南，属美、英、法等国管制的"租界区"就成为相对稳定的地区，上海市民以及外省有经济条件的富绅阶级，大都纷纷进入租界区，反而造就了一时的繁华。"租界区处于日军觊觎之地，摇摆祖国孤儿及'四面日歌'之间，如乱世战火中的一块浮木，时人将此处境称为'孤岛上海'，成为现代史中的'孤岛时期'。"[2] 这个"孤岛时期"一直从 1937 年 1 月延续到太平洋战争爆发，长达四年。在这相对稳定的四年里，上海工商业得到一定发展，城市生活秩序得到维持，同时"先后发行报纸约四、五十种，各类期刊杂志约二、三百种，至于书籍出版，照保守估计也有五、六百种，可以对照上海成为经济重镇的同时，亦注入文化酵素，带动上海过渡战火，扮演不缺席繁华都会的文化角色。"[3] 如果把张爱玲在文坛的粉墨登场看成一出即将开始的戏，"孤岛上海"的四年就为她的演出准备好了满场就座的观众。

1941 年 12 月太平洋战争爆发后，在上海的日本侵略者也同时越过苏州河，进入租界地，上海全城沦陷，直至 1945 年 8 月日本投降。就在上海沦陷的次年夏天，张爱玲因港大停课，同炎樱一起回到上海。张爱玲的主要代表作品正创

1　子通 亦清主编：《张爱玲评说六十年》，中国华侨出版社，2001 年 8 月第 1 版，第 384 页。

2　苏伟贞：《孤岛张爱玲》，三民书局股份有限公司，初版一刷：中华民国九十一年二月，第 33 页。

3　同上。

作于这个“沦陷时期”。沦陷初期，上海的文化界受到很大冲击，日本侵略者疯狂迫害进步作家。1943 年一年中，上海法租界由汪伪政府接受，上海的文化、新闻、出版事业，完全在日军及汪伪政权的控制之下。但侵略者也明白，文学也是意识形态斗争不可或缺的手段，无论是侵略者还是汪伪政权，都想利用文学这个工具为自己进行的事业服务。汪伪政府本就是一个失节文人聚集的政府。他们自办刊物，如《古今》杂志等，掩饰自己的卖国求荣，抒发各自复杂的所谓“爱国情怀”。在这多种因素促成下，沦陷后的上海文坛在短期内竟慢慢复苏，到了 1943 年，又出现相当繁荣的局面。“1942 年 3 月起，有五、六种文学期刊出版或复刊：《古今》创刊于三月，《万象十日》出版于五月；《杂志》8 月复刊，由一份新闻时事刊物改为综合性文艺杂志；年底又有《大众》和《绿茶》面世。1943 年有《风雨谈》、《紫罗兰》、《人间》、《碧流》、《天地》、《春秋》等十余种文学期刊出版，1944 年则有《文艺世纪》、《文艺春秋》、《文艺生活》、《文潮》、《诗领土》、《潮流》等十多种文学期刊及丛刊出版。此外，还有不少兼载文学作品的妇女、青年或时事刊物及电影、戏剧的专门刊物。”[1]1943 年 5 月，张爱玲的第一篇小说《沉香屑——第一炉香》在当时的鸳蝴杂志《紫罗兰》创刊号上发表。后来，张爱玲的作品多在《杂志》、《万象》等刊物连续发表。繁荣的文学出版业为张爱玲的成名创造了良好的氛围。

在日伪统治下的所谓“文学繁荣”，政治不能谈，抗日不能谈，有左翼革命文学倾向的文学更是绝对禁止的，于是文学只有风花雪月、鸳鸯蝴蝶、神怪鬼狐，还有就是张爱玲和苏青之流所代表的日常生活叙事。正如钱理群说的：“‘政治’（‘爱国反日’即其中最大的‘政治’）既不能说，‘风月’（真正脱离现实人生、脱离政治的‘纯艺术’）可以说，却又不愿说与忍心说，那么能够说而又愿意说的，便是‘永久性’与‘日常生活’”[2]显然，日伪政府提倡文学是有政治效用的目的，但从另一角度来说，文学发展也自有其相对独立性，所以，上海沦陷时期的文化环境也从某一方面延续了中国文学本

1　陈青生：《抗战时期的上海文学》，上海人民出版社，1995 年 3 月第 1 版，第 334 页。

2　钱理群：《20 世纪中国文学史论》第二卷，东方出版中心，1997 年版，第 441 页。

身的继承和发展。所以，对于抗战爆发到 49 年解放前沦陷区的文学也不能一概论之为“汉奸文学”。另外，日本文化与中国汉唐文化有密切相关性也是形成沦陷区文化空间的因素之一。

于是，在这个充满着“暧昧性”或“多重暧昧性”的上海文坛，政治上的高压反而造成了美学上的发展夹缝。文学、电影、戏剧等文艺事业出现短暂的边缘性的“繁荣”。这其中有逢迎入侵者的真正的汉奸文学，有沉迷于才子佳人的鸳鸯蝴蝶派，有周作人为代表的闲适散文，也有以张爱玲为代表的专注于沦陷区人们日常生存状况的文学叙事。从文学观上来说，张爱玲明显接近胡适、林语堂、周作人等人的主张。以张爱玲、苏青为代表的上海作家群（和他们同时的还有陶亢德、周黎庵、柳雨生、文载道、纪果庵、潘予且等），对日常生活表现出来的专注，未尝不可以看作是对异族侵入的一种无言的反抗，她们寻找自己的发言方式，以对人类生活永恒的关注抵制时代的张牙舞爪。她们的文字固然算不上抗战和爱国文学，但无论放到哪个社会和时代，她们的文学都是“人学”。只要立足于人的良知于不败，那么他就不是一个堕落的人或作家，他的文字就不是堕落的文学。

张爱玲在上海的成名还有一个重要的原因，那就是自 1937 年淞沪战争后，上海文坛新文学主流出现的暂时真空状态。五四新文化运动以来，以鲁迅《狂人日记》为代表的新文学和后来的革命文学、左翼文学一直是中国现代文学的主流。30 年代，文化阵营里左翼右翼分裂，观念冲突日渐激烈。抗日战争爆发后，大批的知识分子和文艺工作者奔赴各处抗日根据地和革命圣地延安，知识分子中左右分别进一步明显。在 1937 年后的上海，也有作家坚持下来，比如巴金、柯灵、傅雷、钱钟书、杨绛、赵清阁、关露、郑振铎等都还留在上海。但这些有骨气的作家都坚持以停笔沉默的态度消极抵抗日本侵略者。1945 年日本投降后，国共两党的对峙和矛盾更为突出。文化人几乎面临着不左则右的别无选择的选择。1942 年，毛泽东发表著名的《在延安文艺座谈会上的讲话》。这是中国现当代文学发展史上的一件极其重要的事件。《讲话》吸引了大批具有左翼倾向的知识分子奔赴革命圣地延安，没走的也采取了沉默以养精蓄锐的态度。沦陷区的上海形成主流文学的暂时空白。

再从张爱玲个人当时所面临的具体生存环境来说，写作几乎是她唯一的出路。父母离异、家庭破散、辍学。除了卖文为生或者嫁人，她的个人生活毫无依靠。再加她从小自目为“天才”的自信、“成名要趁早”的少年狂，对郑振铎、柯灵等人劝她“不要到处发表作品”、“等河清海晏再印行”的好心劝告，她根本不想理睬，一心要的就是成名的快乐。最后，读者的迎合也是不可忽视的一点。对于身处乱世却能苟安一隅的上海市民来说，张爱玲、苏青等人那些充满个人滋味的小悲小喜、小哀小乐、小烦小恼、小忧小伤的日常生活叙事文字，很能给读者岁月人世安稳悠长的短暂的假性抚慰。正如张爱玲说的整个社会都到苏青这里来取暖。当然，张爱玲和苏青等人的文字还是有重要不同的。张爱玲的日常叙事不是像苏青那样仅仅停留在日常表面的，她的日常下面是人生和人性的大海，有更悲凉和更沉重的东西。

就这样，张爱玲不仅在沦陷区的上海名藻一时，而且她的文字经过半个多世纪时光之流的冲刷，成为一个介于俗与雅、古与今之间的坚硬存在。她的创作既不是周作人所说的“载道派”，也不是“言志派”，她所表现出来的文学传统上溯到《诗经》、《金瓶梅》、《红楼梦》，最终成为新文学中最有“中国气派”和“中国魅力”的新传统之一。但由于一直以来对沦陷区文学缺乏足够的关注和研究，这不仅让读者忽视了沦陷区文学短暂的繁荣局面，也忽视了张爱玲这朵孤岛奇葩的魅力。

第四节　张爱玲与左翼文学

左翼文学继承了五四文学中的某一种倾向，并将这种倾向加以夸大。在这样巨大而长久的文学对照中，张爱玲与左翼文学以及宏大叙事的关系也值得探讨。张爱玲与左翼，一言以蔽之：隐性对峙。作为一个典型的自由主义作家，张爱玲对宏大叙事的态度是非常复杂和矛盾的。在创作高峰期的时候，张爱玲对左翼文学是很不以为然的。她在《流言·写什么》一文里写到：“有个朋友问我：‘无产阶级的故事你会写么？’我想了一想，说：‘不会。要末只有阿妈他们的事，我稍微知道一点。’后来从别处打听到，原来阿妈不能算无产阶级。幸而我并没有改变作风的计划，否则要大为失望了。”[1]这段颇为自得的话从几个方面表达了张爱玲对于无产阶级文学的态度：一、坦然承认自己一定不会写无产阶级的故事，一点都没有以遮掩来取悦主流的意思；二、即使“阿妈不能算无产阶级”，我也没有改变作风的计划。一派自信、倨傲的态度。实质上，张爱玲的写作特色的形成主要是她对真正无产阶级的生活不了解，家庭出身，生活经历，教育决定了她的艺术风格。

但随着时代的变化，在强大的主流意识形态影响下，张爱玲对文学与政治的关系，文学的做法等都有变化。她不仅在解放后创作了带有明显“无产阶级故事”和革命色彩的小说《小艾》，而且在香港后还连续出版了带有明显反革命色彩的小说《秧歌》和《赤地之恋》。事实上，直至70年代初水晶先生在美国访问张爱玲时，她都一直对自己在主流文学史中的地位忐忑不安。

根据第一章的分析，在上述现代性的复杂状态中，由于出身、生活经历、个人学养、艺术趣味等多方面的原因，张爱玲的艺术追求显然属于坚持个人世界的“小型叙事”和“小真理”。总之，她对那些革命的、宏大的、英雄气的、庙堂气的、沉重、隆重的东西一概不喜欢，而只看重和喜欢日常的人情味和生活味浓厚的东西。但她并不公开反对阶级的文学或者描写时代大主题的宏大叙事，甚至后来迫于生计，她还以《秧歌》、《赤地之恋》尝试过对于宏大主题的把握，显然是不如她对日常生活叙事那样拿手和成功。

对新文学第一人鲁迅，张爱玲还是很敬佩很尊重的，而且她对鲁迅的看法很准确。水晶先生写到：“谈到鲁迅，她觉得他很能暴露中国人性格中的阴暗面和劣根性。这一种传统等到鲁迅一死，突告中断，很是可惜。”她没有提起过茅盾。她的文字中提到的人仅有林语堂、胡适、周作人、老舍、沈从文、曹禺、冰心、白薇、苏青。从她说起这些作家的口气，就可看出张爱玲的文学态度。早在四岁时，张爱玲就说长大了要和林语堂一样有名。她用略带嘲讽的语气说

1　张爱玲：《流言》，花城出版社，1997年3月第1版，第128页。

到曹禺。而对老舍的小说比如《二马》等却很喜欢。她赞扬沈从文，说“非常喜欢阅读沈从文的作品，这样好的一个文体家”。[1]

张爱玲最佩服的现代作家首先是胡适。胡适是和张爱玲母亲及姑姑那一代的人。据张爱玲回忆，母亲和姑姑她们还和胡适一起打过麻将，胡适的父辈也曾得过张爱玲祖父的帮助。张爱玲对胡适一直心怀偶像般的崇拜与敬意，这在她那样一个非常洁身自傲的人来说是很难得的。关于自己的作品，她对来自胡适的评价也极其重视和在意。张爱玲自己回忆她在美国最后一次见到胡适的情形，说：“他围巾裹得严严的，脖子缩在半旧的黑大衣里，厚实的肩背，头脸相当大，整个凝成一座古铜半身像。我忽然一阵凛然，想着：原来是真像人家说的那样。而我向来相信凡是偶像都有‘粘土脚’，否则就站不住，不可信。”可见，她确实对胡适怀有神一般的敬意。1953 年，还在香港的张爱玲就给在美国的胡适寄去了《秧歌》一书，胡适的回信中说：“你这本《秧歌》，我仔细看了两遍，我很高兴能看见这本很有文学价值的作品。你自己说的‘有一点接近平淡而近自然的境界’，我认为你在这个方面已做到了很成功的地步！”他们对小说的认识的，所共同推崇的“平淡而近自然”的风格其实就是指文学作品应着力“日常性描写”，在小说创作中，日常叙事是作品达到“平淡而近自然”艺术风格的重要手段。胡适的回信中还击节赞叹了《秧歌》一书中的几个细节。他们都给予《海上花》极高的评价。显然，得到张爱玲看重的基本都属于与左翼思想有距离的所谓自由主义知识分子。其实，张爱玲和胡适只是文艺趣味的接近，人生态度并不见得相同，对政治的看法就更不同了。

从无产阶级和劳苦大众的角度来说，1949 年新中国成立是全国人民终于得解放、翻身做主人、欢天喜地的大喜时刻。但是对于有着满清贵族血统的自由主义知识分子张爱玲来说，这不过又是一个蕴涵着“惘惘的威胁”和“大破坏”或“更大破坏”的乱世而已。面对这个翻天覆地的新时代，张爱玲理性上觉得自己无论是生活还是创作都是一定要做出改变的。但她又明白受个

1 水晶：《张爱玲的小说艺术》，大地出版社（台湾），1980 年 1 月版，第 29 页。

人背景的限制，一个作家能写好什么事实上是很难改变的。张爱玲是个敬重文学的作家。她说自己初学写文章的时候，“我自以为历史小说也会写，普洛文学，新感觉派，以至于较通俗的‘家庭伦理’，社会武侠，言情艳情，海阔天空，要怎样就怎样。”[1] 但事实上是“越到后来越觉得拘束”。对于即使手头有材料的小说，她都提倡熟悉了故事背景才能写，而这“熟悉”靠采访、采风式的去走马观花是根本不够的。她把文人比作文苑里的一棵树，“天生在那里，根深蒂固，越往上长，眼界越宽，看得更远，要往别处去发展，也未尝不可以，风吹了种子，播送到远方，另生出一棵树，可是那到底是艰难的事。”[2] 所以她断定自己是写不了“无产阶级的故事”的。她欣赏小说也不是从社会和阶级的角度去看的。对于有人从官商勾结的角度评价《金瓶梅》，张爱玲认为那只是一种观点。“就像有人赞美狄更斯暴露英国产业革命时代的惨酷。其实尽有比狄更斯写得更惨的，狄更斯的好处不在揭发当时社会的黑暗面。”[3]

但迫于处于对新社会的恐惧和生存压力，主流意识形态的压力，她还是很愿意尝试开拓一个新的、更迎合时代的写作领域的。客观来说，无论是张爱玲还是“时代”，双方都本着彼此接纳的目的，做过很实际的努力的。上海是1949年5月27日解放的，夏衍主管当时上海的文化工作。他决定整顿以前的上海小报，7月《亦报》创刊。1950、51两年，张爱玲应该报之约，以梁京的笔名在《亦报》分别连载《十八春》和《小艾》两小说。和《金锁记》、《倾城之恋》相比，这两部小说只能说是张爱玲的二流作品。从两部小说明显安上去的“光明尾巴”看，这显然是张爱玲迎合时代之作。《十八春》写的是同在一间工厂做事的小知识分子沈世钧和顾曼桢之间悲欢离合的爱情故事，故事发生在上海和南京之间，时间则从解放前十八年写起，结尾已是解放初期，背景也移到了沈阳。几位青年男女经过重重感情波折，最后都投身到“革命的熔炉”去寻找个人理想。《小艾》里的小艾是个大家庭里的小丫鬟，受尽主人折磨，解放后过上幸福生活。很显然，张爱玲开始让她笔下的人物在努力向“劳动人民”

1 张爱玲：《流言》，花城出版社，1997年3月第1版，第178页。

2 同上。

3 同上，第10页。

靠近。但只要你仔细阅读这两部小说，张爱玲写得最生动、体贴、传神的，还是那个与她自己的生活经历、见识最接近的部分。

在《十八春》里，曼桢那做交际花的姐姐曼璐就给读者留下深刻印象。当弟妹都逐渐长大的时候，这个靠做舞女赚钱养家的大姐也成了人老珠黄的残花败柳。她终于凭着残存的一点青春，把自己嫁给了做股票投机生意的祝鸿才做小。为了后半生有个依托，她想尽办法要抓住祝鸿才这个最后的救命稻草。一身流氓习气的祝鸿才一直暗里觊觎小姨子曼桢，为了能拴牢祝鸿才的心，这个丧尽天良的姐姐，在明知曼桢和沈世钧深深恋爱的事实后，一手安排祝鸿才强奸了自己的亲妹妹，并费尽心机棒打鸳鸯散，让妹妹在受尽虐待和折磨的情况下，为祝鸿才生养了一个儿子。小说把一个旧时舞女即对家庭有长女的责任感、又自私乱伦，又沾染了欢场流氓习气的女人刻画得很生动。相比顾曼璐的性格塑造和稍有变态的女性心理描写，沈世钧和顾曼桢的爱情故事反而显得冗长拖沓，缺少明显个性冲突。

而《小艾》里也只有在写旧世界旧生活的前半部分里，读者能感受到张爱玲的才华光芒。本是主角的“小艾”到书的第六页才提到，第十页读者才见到面，而且还是侧写。确切地说，《小艾》这部小说的主角，也是张爱玲写得最拿手的人物，应该是那个愚蠢又麻木、凶狠又乐天的五太太。五太太是旧贵族遗老大家庭席家五少爷的填房太太。她毫无主见与自尊感，任凭身边老妈子摆布。她把五老爷对她的冷淡全归于周围的人和环境，而不是她本身。在乏味无聊却又等级森严、是非多端的大家庭生活中，“五太太”泰然享受着“五太太”空头衔和没有夫妇之爱的生活，虚耗光阴。当买来的丫鬟小艾遭禽兽般的席老爷奸污的时候，当小艾因奸污而受孕遭受三姨太毒打的时候，五太太表现出的是姨太太的忍让，对所谓丈夫的包容和对自己的丫鬟小艾变本加厉的虐待。小说描写小艾后来和一个叫金槐的印刷工人自由恋爱。因为金槐常在阳台上看进步书，被远处看到的小艾暗恋了。两人相好后还常给小艾讲些“种田人怎样被剥削”、“解放”、“现在是我们的”等大道理。解放后，最后他们都进了印刷厂当工人，有了自己的孩子，像许多童话故事的结尾一样“过着幸福的生活”。很显然，金槐的出现以及小艾和金槐的相识相恋都有很强的编排痕迹，金槐这个人物的概念化成分就更浓重。另外，类似“那是蒋匪帮在上海的最后一个春天，五月里就解放了……”这样的句子显然都是“造”出来的，听起来怎么都不像从才华灼灼的张爱玲心里流淌出来的。本应作为主角的小艾形象比起她对五太太的描写也差远了。

这两本小说，尤其是《小艾》，对于研究张爱玲是很重要的。这是张爱玲的政治立场和思想倾向彷徨时期的作品，是她不知应该如何看待自己早期的文学才能的表现。1944 年是张爱玲的全盛时期，在写于当年 12 月的《自己的文章》一文中，张爱玲曾很自信的说：“我用的是参差对照的写法，不喜欢采取善与恶，灵与肉的斩钉截铁的冲突那种古典的写法。”她喜欢的是“葱绿配桃红”，所以，她的人物（除了《金锁记》，但曹七巧的“坏”也是很有一个丰盈的情感底子的）大都是些小奸小坏、小善小恶的“凡人”和“真人”。可是，《小艾》的写作，她为了迎合时代，却不得不放弃这种审美立场，而采取了原来自己反对的善恶对立、善恶冲突的写法。新中国的锣鼓响遍上海的大街小巷，自然对张爱玲敏感的内心产生巨大冲击。在不可阻挡的时代潮流面前，她想改变自己以迎合新政权的文艺要求也是不难理解的。在《小艾》里，张爱玲苦心经营。她不仅选择这么一个原来从没有进入过她文学世界的小丫鬟做主角（以前张爱玲关注的都是些真正的所谓先生小姐，老爷太太），而且别有用心地把“小艾”的命运放在新旧政权、新旧社会交替之际的特殊时代里，进而证明：多亏新社会来临，可怜的小艾才过上了幸福日子。显然，从两部小说的艺术水准来说，张爱玲力图适应主流的努力是很牵强的。她写得动人的细节和人物依然是那些她熟悉的，与她个人生活、思想有着千丝万缕牵扯的事物。让张爱玲写这样的故事也是勉为其难。1966 年，去美国后的张爱玲就把《十八春》改写成《半生缘》。比较两个故事，“光明尾巴”被改写掉了，张爱玲又回到她的写作本色。

如果说《小艾》是张爱玲政治立场和思想倾向彷徨期间，想靠近左翼文学的一个努力，那么她自 1952 年离开大陆到香港以后写的《秧歌》和《赤地之恋》就出现了个大转弯，成了有明显右翼倾向，甚至是有意暴露革命阴暗面和反共的作品。这两部小说都是以解放前后的农村和城市为背景。写到一批共产党干部，写到交公粮和土地改革，是政治性极强的小说。1952 年，张爱玲以继续读书的名义，用张煐的本名出走香港，一是对时代大变的恐惧，也是为了摆脱新中国成立后与自己的个人风格格格不入的文艺创作气氛，但具有讽刺意味的是迫于生活压力，她所写《秧歌》正是在"美新处"工作时的受命之作。政治倾向显然是反共的，可以说是从迎合大陆主流意识形态的《小艾》，一下走向迎合美国人反共主流意识形态的创作。艺术风格依然延续了她擅长日常叙事的特点，但成就却逊色于她在上海沦陷时的创作。显示出她对自己并不熟悉的宏大叙事力不从心的把握状态。但从各方面分析，这两个作品确实应是张爱玲的不得已之作。抗战胜利后的1947年，张爱玲曾写过一篇名《有几句话同读者说》的文章，说："我写文章从来没有涉及政治，也没有拿过任何津贴。"事实上，除了世态人生，张爱玲一向对政治是没兴趣的。但是她在香港写的这两个小说，不仅涉及了政治还拿了美金，主要是因为她去香港后面临的生活困境造成的。据宋淇夫妇等朋友的回忆，香港期间的张爱玲还患眼疾，当准备再去美国寻找人生前途时，连一件象样的大衣都买不起。

1955年1月5日，胡适读到这本小说。他曾写到："此书从头到尾，写的是'饥饿'——书名大可题作'饿'字——写得真细致，忠厚，可以说是写到了'平淡而近自然'的境界。近年来我读的中国文艺作品，此书当然是最好的了。"显然，胡适对当时的文艺成就并不了解，而对张此书的评价也有"过誉"之嫌，但就我理解，他倒是从这样一本并算不得张爱玲小说艺术之代表作的小说里看出了"张式叙事"的特点，那就是"日常化"。正因为她杰出的日常化叙事特点，才成就了此书"平淡而近自然"的艺术境界。

《秧歌》的故事发生在解放初上海附近的一个农村。谭金根和月香是这村里的一对穷夫妻。月香去上海做佣人几年了，金根和从小相依为命的妹妹金花一起生活，照顾着小女儿阿招。金花正准备嫁到10里外的周村。故事正是从金花的婚礼开始的。土改开始后上海动员劳工回乡生产，月香便带着汗水换来的微薄积蓄回到家乡。她万没想到家乡人的日子竟然苦焦到三餐喝稀粥煮野菜梗的地步。明明年景不错，丈夫还做了劳动模范，但收成的八担谷子全都交了公粮，自家的孩子却饿得皮包骨，连稠粥也要偷着吃。自从月香回到村里，上门来借钱的人就络绎不绝，但看到自家的穷困日子，有心计的月香除了给了娘家妈一点钱外就把那点钱攥得紧紧的了。即便是小姑子金花来借钱她也不打算给，还靠不停地诉苦彻底断了金花的借钱念头，而且坚持用稀米汤煮“草”（野菜）来招待她，以证实他们的日子也确实穷。年关来临了，以“王同志”为首的工作组要求每家贡献40斤年糕和半只猪慰问军属，这对于喝了一冬米汤的村民来说无疑是雪上加霜。在干部的高压说服下，金根终于爆发出一点无奈的反抗情绪。为了解救丈夫与“王同志”僵持不下的窘境，月香拿出了自己最后的一点私房钱，结果却导致金根的一顿毒打。上缴慰问品的那天，被饥饿与积怨逼到绝路上的村民终于爆发了哄抢粮仓的暴动，但很快就被“王同志”带领的民兵弹压了。金根虽死里逃生，腿上却负了严重枪伤。茫茫黑夜中，他们怀里紧紧抱着已被人群踩死的女儿阿招向山上逃去。月香下山向临村的金花妹求救无望，回来时却发现丈夫已不忍连累她而投河身亡。悲伤到绝望的月香夜幕中潜回村子，一把火烧了村公粮仓，自己也从容投身火海……年初五，被迫重新置办了年货的村民用红艳的胭脂抹搽着因饥饿而呈苍黄的脸，扭着秧歌敲锣打鼓地为军属送去了猪肉年糕等慰问品……显然，小说写的金根一家是被共产党的政策逼死的。

《赤地之恋》写一个从土改到抗美援朝期间的恋爱故事。其中大量的篇幅描写了解放初期农村土改中极左路线带来的残酷局面，以及后来主要在城市广泛展开的三反斗争中，干部们人人自危，夫妻、朋友相互反目的恐怖年代。故事是围绕着从土改开始热情参加革命的知识分子刘荃为主人公来展开的。刘荃和黄娟同是北京出来的青年学生，在党员干部张励的带领下来到中原农村参加土改运动。由于对土改中出现的扩大化（比如对穷得实在没有地主可斗的村子，就擅自把富农中农“升格”为地主来斗），滥杀民众的暴力行为以及非人行为（比如对怀孕七个月的地主婆一样施用吊打等野蛮酷刑）难以理解，他们的心彼此走近并真诚相爱。土改还未完全结束，刘荃奉命调往上海的抗美援朝会。在那里他目睹了进了城的党员干部们委琐贪婪的日常生活，并且由于苦闷而受报社一个堪称“老革命”的中年女编辑戈珊的诱惑陷入污秽的性旋涡。不久被刘荃称作是他的“光”的黄娟来到上海，他努力准备和黄娟继续他们的爱情梦想，但时代和命运并不成全他们。刘荃的上司赵楚因在“三反”中用匿名信的方式揭露了某个重要干部的经济腐败行为，受他的亲密战友崔平的陷害被快速枪决，刘荃也因此受牵连入狱。为了营救刘荃，黄娟中了戈珊“一石二鸟”的奸计，委身于主管新闻、据说“每晚和毛主席通话”的高级干部申凯夫。刘荃被无罪释放，这时不仅他的爱情梦破灭了，他的信仰也毁灭了。他请求去朝鲜战场。在残酷的朝鲜战场，刘荃被炸得半死，最后喝自己的尿从死尸堆里爬出来成了联军的俘虏。这时，万念俱灰的他虽然不再坚持原来的信仰，但他还是想念祖国的。但显然有了这些经历，等待他的不见得是平平安安的生活。

由于受个人经历限制，这两部涉及时代宏大主题的小说并没有全面客观地反映当时的社会面貌，对人物塑造有概念化的倾向。比如《赤地之恋》赵楚和崔平本是生死之交的战斗英雄，进城做了共产党的干部就变成没一点人性的尔虞我诈的政治流氓。而只要一到写有点旧的人物，张爱玲就笔下如有神，比如对戈珊这个人物的描写。小说的艺术水平也不可与张爱玲沦陷的作品相媲美，但一样传承了揭露人性弱点，剖析人性之自私，丑恶残忍之本性的“张式”冷眼与笔法。两者相比，《秧歌》要比《赤地之恋》写得好。因为张爱玲也说“《赤地之恋》是在‘授权’（Commissioned）的情形下写成的，所以非常不满意，因为故事大纲已经固定了，还有什么地方可供作者发挥的呢？”[1] 两个故事写得精彩的，也就是张爱玲所谓的“戏肉”部分依然是那些显示人性面目的地方。

比如《秧歌》中月香与金花的两场心理斗争，第一次是小姑子向阿嫂借钱而不得，第二次是阿嫂求救而小姑子惟恐躲之而不及。《赤地之恋》中的干部崔平和赵楚本是几回合生死之交的亲密战友，而面对更强大的政治风暴，什么友情、忠诚、信任甚至对方的生命都可一夜抛出，来换取自身的平安与升迁。另外，《赤地之恋》中的戈珊也是个描写得极出彩的人物。戈珊天生丽质，早年也是和现在的刘荃一样，是个凭着一腔热血，带着一个青年学子的天真与纯洁投奔延安参加革命的。但革命并没有给她多么美好的前途，艰

1　水晶：《张爱玲的小说艺术》，大地出版社（台湾），1980年1月版，第29页。

苦的革命生活反而毁了她的身体。当她作为占领者的一分子回到上海的时候，她已成了一个身患严重肺病的半老徐娘。这时带有英雄和胜利者光环回到大城市上海的革命干部，尤其是领导干部多是以找女学生或者类似黄娟那样的年轻女干部为时髦。作为女革命者的戈珊依然风风火火地干着她的革命工作，但作为女人戈珊的幸福却放荡于一个又一个从她床上走马灯样变换的男人身上。而且，她不再把后半生的幸福寄托于一个彼此真诚相爱的精神关系而是寄托于激烈的肉体快乐。所以，即便是出于相互利用，她也还是讨厌上海男人（比如对陆志豪）式的“婆婆妈妈的温情”，“她需要的是一种能够毁灭她的蚀骨的欢情，赶在死亡面前毁灭她。”从这里我们可以看到所谓“革命”不仅毁了她的身体，更可悲的是摧毁了她的心灵世界。面对人人必须过关的“三反”运动，戈珊痛哭流涕地在大会上“表演”着，背地里却一手设计圈套把黄娟送到老革命的面前。一方面写出了戈珊对付情敌的心狠手辣，另一方面则表现出作为一个所谓“老革命”的她，对“革命”内部某种丑恶的游戏规则的熟知与无奈。戈珊不断发展变化、复杂多面的精神世界对比出黄娟性格的幼稚、单纯与苍白。

论述张爱玲创作和左翼文学的关系，我们不得不论及胡兰成这个人。胡兰成是个政治人物，曾任汪精卫政府宣传次长。张爱玲写得好的小说大多涉及男女之情，但就她本人来说，由于其孤僻、骄傲、“处处不落情缘”的冷漠性格，她的一生朋友甚少，交往的异性更是很有限，而真正有过男女感情纠葛的，根据现有的资料也就两个：一个是仅做了半年夫妻的胡兰成，另一个就是做了 10 年夫妻的美国左翼作家赖雅（《小团圆》出版后可见在张爱玲胡兰成之后还有与演员燕山的交往。）。

首先是胡兰成慕张爱玲之才华主动上门拜访却遭拒绝，可以说第一次张爱玲摆足了淑女、名人以及贵族之后的架子。但很快，张却主动上门拜访，为何态度突然来了个一百八十度的大转变，这其中的原因不得而知。而且张爱玲第一次就在胡家一坐 5 个多小时，这对于一向在人前矜持的张爱玲已不同寻常。第二次她就把自己的照片赠送给胡，并在背面写上那段著名的爱情表白：“见了他，她变得很低很低，低到尘埃里，但她心里是欢喜的，从尘埃里开出花来。”等到胡兰成武汉办报，亡命温州，先后有小周和范秀美等女人，张爱玲虽然难过，但还是前往温州探夫，后又钱财接济，甚至要求胡在小周和她之间做选择。小周不过一个医院护士，范秀美也不过是养蚕厂的技师，但张爱玲把自己摆在和一个护士争风吃醋的份上，到了温州甚至和范秀美三人同吃同住，这对于张爱玲的个性来说是委屈到了极点，但她也这样做了。唯一的原因就是她爱胡兰成。那么，为什么胡兰成能得张爱玲这么一个“处处不落情缘”的人如此强烈的感情？也许与张爱玲从小缺少父爱，对年龄大的男人先天有点“情结”。但我认为一个重要的原因就是他对她的“知”。正如胡兰成在他的《今生今世》里写的：“我于女人，与其说是爱，毋宁说是‘知’”。张爱玲的才华在 40 年代的孤岛上海如奇葩绽放，一时得傅雷等名家注目，但却只有胡兰成的文字最贴切到位。直至今天，张爱玲在两岸三地、精英和大众的阅读圈里都火起来，研究其人其作的评论文字可谓车载斗量，但说实话也还没有超出胡兰成之上的。胡兰成是张爱玲真正的“知己”和“解人”。而张爱玲则是倾慕胡的才华和风范，两人大有惺惺相惜之感。如果真能如他们的婚书里写的，愿“岁月静好，现世安稳”，那么他们的婚姻也许真的是人间仙眷，成全了张爱玲最欣赏的《诗经》里的那句“执子之手，与子偕老”的梦想。但岁月并不“静好”，岁月有大动荡大颠覆，岁月里有的只是“生死契阔”。她爱的人也是大动荡中的弄潮儿，于是他们的感情注定只能是昙花一现，一场伤心的“沦陷之恋”。但，即便如此，对于张爱玲如此敏感的，“处处不落情缘”人似乎也已经足够了。事实上，张爱玲对胡兰成爱得很深，可后来也让她失望到了极点，又何来的“静好”与“安稳”？

江弱水说胡兰成是“其人废，其文不可废”。民族危亡之际，胡兰成出任汪精卫政府的宣传部次长。民国时代学贯中西有智慧的才子多的是，并非只有胡兰成能胜此任，所以亲日是个致命的气节问题。但胡兰成的传统文学造诣还是很深的。《今生今世》一书表现出来的审美倾向，和张爱玲作品中所表达出来的审美倾向是骨子里的一致。那就是对民间、对平凡人世、对日常生活的尊重态度。“知人莫如己”，胡兰成和张爱玲共同看重的正是文学和现实世界中对人世生活的敬重，这些日常的人情的柔软的成分。正因为他们共同的世界观、价值观和文学观，胡兰成才能对张爱玲其人其作有如此深刻的了解。

胡兰成在《张爱玲与左派》[1]一文中专门论述了文学与革命题材的关系。他首先认为革命的目的无非是要让各个阶级的人最终都过上人的生活。所以，革命的人一定要知道什么是美的，否则他们就“没有生命的青春，所以没有柔和，崇拜硬性”。他认为马克思主义者只是发现了艺术的背景，不懂得艺术本身。而艺术是人生和时代的升华，是人世事物的升华。所以他不赞成写阶级斗争和政治关系大过写人的关系，因为那样看不到人的面目了，因为“人与人的关系应当是人的展开，而现在却是人与人的关系淹没了人。”所以，革命文学也是要首先发现“人”，刷新人和人的关系后才能安得上所谓“个人主义”、“集体主义”的名词。

这也就是说，左派文学要求描写群众或英雄，都应该首先懂得他们也是平常人，是“他们的日常的生活感情使他们面对毁灭而能够活下去。”胡兰成把左派文艺比做陈涉起义中的“狐鸣”，用类似“大楚兴，陈涉王！”那样的话语吓唬老百姓。说“他们用俄国的神话、美国的电影故事、山东人走江湖的切口，构成他们的作品的风格。如马克思主义者自己说的：每一种风格都是阶级性的狭隘，再狭隘些，风格就固定为习气。”他认为左派所提倡的文学不过是一种“习气”很深的文学，不能不说是很深刻的。

胡兰成所有的文字中没有说到过张爱玲作品的一点不足，这固然有个人偏爱的因素。他对张爱玲涉及到社会大主题的小说一样认为是最好的。他说“真真天才的作品虽然不到思想，它亦是革命的，像张爱玲的《赤地之恋》与《年轻的时候》，像朱天文的《青青子衿》与朱天心的《击壤歌》，甚至看起来似乎与革命无关。因为文学是只要写了革命的感，不必写革命的思想，亦可以是完全的。”[2]事实上，由于生活经历和圈子以及个人艺术趣味等多方面的限制，对于涉及宏大主题的小说，张爱玲写得确实没有像其他家庭男女感情题材的小说那么好。若论“无产阶级故事”，写得最好的应是《桂花蒸——阿小悲秋》，就是张爱玲所说的“阿妈”的故事。阿小是从乡下来上海在洋人家做工的保姆。她勤劳，谨慎，本分，洁身自好，再苦再累也对命运无一声抱怨。小说几乎没

1　胡兰成：《中国文学史话》，上海社会科学院出版社2004年1月第1版，第191页。

2　同上，第127页。

有什么故事情节，只是写了阿小伺候洋主人一天的生活琐事。小说最后对阿小性格的描写最是有神来之笔："地下一地的菱角花生壳，柿子核与皮。一张小报，风卷到阴沟边，在水门汀栏杆上吸得牢牢的。阿小向楼下只一瞥，漠然想道：天下就有这么些人会作脏！好在不是在她的范围内。"[1] 看到风起后肮脏的地面，阿小不是悲叹命运而是庆幸好在弄脏的地方不是她的负责范围。只有最尽职本分的保姆才会这么想。也许按左翼文学的要求，这个小说也许应当写到阿小对自己阶级地位逐步觉醒的过程。可惜张爱玲写到的阿小只是一个本分勤劳自尊的保姆而已。但从一个普通人的角度来说，阿小的这分自尊才是一个劳动者真正的尊严。如此，还是呼应了胡兰成首先写好了阿小作为一个"人"的观点。

在那个时代，到底应该写什么、怎么写的问题不只是困扰张爱玲的问题。他们都在努力思考自己、揣摩时代，但终究还是认为不是想写什么就能写好什么的。就连曾经身为左翼作家的张天翼也说："时代究竟是太有力量了，太有力量了，使我不敢写东西。要是叫我写醇酒妇人，或者叫我赞美颓废，或者叫我写我现在这种不三不四的生活，我都可以把它写得很好很迷惑读者，但是时代不允许，时代叫我们写新的东西。而我呢真是糟透，我的生活，我的意识，我所受的教育，总而言之，我所有的一切，都还是旧的。"[2]——写不好宏大叙事，但又都觉得时代主流意识形态的压力，这可以说是那个时代许多对文学还心存敬重的文人的普遍感受。

事实上，自己的写作与主流意识形态的关系一直是困扰她多年的问题。到美国后的许多年，她都不能肯定自己在文学史上到底处什么位置。台湾的水晶先生在《蝉——夜访张爱玲》一文中写到："谈到她自己的作品的流传问题，她说她感到非常的 uncertain(不确定)，因为似乎从五四一开始，就让几个作家决定了一切，后来的人根本就不被重视。她开始写作的时候，便感到这层困惑，现在困恼是越来越深了。使我听了，不胜黯然。"[3] 水晶先生

1　张爱玲：《倾城之恋》，花城出版社，1997 年 3 月第 1 版，第 226 页。

2　《张天翼文集》第 1 卷，第 55-73 页。

3　水晶：《张爱玲的小说艺术》，大地出版社（台湾），1980 年 1 月版，第 29 页。

拜访张爱玲是在70年代初，那时夏志清已经在文章中对张爱玲推崇备至，港台张爱玲热也不断升温，更不用说胡适对她一直都有好评。显然，这些都不能打消张爱玲的顾虑。但即便为自己在文学史上的地位焦虑如此，张爱玲还是不认可左翼文学的写法，“她形容三十年代的小说，老喜欢‘拖一条光明的尾巴。’”（《蝉——夜访张爱玲》）这“光明的尾巴”其实正是左翼文学所要求的小说要为光明的未来。她还在提及鲁迅时说“因为后来的中国作家，在提高民族自信心的旗帜下，走的都是‘文过饰非’的路子，只说好的，不说坏的，实在可怕。”显然，张爱玲对新中国后大陆文学的发展并不是不了解。

张爱玲对她作品的担心也并不是没有道理。1949年7月7日，中华全国文学艺术工作者第一次代表大会在北平（北京）召开。会上成立了中国文学艺术工作者联合全国委员会，郭沫若为主席，茅盾、周扬为副主席。茅盾在大会上做了《在反动派压迫下斗争和发展的革命文艺——十年来国统区革命文艺运动报告提纲》[1]的长篇重要讲话。这个讲话有几点值得注意。第一，茅盾只用很少的篇幅提及沦陷区文艺，而且也只说到沦陷区的进步文艺工作者。对当时上海文坛和市民读者中红极一时的张爱玲、苏青等作家根本没提到。第二，在“创作方面的各种倾向”一节中，茅盾列举了七种创作倾向。前四种分别一是“起了一些启导求进步的作用，但同时又无形中给读者低回感伤的情绪。”二是不能反映社会中主要矛盾和主要斗争，“终究在字里行间流露出一些黯淡无力的思想情绪”的作品；三是主观性太强以至于脱离社会主要矛盾和主要斗争的作品；四是人道主义代替社会矛盾与斗争的作品。茅盾指出这四种倾向是直接可以从进步的、革命的作家作品中发现的。但“此外还有一些更有害的倾向潜生在进步的文艺阵营内部，成为腐蚀我们的斗争的毒素。”那么这些潜生在进步文艺阵营里的有害毒素是什么呢？有三种。第一种就是“完全按照个人的趣味而采集些都市生活的小镜头，编成故事，既无主题的积极意义，亦无明确的内容。这种纯粹以趣味为中心的作品，显然是对小市民趣味的投降，而失去了以革命的精神去教育群众的基本立场。”这明显指的就是沦陷时期的张爱玲、苏青之流，

1 《茅盾文艺杂论集》下集，上海文艺出版社，1981年6月第1版，第1240页。

但实际上张爱玲和苏青是有很大不同的。显然，从茅盾的这个讲话看出，左翼文艺并不是不了解张爱玲等沦陷时期的市民作家们的创作成就，而是把他们划在圈外了。他们认为文学应表现重大斗争，表现历史“本质”，批评过分关注琐屑日常生活和市民趣味。如此，张爱玲等人就不仅根本不属于进步的革命作家，而且是腐蚀我们的斗争精神的有害毒素。直至80年代，这几乎成定论的说法一直使沦陷时期这些带有自由主义知识分子的创作处于遮蔽状态。

而新中国成立后，上海文艺界对曾红极一时的张爱玲也还是很重视的。在时任中共上海市委常委、宣传部长夏衍的亲自提名下，1950年7月，张爱玲还应邀参加了上海市第一次文代会。上海电影剧本创作所成立后，夏衍和柯灵甚至还准备邀请张爱玲担任编剧。但是经过彼此艰难的适应尝试，尽管张爱玲也能写出类似《小艾》那样‘拖一条光明的尾巴’的故事，但张爱玲终究对左翼文艺不能从思想深处认可。这个在文代会一片列宁装的女性中，唯一穿蓝色旗袍白外套的女作家，去意已定。张子静回忆1951年的张爱玲时说，他问她对未来有什么打算，“她的眼睛望望我，又望望白色的墙壁。她的眼光不是淡漠，而是深沉的。我觉得她似乎看一个很遥远的地方，那地方是神秘而且秘密的，她只能以默然良久作为回答。”[1]（58）几个月后，张爱玲以继续学业的名义从罗湖去了香港，再没回头。从此，这个在四十年代后期的上海文坛，若众目所望的星辰一样灿烂耀眼的女作家，在中国大陆读者和文学史的视野里消失了。

1　张子静、季季：《我的姊姊张爱玲》，文汇出版社，2003年9月第一版，第190页。

第三章

Chapter 3

论日常生活叙事

Lun RiChang ShengHuo XuShi

人生活在两个矛盾的世界，即日常生活的世界和心灵的世界。这两个世界相距如此之遥远、陌生甚至对立，让我们无时不处在沟通两个世界的努力、渴望和焦虑之中。而文学正是用文字和想像为这两个世界的沟通建起一条秘密通道。“感时花溅泪，恨别鸟惊心”，这句子之所以好，就是因为它真实描写了两个世界交融时令人感动的一瞬间。上世纪六十年代末至今以来，以夏志清、李欧梵、王德威以及韩毓海等学者为代表，他们从对晚近现代性的研究出发，力图在中国现代文学史研究中发现和建立的，正是这样一个日常生活叙事的评价标准。也正是在这个标准下，张爱玲的写作价值才一再被发现和研究，同时其写作也被推上一个前所未有的高度。通过第一、二章的论述，我们看到中国文学中的日常叙事传统，实为东方农耕文明中孕育出来的文学传统。这个传统 20 世纪后受西方现代性的影响，在中国现代文学中呈现出复杂的写作面貌。而饱受中国传统文学滋养又博览西方文学的张爱玲，有感于沦陷时期上海畸形繁荣的市民生活，在传统与现代的断裂夹缝中，以自己独有的艺术感悟和文学表达，为那个时代作证——她的小说保存了那个时代最为敏锐的神经末梢。

把日常生活当作一个哲学命题来研究是从西方马克思主义学者开始的。从上世纪 30 年代开始，卢卡奇、列菲伏尔、阿格妮丝·赫勒等学者就开始强调对社会进程总体性的研究，平庸、琐碎的日常生活开始成为他们关注和研究的对象。其中以卢卡奇的学生、“布达佩斯学派”的主要人物阿格妮丝·赫勒的研究最为深入。关于日常生活的定义，赫勒把它界定为“那些同时使社会再生产成为可能的个体再生产要素的集合”。[1] 赫勒在《日常生活》一书中还论述了“日常与非日常”、“日常生活的组织构架”以及日常知识、个性等问题。与这种对日常生活进行哲学研究相呼应的是，中外文学叙事中也几乎同时出现对日常生活叙事的追求，以文学的方式思考人在日常生活中的存在状态。比如弗吉尼亚·吴尔夫、卡夫卡、米兰·昆德拉以及张爱玲、钱钟书和后来的王安忆等当代作家，都为这一种文学叙事提供了重要的参照。

1　阿格妮丝·赫勒：《日常生活》，衣俊卿译，重庆出版社，1990 年 7 月第 1 版，第 3 页。

那么日常生活到底是什么？日常生活无非是饮食男女，是四时八节，是周围和你有关的一切人和事，是人之生活所需要的一切环境。也就是所谓“个体再生产要素的集合”。日常生活是实的、物质的，也是空的、精神的。因为日常生活中有油盐柴米肥皂阳光也有无限的人情世故，日常就是“人世”，是《易》里所说的“息”。在这“息”里有迂回百折的情致，有胡兰成说的“女心”和“亲亲之怨”，有无限的人世风景。弗吉尼亚·吴尔夫说：“生活并不是一连串对称排列的马车灯；生活是一圈光轮，一只半透明的外壳，我们的意识自始至终被它包围着。”[1]她这里的“生活”就是指日常生活。正因为日常生活是人的生命存在的唯一形式，是“息”，是个“半透明的外壳”，是个“光轮”，所以日常生活充满了复杂性、多义性——也就是暧昧性。在这个暧昧的无所不在的日常生活世界，人从各方面遭到有限事物的纠缠，一点点小事就可以安慰我们，一点点小事也可以刺痛我们。近代社会以后，现代性的到来以及它势不可挡的迅速蔓延，扯断了人们和大地、上帝以及故乡的联系。大地以及故乡的记忆遥远了，缓慢而永恒的日常生活的意义逐渐显现在人们的思考里。于是，日常成为一种立场。当各种时代的喧嚣和繁华如云消散，人，最终还是得回到日常这个生存的故乡。法国哲学家亨利·列菲伏尔强调日常生活是一个“平面”，它同社会的其它“平面”相比，各有自己的意义，而且，日常生活这一“平面”要比其他“平面”更突出，因为“人”正是在这里“被发现”和“被创造”的。日常生活的表面总是琐屑、庸俗甚至委琐的，呈现出看似无意义的，重复又重复，实质上，人与自己、人与他人、人与生活的紧张关系却正隐藏在日常生活的无数细节中。人在无限重复与轮回的日常中，得到无限而不断的安慰、纠缠、刺痛或片刻的放松，从而完成对自身生命的销蚀与重建。

人活在日常生活之中。而小说，不管它是有意还是无意的，都在思考存在。昆德拉曾说：“小说不研究现实，而是研究存在。存在并不是已经发生的，存在是人的可能的场所，是一切人可以成为的，一切人所能够的。小说家发现人们这种或那种可能，画出‘存在的图’。”而以日常生活叙事见长的作家，正

1 [英]弗吉尼亚·吴尔夫：《岁月》，蒲隆译，人民文学出版社，2003年4月北京第1版，第2页。

是企图通过对人的日常生活的观察，来成为人的存在的勘探者。日常生活叙事用文学的方式，竭力提醒和唤起人们对大地的记忆和感情，唤起人们心灵中柔软的部分，让人们为自己重新寻找一个安置灵魂的故乡。

第一节 “梨子”与“坦克”

——永恒的日常生活

张爱玲在她的文字中多处感叹“这是个乱世”。在“乱世”里，人们急于弄明白许多事情，急于“完成”，于是难免在文学里崇尚“飞扬”、“超人”、“斗争”和“力”，这都是可以理解的。但人生“安稳的一面”却是“飞扬的一面”的底子，“人是为了要求和谐的一面才斗争的。”所以，人生安稳的一面才有永恒的意味。她说：“虽然这种安稳常是不完全的，而且每隔多少时候就要破坏一次，但仍然是永恒的。它存在于一切时代。它是人的神性，也可以说是妇人性。”[1]发现人生安稳一面的永恒意义，也就是发现现代人日常生活这个丰富的文学表现领域。

捷克作家米兰·昆德拉生活在国家动荡的时代。历史与个人、政治和日常生活的关系一直是昆德拉小说探讨的主题。在《笑忘录》第二部“妈妈”里，昆德拉通过和妈妈的分歧探讨了这个问题。书里写到，妈妈老了，视力也衰退了。“可是，视力的这一衰弱，似乎表达着更本质的东西：他们看着大的东西，她觉得小，他们认为是界碑的地方，在她看来是一些房屋。”这是一段很有深意的话。当一个人走过生命的四季，她才知道什么是生活中真正的“大”和“小”，什么是短暂和永恒。作者写到，有一天夜里，周边大国的坦克突然侵入到他们的国家，这件事带给人们的震惊和恐慌使人们很久都不能想其它事情。就在这时，他们家果园里的梨子成熟了。妈妈请了药剂师来

1 张爱玲：《倾城之恋》，花城出版社，1997年3月第1版，第226页。

摘梨，而药剂师却无故爽约。为此妈妈很不原谅药剂师。于是，卡莱尔和妻子就对妈妈很恼火，认为妈妈心胸狭窄，他们指责妈妈说，“大家想的都是坦克，而你，你想的是梨子。”很多日子过去了，卡莱尔在思考。“可是，坦克真的比梨子重要吗？随着时间的流逝，卡莱尔领悟到，对这一问题的回答并不像他一向以为的那样显而易见，他开始暗自对妈妈的视野有了某种好感。在妈妈的视野中，前景是一个大梨子，背景上稍远的地方，是一辆比瓢虫大不了多少的坦克，随时可以飞走并且消隐到视线之外。哦，是的！实际上妈妈是对的：坦克是易朽的，而梨子是永恒的。”[1]——在象征着宏大历史事件的“坦克”面前，妈妈认为只有他们家园子里的梨子才是永恒的。在无限的时间长河和人类生活中，政治是易朽的，只有日常生活永恒。

对于历史，张爱玲是怀着比未来温暖得多的情怀，因为她在历史中可以寻找和体味到人类日常生活里永恒的情感模式。

联结永恒的、当下的日常生活的是历史和未来。对于历史，张爱玲是怀着比未来温暖得多的情怀，因为她在历史中可以寻找和体味到人类日常生活里永恒的情感模式。她认为时代的车轰轰地往前开，坐在这车上的人们惟恐自己被拉下，人们顾不上看那漫天火光中惊心动魄的风景，人们只忙着在一瞥即逝的橱窗里寻找自己的影子。而为了抓住这一点实在的真实感，证明自己的存在，就不能不求助于古老的记忆。“人类在一切时代之中生活过的记忆，这比瞭望将来要更明晰，亲切。”[2]张爱玲之所以对京剧、蹦蹦戏、绍兴戏等多种中国传统戏剧有浓厚兴趣，一个主要的原因就是她发现在中国戏剧里沉淀了中国人许多浑朴、恒久的感情模式。“历代传下来的老戏给我们许多感情的公式。把我们实际生活里复杂

---

1 ［捷克］米兰·昆德拉：《笑忘录》，王东亮译，上海译文出版社，2004年1月第1版，第48页。

2 张爱玲：《流言》，花城出版社，1997年3月第1版，第176页。

的情绪排入公式里，许多细节不能不被剔去，然而结果还是令人满意的。感情简单化之后，比较更为坚强，确实，添上几千年的经验的分量。”[1]老戏之所以对中国人有如此恒久的魅力，也正是因为人们在自己当下的日常生活中时时发现和体会着如此类似的感情经历和感情模式。或者因为时代的动荡，人们生活中发生的一切，与这些古老的感情公式更产生了一种有意思的内在联系，在人们生活中表现得更加突出。她发现“只有在中国，历史仍于日常生活中维持着活跃的演出（历史在这里是笼统地代表着公众的回忆）”[2]。阅读张爱玲的小说，会感到她那种关于传统中国的历史文化想像渗透在小说的故事和人物中。她认为人们眼前的生活只有与遥远的戏剧里的现实联系起来，才能看得更清楚和深刻。因为“京戏里的世界既不是目前的中国，也不是古中国早它过程中的任何一阶段。它的美，它的狭小整洁的道德系统，都是离现实很远的，然而它决不是罗曼蒂克的逃避……切身的现实，因为距离太近的缘故，必得与另一个较明彻的现实联系起来方才看得清楚。”[3]也就是说，她爱看戏剧，只是为了从一个历史的角度观察当下切身的现实生活，更深刻地思考眼前的日常生活中所蕴涵的久远的历史意味。

也正是在这种对历史文化的迷恋里，张爱玲发现了文学叙事中“日常生活叙事”的永恒意义。中国的历史想像和历史叙事，大多只是帝王将相的历史和以男人为主角的历史。作为和这种帝王将相的宏大叙事相对照的，是普通人的、草民百姓的或女人的历史叙事。张爱玲发现的正是这个民间的、边缘的却是有永恒意义的书写空间。她上中学时就写过《霸王别姬》的故事。这篇她以回忆说起的小说很能代表她对写作角度的选择。在这个她自己认为“文艺腔很重”的小说里，张爱玲的描写主角并不在霸王项羽，而是虞姬。以往的故事中，虞姬不过是大英雄项羽背后一个苍白的、忠心的女人。而张爱玲写的虞姬则是个有着动人情感与复杂心理世界的女人。面对大势已去的战争，虞姬和项羽是完全不同的心情。虞姬对失败并不难过，她担心的反而

1　张爱玲：《流言》，花城出版社，1997年3月第1版，第10页。

2　同上，第6页。

3　同上，第10页。

是胜利。她甚至隐隐希望这仗一直打下去。因为只有在这个时候，她才是项羽的惟一所爱。一旦项羽得了天下，自会有三宫六院，她难免不失宠。仗若能打赢，她的未来并非没有失宠的风险；仗若打败，她自然沦落为敌人之妾；两厢权衡，还不如现在就死在项羽面前，无论是对贞节还是对爱情，反而两全其美。最后虞姬欣然拔刀自刎，只留给项羽一句他听不懂的话："我比较喜欢这样的收梢。"[1] 张爱玲真写活了一个女人的心理和感情世界。还是少女时代的张爱玲能把女人和两性感情理解到这种程度，不能不说是个天才。显然，张爱玲在这里看重的不是战火纷飞的战场，不是大英雄的壮烈牺牲，而是虞姬和项羽之间的日常情感。

在漫长的人类历史长河中，轰轰烈烈的战争、运动、破坏等一切宏大的事情固然是不可回避，但却最终是短暂的。而与此短暂相对应的则是永恒的日常生活。如昆德拉笔下"妈妈"眼中的坦克一样，不过比甲虫大不了多少，而只有自家果园里的梨子才是永恒的。宏大的历史事件不仅是暂时的，而且也很难澄清这些瞬间事件的真实面目，就像博尔赫斯在《鸟的命题》一文中描述的群鸟飞过天空那样，无人知道到在那一瞬间到底有几只鸟飞过天空。这些瞬间飞过天空的鸟儿到底有多少只，只有上帝知道。但"上帝死了"，人已经没有上帝了，人能理解并抓得住的只有眼下的瞬间，生存的细节，贴身贴心的人的日常生活。也就是说，只有蓝天和鸟儿才是永恒的。在历史中发现普通人的日常生活，又在当下的日常生活中透出历史文化的想像，张爱玲就这样营造出了自己绮丽迷人的文学世界。何况历史也不应该只是以帝王和英雄为主角的宏大历史事件的历史，普通人的日常生活也是历史极为重要的组成部分。

以张爱玲为代表，如前文所论述的，20 世纪三四十年代有一批作家，都把他们对现代性的感悟和思考落在现代人、现代知识分子面临的日常生活层面。就张爱玲本人来说，在时代的种种巨变和难以把握的命运面前，她真切地感到只有眼前的日常生活才是能抓得住的一点实在。尤其是她生活在上海这样一个因战争而畸形繁荣的，如三级跳一样成长起来的城市里，人们必须牢牢地抓住做人的最实处，才不至于恍惚若梦。于是，表面上看，每一日都是柴米油盐，

1　张爱玲：《流言》，花城出版社，1997 年 3 月第 1 版，第 198 页。

勤勤恳恳地过着，似乎没有一点非分之想，猛然间一回头，却成了传奇。上海的传奇均是这样的。普通人中寻找传奇，传奇中人度的也是平常日月，还须格外地将这些日子夯得结实，才可有心力体力应付生活中各种意想不到的变故。发现这一点，与其说是他们的聪明毋宁说是他们对现代性的敏感。于是，在香港沦陷，流弹"吱呦呃……"的叫声中，张爱玲关心的，只是范柳原和白流苏这一对各自心怀小九九的平凡男女，关心的是那炸弹声中飞毁的"数不清的罗愁绮恨"。即使张爱玲也像一般中国人、包括中国知识分子一样，相信"大乱之后必有大治"的历史规律，她也不能在将来的"太平的世界"里过"我们变得寄人篱下的生活"，那样的话，还不如我们"各人就近求得自己的平安"。

同样的文学思想也出现在弗吉尼亚·吴尔夫的笔下。这个西方现代小说的先驱一生都把观察与思考的眼睛放在普通人的日常生活里。她不仅在日常生活的表面下发现了汹涌巨大的意识暗流，也发现了日常生活的永恒意义，以及普通人对于历史的意义。"对她来说，历史并不仅仅由重大的事件（如战争、灾难和特殊的庆典等）构成的，人们对历史的关注不应该只集中在一些重要的人物和他们的活动方面，相反，为数众多的普通人的日常生活和他们的所思所想，同样是构成历史不可少的一部分。基于这样的认识，她更强调关注历史本身的连续性，而主张将突发性事件置于历史记录的边缘。但是毫无疑问，构成这种连续性的必然是具有建设性的家庭生活和通常不为人们所注意的普通人的日常生活。"[1]

历史不可知。即使历史可知，历史也应该有普通人的永恒的日常生活。那么，未来又如何呢？宏大叙事的文学一般都比较相信线性的时间观念，相信未来要比当下更合理，更美好。而对于张爱玲来说，未来不仅是够不到的遥远，而且是不可靠的，而"记忆"远比遥想将来要明晰、亲切得多。张爱玲多处说到她对未来的想法。在《我看苏青》中，她相信将来是会有一个理想的国家的，"可是最快也要许多年。即使我们看得见的话，也享受不到了，

1 ［英］弗吉尼亚·吴尔夫：《岁月》，蒲隆译，人民文学出版社，2003年4月北京第1版，第2页。

是下一代的世界了。"[1]这个理想的未来，就如米开朗琪罗那未完工的、题名《黎明》的石像一样，虽然也大气磅礴，但未免面目模糊。[2]张爱玲的思想中还有几种未来，一是"新的在滋长中……时代的高潮来到"的将来；一是"已经在破坏中，还有更大的破坏要来"的将来；还有一种是"恐怕要轮到他们（黑种人）来做主角"[3]的将来。三种将来，无论哪一种，对张爱玲来说都是远不可及，是未知，是"惘惘的威胁"，只有眼前的一切才是可以抓得牢、靠得住的。所以，她的写作只是对准眼前的日常生活，她笔下的人物要的是"平凡夫妻"的日常安稳，并在这安稳中写出人性悲凉的深刻来。

张爱玲的短篇《封锁》并不算她最有名的作品，但本文认为它从写作视角、艺术手法等多个方面都代表了她的创作理念。"封锁"本来是个和武力、冲突、战争及国家社会大事有关的词语。以此为题的文章或故事似乎理应都是与此有关的大叙事。然而，张爱玲却把因战事而封锁了的街道，以及因封锁而暂时停开了的电车当成了她冷眼看人世的小舞台。在暂时"切断了时间与空间"的小世界里，张爱玲关注的不是战争，无论是为解放上海而浴血奋战的解放军战士，还是日本侵略者，在她眼里都只是个"兵"。她关注的是身边的平常人，是平常人的情感和欲望世界，是永恒的日常生活。在停开的电车上，银行会计师吕宗桢，大学助教吴翠远，企图高攀的青年董培芝，上演了一场生动的人世悲喜剧。街道封锁、电车停开反而释放了人们压抑已久的生命欲望，吕宗桢尽量躲避着企图成为他女婿的穷亲戚董培芝，自己却和吴翠远调起情来。两人迅速堕入情网，甚至到了谈婚论嫁的地步。而不久"封锁开放了"，"封锁期间的一切，等于没有发生"，吕宗桢回到他并不幸福的婚姻生活中，正儿八经地做着人夫人父，吴翠远也照样回到自己枯燥乏味的日常生活中去了。胡兰成正是从这篇小说中第一次知道张爱玲的。他说读它的时候"不觉身体坐直起来，细细地把它读完一遍又读一遍"。他算是真懂张爱玲的人了。

封锁不久就解除了，一切都如电车一样进入了正常的轨道。日常生活的轨道，

---

1 [英]弗吉尼亚·吴尔夫：《岁月》，蒲隆译，人民文学出版社，2003年4月北京第1版，第2页。

2 张爱玲：《流言》，花城出版社，1997年3月第1版，第176页。

3 同上，

那就是："开电车的人开电车。在大太阳底下，电车轨道像两条光莹莹的，水里钻出来的曲蟮，抽长了，又缩短了；抽长了，又缩短了，就这么往前移——柔滑的，老长老长的曲蟮，没有完、没有完……开电车的人眼睛盯住了这两条蠕蠕的车轨，然而他不发疯。"[1]（16）整个故事就如同一个寓言。在封锁带来的相对独立时空里，各个角色都在瞬间落下了平日的面具，暴露出生命的本来面目。但封锁很快就解除了，于是永恒的日常生活立即就对人们显示出它强大的铁轨般的强迫力量。那就是"开电车的人开电车"，就是长长短短、没完没了的日子，就是你即使发疯也无可奈何的、一天又一天地活着的日子。这么些年，"人类到底也这么生活下来，可见疯狂是疯狂，还是有分寸的。"[2]封锁解除后，《封锁》中的一对男女也许觉得自己刚才真是发了疯。但封锁结束了，人也就醒过来了，知道了所谓的"分寸"，但也显然是无可奈何和悲哀的"分寸。"在这个短篇里，我们发现"封锁"是暂时的，战争和炮火也都是暂时的，永恒的是日复一日的日常生活，永恒的是这些有着隐秘的怯怯的七情六欲的普通男女。在这篇小说里，封闭与开放，真与假，清醒与疯狂，时间的瞬间与永恒，都显示出耐人思索的意义。

20世纪还有一位发现日常生活的永恒性，并在其中思考人之存在状态的伟大作家，他就是卡夫卡。卡夫卡对存在的思考几乎全部依托于简单甚至简陋的日常生活故事。卖保险的小职员，在城堡外徘徊多日想进却进不去的土地测量员K……卡夫卡把日常生活寓言化，并在其中最早感知到20世纪时代精神和人类处境的本质特征：异化、恐惧、绝望、屈辱、厌倦、悲伤……。无论他从日常生活的寓言化把对存在的思考引向一个什么高度，日常生活都代替宏大主题，成为卡夫卡的立足和出发点。正如昆德拉感慨的那样，并没有什么是可靠的了，也正如吴尔夫笔下那些在日复一日的生活中追问意义的人物，在这些20世纪最优秀作家们的思想中，一切都变得成问题的了，可疑的了，这些都成了分析和怀疑的对象——进步和革命。青春。母亲。甚至人类。一个价值崩溃的世界呈现在我眼前。只有从"从柴米油盐，肥皂，水

1　张爱玲：《第一炉香》，花城出版社，1997年3月第1版，第194页。
2　张爱玲：《流言》，花城出版社，1997年3月第1版，第174页。

与太阳之中去寻找实际的人生。”[1]只有眼前，只有日常生活才是人们唯一能抓住的实在的东西。1914 年 4 月 2 日，卡夫卡写下这样一则极其简单却令人费解的日记：“德国向俄国宣战，下午游泳。”在卡夫卡记下的他这一天仅有的两样事情中，大和小、国家和个人、日常和非日常、瞬间和永恒都形成强烈的对照。也正是在对照中，我们理解到卡夫卡的文学想像中，日常和非日常、理性与非理性、荒诞与合理的明晰态度。

所以，昆德拉在书中让已渐年迈的妈妈告诉儿子卡莱尔，苏军的大炮和庭院门前的那棵梨树相比，后者才是永恒。因为它与我们的真实存在戚戚相关，在时间之流上四季恒常，这就是日常生活对于现代政治（而非古典意义上的政治）的意义。也许，这可以解释为什么大革命后的法国人最终选择了向平静生活的回归，也可以解释为什么顾准在最艰难的“文革”时期写下了《从理想主义到经验主义》。米兰·昆德拉最终还是由政治走向哲学，由强权走向了人性批判，从现时走向了永恒。

第二节　跌倒的、委弃的人生之爱
——“小人物”

与“个性解放”和“人道主义”的五四精神相呼应的，是五四人所提倡的“人的文学”。虽然随着民族内忧外患危机的加重，“文学革命”很快演变为以文学作为号角、刀枪和匕首来启蒙民智、配合革命、鼓舞人心和斗志的“革命文学”，但“人的文学”这个文学观始终因为其和传统文精神的血脉关系而得到重视。从文学理论上来说，周作人就是“人的文学”、“言志的文学”的代表。而且这一观念同样长久影响了中国现代文学的发展局面。

在张爱玲之前，能在读者阅读视野浮现的现代文学人物，我们有阿 Q，祥

1　张爱玲：《流言》，花城出版社，1997 年 3 月第 1 版，第 174 页。

林嫂，莎菲女士，骆驼祥子，周朴园，繁漪等这些形象。而当时代的发展把张爱玲这朵“重现的玫瑰”带到人们面前时，人们不无惊异地发现，这里原来还有那么一个栩栩如生的人物世界。他们是一大群旧时代的遗老遗少，新市民，城市小资，他们正是时代列车上委琐一隅的“小人物”，葛薇龙、梁太太、白流苏、曹七巧、姜三爷、佟振保、阿小、米先生、杨太太、郑川嫦、聂传庆、言丹珠、霓喜、匡仰彝……他们是“小”的，卑微的，但他们身上动人的是那人性深处的“真”，就在这“真”里，我们看到了时代的变迁，看到了他们为承当这时代的变迁而表现出来的吃力和辛酸。张爱玲的文学不正是周作人所提倡的“人的文学”？

周作人“人的文学”的观点是一个自成体系的文学思想。这一思想在他《新文学的要求》、《自己的园地》以及《平民的文学》等文章中有详细论述。其基本文学观就是：文学是“言志”（个人情志）的，是为人生的文学。1920年1月6日，周作人在北平少年学会发表题为《新文学的要求》[1]的讲演，讲演里说：“人生的文学是怎样的呢？据我的意见，可以分作两项说明：一，这文学是人性的，不是兽性的，也不是神性的。二，这文学是人类的，也是个人的；却不是种族的，国家的，乡土及家族的。”这两点很全面地阐明周作人对新文学发展的看法。他之所以说这人性的文学不是兽性的，意思是反对过分低级的、以渲染本能和欲望为能事的文学；他之所以说不是神性的，意识则是反对虚妄的、英雄的、超人的、非凡人的文学。而且这“人的文学”还是个人的，不是专门为了种族、国家或乡土的授意的文学。只有这样，这个人的文学才能成为人类的文学。普通人的、个人的、人性的文学为什么应该成为新文学的方向，周作人认为：“古代的人类文学，变为阶级的文学；后来阶级的范围逐渐脱去，于是归结到个人的文学，也就是现代的人类文学了。要明白这意思，墨子说的‘已在所爱之中’这一句话，最注解得好。浅一点说，我是人类之一；我要幸福，须得先使人类幸福了，才有我的份。若更进一层，那就是说我即是人类。所以这个人与人类的两重特色，不特不相

1 《周作人经典作品选》，当代世界出版社，2004年3月第1版，第379页。

冲突，而且反是相成的。”“己在所爱之中”几乎是以林语堂、张爱玲等大多数不认同阶级的革命的文学、坚持个人主义文学的自由主义作家们一致认可的理由。

周作人关于“人的文学“的观点有两点核心：一、文学是“普通人”的文学；二、文学是“个人”的文学。这里说的“个人”就是指一种进入文学的角度和方式，并不是说文学是讲个人的文学。那些只看重自己个人生活经验或隐私，只盯着自己肚脐眼自说自话的文学，并不是周作人所向往的“人的文学”。他在这讲演最后说：“这新时代的文学家，是‘偶像破坏者’，但他还有他的新宗教，人道主义的理想是他的信仰，人类的意志便是他的神。”在这里，周作人把写普通人的文学观提高到一个作家信仰的高度。从这个角度来说，张爱玲便是“人的文学”的具体实践者。从遗老遗少到新兴城市的小市民，从先生小姐到老爷太太，张爱玲等人的故事里多的正是这样的普通人。在主流的宏大叙事里，这些人往往是被忽略了的边缘人。他们不是英雄更不是伟人，肯定也不是时代的创造者，但他们是时代的负荷者和承担者。这些芸芸众生的日常生活，用王安忆评价苏青的话来描写：他们“有着一些节制的乐趣，一点不挥霍的，它把角角落落里的乐趣都积攒起来，慢慢地享用，外头世界的风云变幻，于它都是抽象的，它只承认那些贴肤的、可感的，你可以说它偷欢，可它却是生命力顽强，有着股韧劲，宁屈不死的。这不是培育英雄的生计，是培育芸芸众生的，是英雄矗立的那个底座。”[1] 这样的生计是没什么诗意甚至是俗不可耐的，但这样的生计里并不见得就没有沉重的人生。

日常生活叙事的实质就在于如何塑造这么一个个普通的人物形象。堪称伟大的、创造了一种现代小说经典的英国小说家弗吉尼亚·吴尔夫在上世纪初就给我们揭示了这点。《一间自己的房间》是吴尔夫的代表作之一，但大多数读者也都忽略了这本书还有一个副标题：本涅特先生和布朗太太。那么这两个人又是谁呢？阿诺德·本涅特是上世纪的一位英国作家，其作品受童年生活和法国小说家福楼拜、莫泊桑和巴尔扎克等人的影响，写过若干以家乡五座工业城

1　苏青：《结婚十年》，（台北）时报文化出版企业股份有限公司出版，2001 年 5 月第 1 版，第 8 页。

镇为背景的小说。主要作品有《五镇的安娜》、《老妇人的故事》等。而“布朗太太”则是吴尔夫自己从里士满到滑铁卢的旅途中，火车上遇到的一个普通乘客，是吴尔夫为了向读者说明小说家应该怎样理解“人物”这个概念时举的一个例子。“希望我能够借此向你们表明，我所谓的人物，意味着什么”，“只有人物真实，小说才有机会流传。”“你们的任务是促使作家走下他们的神坛和宝座，如果可能，不妨妙笔生花，但无论如何应真实描写我们的布朗太太。你应当坚持，她是一位有无限可能和无穷变化的老妇人；能够出现在任何地方；穿任何衣服；说任何话，做天知道什么事情。但她说的、做的和眼睛、鼻子、或出声或静默，都有极大的魅力，因为她就是我们生活中的精神支柱，就是生活本身。”[1]显然，在吴尔夫的文学观中，一个小说家就应该关注类似“布朗太太”这样的普通人物。日常生活是世道人生的“芯子”，类似“布朗太太”这样的普通人物才是我们生活里的真正的主角，只有把这样的普通人写得真实，小说才可能在读者中长久流传下去。

写了普通人，还得能写出普通人作为人的那一点可怜的喜悦与悲伤，希望与失望，坦然与委琐，挣扎与沉沦，得意与失败，方可显见人性的真实。这样的书写表面上看似乎是很“个人主义”的日常生活叙事。说是“个人主义”或“自私”的文学，主要指的是以重视个人的生活经验超过理性思索的方式进入文学。自从人类进入现代社会，个人存在的价值和意义就被广泛地重视、认可和追寻。一万是大的，但它不能代替一，甚至不能代替 0；一片森林不能代替一片叶子，大海不能代替一滴水，这就是存在的法则。在这个生存的法则之下，革命者的生活和遗老遗少们的生活没有什么高下之分，每个生命始终有它自己的尊严、意义和目的，个人始终是存在的基本所在。张爱玲选择的正是“日常生活”和“个人”这样一个有“根性”的写作立场。你不能说张爱玲笔下这些渺小的、蝇营狗苟的小市民生活是没有意义的。这些人的生活也许是没有什么伟大意义的，他们一样是时代的承担者。时代是大家共有的，只不过你站在世界这一边，而他们站在世界的另一边而已。在同一时

1　[英]弗吉尼亚·吴尔夫：《一间自己的房间》，贾辉丰译，人民文学出版社，2003 年 4 月北京第 1 版，第 108 页。

空里，你向左走，他向右走而已。

在这个如影子般急急沉下去的时代里，在一个又一个兵荒马乱的人生“孤岛”，每个人都只能做自己能做的事。比如离婚的白流苏只能采取远走香港，用残存的青春孤注一掷，捕获一个男人，劈杀出一条人生的出路。他们也有希望，身患绝症的郑川嫦希望她不久病好后就可以穿上新皮鞋，吃胡萝卜和花旗橘子，做柔软体操；聂传庆心里是多么希望自己是母亲和言子夜教授的儿子；奚太太又多么希望她丈夫能回到她身边，当然那还得先希望她脱了的头发尽快长出来……。他们也有挣扎，张爱玲笔下的人物大都给人一种挣扎感。虽然这些挣扎大多是不彻底的，也正因为这挣扎是小心翼翼、量力而行的，就更显出小人物让人怜惜的人性世界。《第一炉香》里的葛薇龙，当初放下中产家庭大小姐的面子投奔到梁家，也许真是想摆脱穷困的家庭投靠姑姑来完成学业，无论如何也不想成为姑母的皮条客。骄奢淫逸的梁太太摆尽架子，终于接纳了她的侄女。但并不想让她走上一个良家女人的正道。当葛薇龙回到分给自己的房间里，看到姑妈特意为她准备的满柜衣服，她伤心郁闷。“薇龙连忙把身上的一件晚餐服剥下来，向床上一抛，人也就膝盖一软，在床上坐下来，脸上一阵一阵地发热，低声道：这跟长三堂子里买进一个人，有什么分别？”[1]但这伤心郁闷终归是暂时的。很快，葛薇龙就进入了欢场新宠的角色，而且和她姑母争风吃醋，大有青出于蓝而是胜于蓝的意思。用张爱玲的话来说，“就事论事，他们也只能如此。”[2]《茉莉香片》里，被腐朽的旧家庭压抑得恹恹懦懦的聂传庆，始终挣扎在阳光少女言丹珠对他的爱悦感情里。他们更有委屈，葛薇龙何尝不明白自己的真实身份和处境，但为了心里那无望的爱情，只能在黑沉沉的车里暗自垂泪了。最让读者心痛的莫过于《金锁记》里长安的委屈了。在曹七巧这个变态的母亲干涉下，原本纯净的少女长安不仅无奈辍学而且连生命里最美好的一段恋爱也被母亲搅黄了。童世舫最后和她告别，小说这样写：“长安静静的跟在他后面送出来。她的藏青长袖旗袍上有着浅黄的雏菊。她两手交握着，脸上显出稀有的柔和。世舫回过身来道：‘姜小姐……’她隔得远远地站定了，

1 张爱玲：《第一炉香》，花城出版社，1997 年 3 月第 1 版，第 21 页。

2 张爱玲：《对照记》，花城出版社，1997 年 3 月第 1 版，第 89 页

只是垂着头。世舫微微鞠了一躬，转身就走了。长安觉得她是隔了相当的距离看这太阳里的庭院，从高楼上望下来，明晰而亲切，然而没有能力干涉，天井，树，曳着萧条的影子的两个人，没有话——不多的一点回忆，将来是要装在水晶瓶里双手捧着看的——她最初也是最后的爱。”这是一个渺小生命里深刻的委屈和悲哀。不难想象，长安那年轻的尚未绽放的生命之花，将如绣在藏青旗袍袖子上的雏菊一样僵硬，一样虽生犹死了。而《第二炉香》里的罗杰安白登干脆因为情欲的压抑熄灭了他生命的“这一炉香”。

胡兰成在《论张爱玲》一文中，用相当的篇幅评价张爱玲对小人物的成功描写。他自己也认可小人物的文学观。他说：“几千年来，无数平凡的人失败了，破灭了，委弃在尘埃里，但也是他们培养了人类的存在与前进。他们并不是浪费的，他们是以失败与破灭证明了人生爱。他们虽败于小敌，但和英雄之败于强敌，其生死搏斗是同样可敬的。她的作品里的人物之所以使人感动，便在于此。”[1] 他认为张爱玲的小说之所以让人感动，就上因为她成功地描写了这些凡夫俗子或得意或失败了的人生愿望，描写了他们和英雄搏斗于强敌一样意义的挣扎，描写了他们跌倒的、委弃的人生之爱。事实上，正如周作人引用墨子语所说的“己在所爱之中”，只有每一盏生命的灯被点亮了，整个时代和民族才可能被照亮，而只有个人的尊严、价值和意义得到充分体现的社会才是一个值得尊重的社会。所以，不同于宏大空洞的社会理想和未来梦幻，这样的文学是充满世俗关怀的。一个优秀的小说家，正是善于写出平凡人委屈的一面。在平常普通的形象中看到最普遍的人性本质。这些普通人身上表现出来的人性，也许并不能代表人性的某个高度，但它肯定是最接近真实的。

平凡并非没有深度。写人物的平凡，却能使作品不平凡，这就是张爱玲的文学深度了。张爱玲能把平凡人物写得不平凡的一个很重要的因素，是她善于把握自己与普通人的关系。张爱玲和人物，也包括她和世界之间都是一种很独特的关系。一方面把自己藏得很深，从不暴露出自己对人物的欢喜和

---

1 胡兰成：《中国文学史话》，上海社会科学院出版社 2004 年 1 月第 1 版，第 173 页。

厌恶，另一方面又很深切地懂得这些卑微的小人物的内心世界。对于她的人物和她的世界，张爱玲是一个带有善意的旁观者。她始终在她的作品中关注生活中的普通人物，乐意以怜惜的心情去写“阿妈”或“布朗太太”她们的故事，写他们跌倒了的、委弃了的人生之爱。她之所以怜惜普通人跌倒了的、委弃的人生之爱，是“因为懂得，所以慈悲”。这里，我们把张爱玲对待普通人、小人物这种“慈悲”的态度命名为“贵气的”日常生活叙事。——“贵气”一词来自于胡兰成对张爱玲写作态度的评价。主要指的是她在对人物的日常生活进行描述时所表露出来的、所坚持的那种“悲天悯人”的气质。她不赞美，不批判，不热爱，不嫌弃，既不居高临下对人物指指点点，也不陷进人物中为之呼天抢地，而是“因为懂得，所以慈悲”，是因为“已在所爱之中”。小说创作中有一个普遍的现象，就是一般作家都会在作品中或隐或显地流露出对某个人物的厌恶和偏爱，而作家这种态度未必和读者的接受一致，这就妨碍了人物性格本身应该具有的逻辑性。而现代作家一个重要的特点就是不再在小说中显露自己，作者成为隐形人，让人物充分表现自身，让人物在自身的性格和命运逻辑中获得各自的艺术生命。正是张爱玲这样的对待人物的态度，反而使她获得一种高贵的姿态，也使人物获得真实性和性格上的深刻性，从而也达到文学的美学效果。这也是一个优秀的小说家应有的高度。

和人物之间这种特殊的若离却知的距离，让张爱玲小说呈现出不同于其他作家的那种“荒凉”和“虚无”的艺术特色。苏青是当时和张爱玲齐名，同时也是少有几个能得到她肯定的作家之一。苏青一生也算著述甚丰，所写也不过是那个时代上海市民的普通生活。但阅读她的作品，除了平实就是热闹，你会发现她和张爱玲骨子里的不同。具体来说，苏青和她笔下的生活或人物没有距离，她热情、直率，不回避，不造作，是把自己深深陷没在作品中的，给读者提供的是一个真切的饮食男女的世界。而张爱玲却是远远地，冷冷地看着，却也是理解，因理解而看透，因看透而苍凉，正是这种苍凉又给作品带来“手指按不住”的回味意义。王安忆对这两个上海女作家有很深的理解。在《寻找苏青》一文中，她把苏青和张爱玲做了仔细的比较，她写到：“她不像张爱玲……”，即使张爱玲的小说里写了上海的市民生活，“张爱玲却远着的，看不清她的面目，

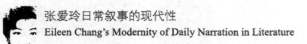

看清了也不是你想看的那一个，张爱玲和她的小说，甚至也和她的散文，都隔着距离，将自己藏得很严。我们听不见张爱玲的声音，只有七巧，流苏，阿小，这一系列人物的声音。……”[1]张爱玲惟一能让读者听到的一个声音是那句诗经里的句子：生死契阔，与子相悦，执子之手，与子偕老。看到“生死契阔”，说明张爱玲对世界有一颗旁观者的心，所以，“张爱玲的声音听到头来，便会落空，她满足不了我们的上海心。因此张爱玲是须掩起来看的，这还好一些，不至于坠入虚无。……苏青却跃然在眼前。她是实实在在的一个，我们好象看得见似的。即便是她的小说，这种虚构的体裁里，都可看见她活跃的身影，……我们是可在苏青身上，试出五十年前上海的凉热，而张爱玲却是触也触不到的。”[2]张爱玲让她笔下的日常生活变成具有普遍意义的，人的存在中不可忽视的“生命之轻”，所以她难免让人虚无，但虚无却有回味的余地，苏青的作品则实在得让人无法回味。但从作品表面看，“张爱玲也是能领略生活细节的，可那是当作救命稻草的，好把她从虚空中领出来，留住。苏青却没有那么大的虚空感，至多是失望罢了，她的失望也都是一些具体的人和事，有咎可查，不像张爱玲茫茫然一片，无处抓挠的。”[3]

胡兰成在《论张爱玲》一文的开首就写到“张爱玲先生的散文与小说，如果拿颜色来比喻，则其明亮的一面是银紫色的，其阴暗的一面是月下的青灰色”。[4]但无论是银紫还是青灰，这里面都没有仇恨的、嘲弄的、愤世嫉俗的黑色。胡兰成在文中还说：“和她相处，总觉得她是贵族。其实她是清苦到自己上街买小菜。然而站到她跟前，就是最豪华的人也会感受威胁，看出自己的寒伧，不过是暴发户。这决不是她有着传统的贵族的血液，却是她的放肆的才华与爱悦自己，作成她的这种贵族气氛的。”其实，张爱玲的一生遭遇坎坷，不管她自己怎样感受，用现在的眼光看来，她的童年都是不幸的，少女时代先是被父亲和后母所虐待，后又在隔膜多年的母亲身边过着有

---

1 苏青：《结婚十年》，（台北）时报文化出版企业股份有限公司出版，2001年5月第1版，第6页。

2 同上，第14页。

3 同上，第8页。

4 胡兰成：《中国文学史话》，上海社会科学院出版社2004年1月第1版，第169页。

点生分的生活。惟有和姑姑一起生活的时间是愉快的，但那毕竟是不同于父母家庭的残缺的爱。青年时代，经过短暂的情爱幸福，转瞬间又遭毁灭般的情变。新中国成立后，她一下子难以适应社会的巨大变迁，不无恐惧地逃离大陆出走香港，继而迁徙大洋彼岸的美国。然而，她自以为如鱼得水的资本主义社会并没有给她带来好运气，生存的艰难使她想成为一个以卖文为生的职业文人都不能。人到中年，遇到美国作家赖雅，赖雅并没有隐瞒他比她大十多岁的年龄，却隐瞒了他久患风湿性心脏病的身体。于是，张爱玲的中年依然为两人的生存奔波，等待她的更是孤苦伶仃的凄凉晚年。按理，一般人如有如此人生经历，文字中多少都会表现出对人世和社会的怨怼、悲愤之情，然而，张爱玲却始终只有这种悲天悯人的"贵气"。那么，是什么形成了她精神世界这样理解又疏远，善意又"冷"的态度呢？诚如胡所言，张爱玲作为一个作家写事状物观察和理解世界的才华是无须多说的，本文认为一个重要的原因还在于她对人情世态的"懂"，是她说的"如得其情，哀矜勿喜。"而这个"懂"当然也是和她对自己出身的留恋与优越感并不是没有关系的。

不仅和笔下的人物保持着距离，张爱玲的一生都固执地和世界保持着一定的距离。这种距离感很容易让人觉得她的骄傲，但从她对人生又是如此的"得其情"，和朋友的书信来往中，我们还处处都可看出她对他人小心翼翼的谦逊和体谅。所以胡兰成说"她是谦逊而放恣的。她的谦逊不是拘谨，放恣也不是骄傲"。[1] 这正是她那种"贵气"的写作态度的个性来源。在作品中，这个态度更多地表现为"虚无""荒凉"的底色之上对人物的体谅和悲悯，是由理解到体谅，再到悲悯和饶恕。"她写人生的恐怖与罪恶，残酷与委屈，读她的作品的时候，有一种悲哀，同时是欢喜的，因为你和作者一同饶恕了他们，并爱抚那些受委屈的。"[2] 饶恕，是因为慈悲。那些看上去残酷或龌龊的角色，其实也是人生悲惨的失败者，如《金锁记》里的曹七巧，金钱是守住了，但付出的代价却是自己的一生，还要搭配上儿女的一生。《红玫瑰与白玫瑰》里的佟振保，下决心要创造一个"对"的世界，在那袖珍的世界里，他是绝对的主人。故事

1 胡兰成：《中国文学史话》，上海社会科学院出版社 2004 年 1 月第 1 版，第 172 页。

2 同上，第 169 页。

中，面对生活中遭遇到的红、白玫瑰，他无疑是失败了。但最后，“他叹了口气，觉得他旧日的善良的空气一点一点偷着走近，包围了他。……第二天起床，振保改过自新，又变了个好人。”[1]胡兰成把张爱玲作品中的这种悲悯上升到宗教的高度，“作者悲悯人世的强者的软弱，而给予人世的弱者以健康和喜悦。人世的恐怖与柔和，罪恶与善良，残酷与委屈，一被作者提高到顶点，就结合为一。他们无论是强者，是弱者，一齐来到末日审判，而耶和华说：‘我的孩子，你是给欺侮了’，于是强者弱者同声一哭，彼此有了了解，都成为善良的，欢喜的了。”[2]

而这一点却是部分当代作家所缺乏的。受消费社会对文学的负面影响所影响，使得当代部分以日常叙事见长的作家呈现出一种急功近利式的直白和粗陋。这些文字不仅让读者在书中明显地看到自己，而且看到作者本人一张急不可耐的表情。他们写性，写欲望，写自己，写那些淹没了人的人际关系，写人物面对人生命运时张牙舞爪的轻佻面目，其实都难以遮掩物质时代对文学带来的浮躁和颠簸，这样的作品艺术上自然也难免粗糙。归根结底，还是作家精神中缺乏一种沉潜的、“贵气”的境界。

吴尔夫在《本涅特先生和布朗太太》一文的最后说：“最后，请允许我大胆断言——我们正战抖着接近英国文学的一个伟大的时代。但只有下定决心，永远、永远不抛弃布朗太太，我们才能赢得这个时代。”[3]这个文学的伟大时代就是普通人的时代。要赢得这个时代，就要永远关注那些最平凡、最普通人的存在状态。关注如“蹦蹦戏花旦”这样的普通人，因为“将来的荒原下，断瓦颓垣里，只有蹦蹦戏花旦这样的女人，她能够夷然地活下去，在任何时代，任何社会里，到处都是她的家。”

1 张爱玲：《倾城之恋》，花城出版社，1997 年 3 月第 1 版，第 181 页。

2 胡兰成：《中国文学史话》，上海社会科学院出版社 2004 年 1 月第 1 版，第 173 页。

3 [英]弗吉尼亚·吴尔夫：《一间自己的房间》，贾辉丰译，人民文学出版社，2003 年 4 月第 1 版，第 4 页。

第三节 人被生活“生活”着

张爱玲的日常生活叙事还让我们思考时间。永恒的日常生活正如永恒的时间之流，承载着永远普通的芸芸众生，过着“日月光华，旦复旦兮”的日常生活。生命在时间中生死，生命被时间销蚀，人被这样的日常生活“生活”着。在这看似舒适安逸的日常生活中，人在生命的有限和时间的无限之间挣扎。无可奈何的大多数抓住生活表面的浮花浪蕊，在身不由己漂流中竭力体味所谓幸福的感觉。然而，时间给这所有的一切都抹上一层青灰色的伤感色彩。这是以日常生活叙事见长的文学共同体现出的特征。

健康美丽的曹七巧嫁入名门望族的姜家，她相信时间终会给她带来快乐和幸福，所以，虽“受的委屈不止这一件”，也“好歹忍着罢，总有个出头之日”。她忍着姜家人对她的轻视和嘲讽，她强摁着青春的欲望的与患骨痨的丈夫同床共枕，她还处处隐忍着心底里对小叔子姜季泽的感情，因为她相信总有一天有“出头之日”。然而，时间，其实也就是她的日常生活一点一点销蚀了自尊、青春和爱情，最终把她变成一个戴着黄金枷的乖戾、变态的“疯”女人。可以说，曹七巧的这个黄金枷是用她大半生的日常生活，也就是大半生的时间一点点打成的。小说《等》，题目本身的含义就是写时间。王太太、奚太太、童太太、包太太与其说是在庞医生的诊所前等着推拿，不如说在无望的时间之流中等待各自的幸福生活。奚太太一边感叹自己老了，一边又抱怨有年轻女人主动送到她那在内地做银行行长的丈夫身边。她想“将来，只要看见了他……他自己也知道对不起我，只要我好好同他讲……”“她这样安慰了自己，拿起报纸来，嘴尖尖地像啄食的鸟，微向一边歪着，表示有保留，很不赞成地看起报纸来了。总有一天她丈夫要回来。不要太晚了——不要太晚了阿！但也不要太早了，她脱了的头发还没长出来。”[1]可怜的奚太太和曹七巧一样把所有的希望寄托于时间，“将来”、“总有一天……”她甚至要求还更高，要时间“不要太晚了啊！但也不要太早了，”而时间却是最无情的。时间不会因她快起来也不会因她而

---

1 张爱玲：《倾城之恋》，花城出版社，1997年3月第1版，第198页。

慢下来。时间不一定会把她丈夫送到她身边来，时间只会让她的头发越脱越多。时间不仅不会让她返老还童，时间带给她的只有销蚀、再销蚀，生命只是“自顾自走过去了”。

张爱玲的小说有一种特有的回忆的调子，这回忆的调子还是苍凉的。“回忆的语调之所以苍凉，是因为时间的阴影，那种犀利而黯败的光芒，足以击败一切的抗挣与反叛。”“张爱玲的场景都是时间性的场景，例如家传的首饰，出嫁时的花袄，雕花的家具，重重叠叠的物质的影子间，晃动着沧桑变幻，辉煌衰败，喜怒哀乐，人的面影越来越黯淡，直至虚无。”[1] 描写那些在时代的巨变和昔日时光的交错中如鬼影般出没的遗老遗少，正是张爱玲最拿手的好戏。这里一个关键的灵感来源都是对“时间”的思考。

台湾作家白先勇的小说表现的也正是时间那“犀利而黯败”的光芒给人生带来的虚无感。在白先勇的日常叙事中，一切荣华富贵、功名美人不过是过眼烟云。所有欢笑、所有眼泪、所有喜悦和痛苦，到头全是空虚一场，人生不过黄粱一梦。他的《游园惊梦》、《秋思》、《金大班的最后一夜》等小说都笼罩着浓厚的人生短暂、命运无常的时间虚空感。《秋思》中那位跟随将军丈夫曾经无限风光的华夫人，时至今日也像花园里那名曰“一捧雪”的名贵菊花一样“残掉了”。当华夫人从镜里看到伺候她梳头的“林小姐正俯下头，觑着眼，在她右鬓上角的头发里翻找”白头发时，她用有些颤抖的声音问：“哦——又有了吗？”[2] 对于女人来说，这个看似再平常不过的细节实在是一个惊心动魄的时刻。因为时间在这里露出它残酷无情的面目。它让我们想到王国维的词：“最是人间留不住，朱颜辞镜花辞树。”也让我们想到林黛玉的《葬花词》：“试看春残花渐落，便是红颜老死时。”生命本是一个由盛而衰的自然过程。因为脆弱而敏感，因为敏感而丰富，女性的生命尤其脆弱。这个由盛而衰的过程对男性来讲也许是模糊和淡漠的，而表现在女性的生命中就显得特别地惊心触目。琐碎、劳累、规矩的日常生活成了女人面临的磨难。她们抓住生活表面的细小无奈的快乐，无可奈何地扮演着各

1　《张爱玲作品集·前言》，花城出版社，1997年3月第1版，第4页。

2　张爱玲：《流言》，花城出版社，1997年3月第1版，第176页。

种纯洁天使，并把来自男权世界的评价当作自己生命深处的支柱和依托，直到“美人迟暮”。

张爱玲在《谈画》一文里谈到塞尚夫人画像的几次变化，形象准确地描绘了日常生活是如何销蚀女人生命的。第一次的塞尚夫人是淡薄、拘谨的少女，而“她第二次出现，着实使人吃惊。想是多年以后了，她坐在一张乌云似的赫赫展开的旧绒沙发上，低着头缝衣服，眼泡突出，鼻子比以前尖削了，下巴更方，显得意志坚强，铁打得紧紧束起的发髻，洋铁皮一般硬的衣领衣袖，背后看得见房门，生硬的长方块，门上安着锁，墙上糊的花纸，纸上的花，一个个的也是小铁十字架；铁打的妇德，永生永世的微笑的忍耐——做一个穷艺术家的太太不是容易的罢？而这一切都是一点一点来的——人生真是可怕的东西呀！”[1] 在这个可怕的人生过程中，并不见得一定就有轰轰烈烈的搏斗和死亡，有的只是日复一日活着，一点点欢喜一点点委屈，一点点宽容一点点算计，或者仅仅就是为了满足一点点口腹之欲。日常生活成为人活着的最大的敌人，把人一点一点地消耗、磨损下去。人不是在自觉地像英雄那样生活，而是被动地被生活“生活”着，生命的情感和华彩一点点地消损殆尽。以至于人开始怀疑有没有一种更好的生活，或者相信这就是本来的生活。日常生活对生命销蚀让我们想到当代诗人西川的一首诗《一个人老了》，诗里说：

一个人老了，在目光和谈吐之间，/在黄瓜和茶叶之间，/像烟在上升，像水在下降。黑暗迫近。/在黑暗之间，白了头发，脱了牙齿，/像旧时代的一段逸闻，/像戏曲中的一个配角。一个人老了。[2]

也就是正在我们说“老”的瞬间，生命就自顾自地过去了。

相对于永恒的时间，生命是短暂而易朽的。那么我们还应不应该追寻生命的意义？人，尤其是女人，应该向时间索要什么样的生活才能赋予生命以不朽和意义？这正是弗吉尼亚·吴尔夫的日常叙事小说所探索的重大主题。她的小

1　张爱玲：《流言》，花城出版社，1997年3月第1版，第213页。

2　西川：《西川的诗》，人民文学出版社，1999年6月北京第1版，第240页。

说如《岁月》、《日与夜》、《远航》、《幕间》、《海浪》、《达洛维太太》（原名《时间》）等无不充满时间感。《达洛维太太》是吴尔夫 1925 年写的小说。小说原名就叫《THE HOURS》。后来在写这篇小说的简写本时，改名为《达洛维太太》。这个本来以《时间》命名的小说，以跌宕多姿的内容写一个美丽女人的衰老史，以及对人之生命意义的追寻。小说以达洛维太太一天的活动为框架，展现了女主人公的一生的事情。她的性格与命运、她的亲人和朋友、她与上流社会的丈夫达罗维及平民情人皮特的三角关系等等。小说中有人际间的恩恩怨怨，有对青春少女的美好的描述，有老年来临的种种恐慌。

小说通过日常生活叙事，表达了作者对生活和女性的深刻反思。“达洛维太太”其实就是吴尔夫在 1931 年对职业妇女的演讲中说的，那种维多利亚时代的“家庭天使”。“她具有强烈的同情心，她具有巨大的魅力，她是彻头彻尾地无私……，在几乎每一幢可敬的维多利亚时代的房子里都有它的天使。当我开始写作的时候……，她翅膀的影子就落在我的纸上；我听见她的裙子在房间里沙沙作响。然而这个动物……，根本不具备任何真实的生命。她具有——这一点对付起来更困难——一种理想化的生命，一个虚幻的生命。她是一种梦幻，一个幽灵……”。[1] 美丽的达洛维太太在生活中不知不觉中老去了。有一天，她的客厅里高朋满座，而她一个人孤独地站在窗前。青春已逝，美丽不再。就在这一瞬间，她忽然觉得她这一生过得毫无意义。因为她似乎从来没有为自己好好活过，她不

张爱玲小说一种特有的回忆的调子

1 ［英］弗吉尼亚·吴尔夫：《现代小说》，蒲隆译，人民文学出版社，2003 年 4 月北京第 1 版。

具备任何真实的生命，她的一生只是“一种理想化的生命，一个虚幻的生命。她是一种梦幻，一个幽灵……”。她觉得自己很容易就从窗口跳下去，她已经走到生命的某个终极点，她会何去何从？她会从那个已经打开了的窗口跳下去吗？经过痛苦的折磨，作者最后安排她又回到了客厅，回到了往日的日常生活，而让另外一个人的死代替了她的死。小说《岁月》里写的埃布尔·帕吉特上校家的长女埃莉诺也是这样拥有一个“理想化的生命”的“家庭天使”。她为了照顾年迈的父亲和年幼的弟妹牺牲了自己的青春和幸福，但她始终没有放弃对生活和生命的思考。“日轮月转，岁岁年年，犹如探照灯的光，连连掠过天空。”在乏味、无聊的日常生活中埃莉诺的生命磨损了，“她在镜子前穿上夜礼服时，……她的一头浓发中间有一绺已经发白……然后瞟了一眼五十五年来熟悉得她再也看不见的那个女人——埃莉诺·帕吉特。她老了。这是一目了然的；额上横着几道皱纹；原先有结实的肌肉的地方现在不是坑儿就是褶儿。”[1]时间回报埃莉诺的不仅是衰老，时间还让她产生被历史和时代所抛弃，因错失人生车程而引起的深刻的迷惘感。她回顾自己的生命历程，她感到：“我的生活一直就是别人的生活……我父亲的生活，莫里斯的生活；朋友的生活；尼古拉斯的生活……”就在这样无奈的生命过程中一个问题始终在纠缠着埃莉诺：“事物不可能勇往直前……事物一晃而过，事物千变万化……而我欲往何方？何方？何方？”而在战争的夜晚，在玛吉家的地下室里，埃莉诺又再一次问尼古拉斯：“我们怎样才能改进自己……生活得更加……生活得更自然……更美满……”在有限的生命和无限的时间中，在日复一日的日常生活中，人们到底期望从生活中得到什么？怎样的生活才是有意义的生活？这样的问题不仅时刻纠缠着小说人物的心灵，也是折磨了吴尔夫一生的心魔。

根据迈克尔·坎宁哈的同名小说改编的电影《时时刻刻》（THE HOURS）讲述的就是与吴尔夫的一生有关的、也就与时间和日常生活、时间与生命意义有关的故事。这部带有明显后现代拼接色彩的电影是一部非常沉重甚至郁闷的电影。喜欢快乐人生的人不应看此片，那些日日都觉得生活都很幸福

---

1 ［英］弗吉尼亚·吴尔夫：《岁月》，蒲隆译，人民文学出版社，2003年4月第1版，第169页。

的人也理解不了此片。这部影片演的是三个不同时代的女人的日常生活。生活在 2002 年纽约的编辑人克娜丽莎·沃恩，生活在 1949 年洛杉机的家庭主妇劳拉·布朗，还有一个就是 1923 年在伦敦自杀的小说家弗吉尼亚·吴尔夫。影片并没有什么情节和对话，即便是对话，也十分的简单，让人从字里行间捕捉不到什么。情节也无非是三个女人各自平淡安逸的日常生活。但是，看完这部片子，你会觉得脑海里雾水弥漫，心中一片阴霾。因为这个电影不是用眼睛而是要用心去看的。或者说它不是看的，是体验的、是悟的。它让我们不断地想：人们，女人，到底需要什么样的生活？在每时每刻的生活中，女性究竟在想什么？追求什么？体验什么？什么是痛苦、悲哀和幸福的真正本质？什么是生死、性与爱、以及家庭价值的真谛？什么是那种压抑在一个人内心最深处，令人在情感上极度地敏感、震颤、甚至失望的东西？什么是那种在理性上极度令人痛苦，冥思苦想，但又终究是理不顺、道不明，无法逻辑化的东西？这些“家庭天使”或者“人间天使”们不自觉而又无可奈何地纯洁着，直到时间改变她们的模样，直到突然有一天，她们问自己：我活着的意义到底是什么？也许她们永远无法明白自己的问题到底出在哪里，但眼前的一切绝对不是她们想要的生活。如同吴尔夫在通往伦敦的火车站前对她的丈夫近乎歇斯底里的痛苦表白（电影台词）：

My life is stolen from me. I'm dying in this town! Only I can know, only I can understand my own condition. You live with the threat of my instinct. I live with it too. I wish, for your sake, I could be happy in this quietness. But if it is a choice between Richmond and death, I choose death. It is my right, it is my choice.

（我的生活被偷了。我正在城镇里有一点点死去！只有我知道，只有我能明白我自己的处境。你生活在我天性带来的阴影之中。我也一样。看在你的份上，我希望我能在这宁静中快乐起来。但是，如果在这地方和死亡之间有个选择，我选择死亡。这是我的权利，我的选择。——作者译）

《时时刻刻》向人们揭示出这些生命深层的问题，除了死亡，无法给出答案。这也是这部电影让人久久地无法轻松的原因。

吴尔夫有一个著名的词语——“存在的时刻”。她喜欢揭示时间的边界以及叙事的意义。吴尔夫小说里的人物擅长记忆和体验这种“存在的时刻”。这预示了对于时间的一种德里达式的理解：个人的时刻是不能由过去或者未来书写的，它像不能分割的身份一样扑朔迷离。对于时间，我们不能作线性的理解，强调一种因果实在论。这和张爱玲对时间的看法是一致的。她们的小说都试图让人物在某一个“存在的时刻”去冲撞时间的边界，从而寻找日常生活叙事的意义。然而在永恒的时间中，日常生活是一个没有开头，也没有结局，纵向上绵延不断，横向上充满琐屑和有限的过程。除了死亡，生命无法对抗时间。事实上，死，并不可怕，死意味着一切的结束。所有生命都屈从于死亡，人们不甘忍受的是生活。活着似乎变得比死更艰难。因为“生命却是比死更可怕，生命可以无限制地发展下去，变得更坏，更坏，比当初想像中最不堪的境界还要不堪。”[1]

人赖以存在的日常生活就充满了无可奈何的悲剧意味。不可逆转的时间把生命带向衰老和死亡。日常生活总是转瞬即逝的，没有永恒和意义，只有重复成为永恒，但重复里却看不到意义。生命的有限和时间的无限注定人生的结局总是一个悲剧。老了，生命力衰退了，是个悲剧；壮年夭折，也是个悲剧；但人生下来，就要活下去，没有人愿意死的。尽管磨难比人生还要长久，但面对生和死，人还是选择生。人被抛入相对性的、局限性的日常生活中，直到死，这样的生活仍在继续。可悲的是人总要在相对中寻找绝对，在有限中寻找无限，结果只能是欲哭无泪，欲喊无声。日常生活这种相对和局限的生活是人活着的常态，就是所谓生命本身。“明知挣扎无益，便不挣扎了。执著也是徒然，便舍弃了。这是地道的东方精神，明哲与解脱；可同时是卑怯，懦弱，懒惰，虚无。”[2]其实，这也不是东方精神独有的。达罗维太太在窗口思考着她这毫无意义的一生，准备跳下去。在死神黑色翅膀的阴影中徘徊多时后她重新又回到了客厅，回到她的日常生活中来了。电影《时时刻刻》中那位在酒店开了房，准备吞药而去

1 张爱玲：《半生缘》，花城出版社，1997年3月第1版，第410页。

2 子通、亦清主编：《张爱玲评说六十年》，中国华侨出版社，2001年8月第1版，第65页。

的洛杉机家庭主妇劳拉·布朗，最终还是把车开回来接她儿子去了。即便被生活"生活"着，人也没法不活着。

细腻、柔弱、琐屑、狭窄、浅薄一直被认为是女性作家的共同弱点。但如吴尔夫、张爱玲这样的女性作家，却难以让人把她们的作品与这种狭窄的闺阁气质联系起来。因为她们的日常生活叙事都触及到时间这个带有终极性的主题。人如何才能超越日常的有限而达到无限？人如何才能从生命的短暂抵达精神的永恒？人如何才能从物的奴役到灵的自由？这是一个全人类都面临的命题。这也使她们的创作达到一个越过了性别界限的难度与高度。从吴尔夫到张爱玲，她们都从对日常生活的细腻感受中，发现了所谓安逸、富庶、名利等所有的外在辉煌遮掩不住生命的苍白。而这些不幸永远都不会因时代的改变而有所改变。

最终，在时间和死亡之间挣扎的吴尔夫口袋里装满石头，一步步走向她家屋后的欧塞河。1941 年 3 月 28 日，在这一刻，死亡的场景被呈现在仿佛晨曦初露的时刻里，阳光清澈明净，河水静静的流淌，充满玄妙的仪式感。与其说她走向河流，不如说她是走向时间。

第四节　裂缝下的深渊

在张爱玲、吴尔夫等这些以日常生活叙事见长的作家笔下，日常生活的表面大都呈现出一个安逸、舒适甚至光滑的表面，光滑如上等绸缎或粉刷得完美无瑕的墙壁。故事中，体面的人物过着细致、精美的日常生活。看生活的表面，他们大都有一个不错的人生。但吴尔夫却在自己对生活的凝视中发现了墙上的斑点，斑点引发了她对生命意义的无穷思考。张爱玲则看到了精致生活后面人性的荒凉与冷漠。而卡夫卡告诉世界"人们正是通过裂缝发现深渊的"。日常生活叙事正是通过日常生活中诸多不起眼的细节，揭示了生活的"裂缝"，并吸引读者从这"裂缝"处看到生活和人性面临的无边深渊。

张爱玲的小说到处都可看到这样的生活"裂缝"。《第一炉香》中有一个园会后姑侄共进晚餐的情景。园会上，姑侄两人就已经上演了一场暗地里争风吃醋、扣人心弦的精彩大戏。最后，梁太太勾引了本应能和葛薇龙发展健康恋情的青年卢兆麟，而对梁太太已失兴趣的混血的花花公子乔少爷，却被有东方古典美的葛薇龙所吸引。最终，姑侄二人都算大有斩获。这本是一个各自心满意足的晚餐。但这隐秘的快乐却只能意会而不可言传。于是，张爱玲这个天才的作家安排她们吃"冷牛舌"。"舌"本来是用于说话的，但这种暗自得意抑或暗自气恼的话却是难以说出来，所以这个舌头又是"冷"的。她们各自都恨不能把满腹的得意话对着"牛舌头"说说。"梁太太手里使刀切着冷牛舌头，只管对着那牛舌头微笑。过了一会，她拿起水杯来喝水，又对着那玻璃杯怔怔的发笑。伸手拿胡椒瓶的时候，似乎又触动了某种回忆，嘴角的笑痕更深了。"[1] 自以为清醒的葛薇龙心里还可怜姑母："男人给了她几分好颜色看，就欢喜得这个样子！"岂不知自己压抑不住的微笑也早已从心里溢到脸上来了。梁太太忽然问她笑什么，她自己倒呆住了。她想姑母抢走了本该属于她的男朋友，她应该发怒才对呀！"可是她的心，在梁太太和卢兆麟身上，如蜻蜓点说似的，轻轻一掠，又不知飞到什么地方去了。"除了男人，葛薇龙的心能飞到哪里去呢？她不过是因为心里有了乔琪罢了！她不过是和姑母一样可怜的女人，甚至处境还不如姑母。作者写到："姑侄二人这一顿饭，每人无形中请了一个陪客，所以实际上是四人一桌，吃得并不寂寞。"其实，这个看上去只有姑侄二人的晚餐上总共有四个人、六条舌头，但说话的只有两条舌头，而且说的都不是心里话。这个无不具有很深讽刺意味的细节让人们看到人的虚伪，女人自私、虚荣的内心世界以及女性对情感过分依赖的悲观现实。

房间陈设本是日常生活中最平常的一个情景。但在以日常叙事见长的小说中，这些平常的器物、话语、细节、场景都如镶嵌在房门上的"锁眼"，让我们窥视到人物日常生活的深处。《红楼梦》第五回"贾宝玉神游太虚境，警幻仙曲演红楼梦"里写到宝玉陪贾母等人应邀去东府赏梅，一时宝玉倦怠，欲睡

1　张爱玲：《第一炉香》，花城出版社，1997 年 3 月第 1 版，第 38 页。

中觉。便来到秦可卿房中，小说这样描写秦氏卧室的摆设："案上设着武则天当日镜室中设的宝镜，一边摆着飞燕立着舞过的金盘，盘内盛着安禄山掷过伤了太真乳的木瓜。上面设着寿昌公主于含章殿下卧的榻，悬的是同昌公主制的联珠帐。宝玉含笑连说：'这里好！'秦氏笑道：我这屋子大约神仙也可以住得了。"[1]作者把秦氏的房间安排成这样大有深意：首先，一个孙子辈的媳妇卧室如此奢华是不正常的；其次，这些器物充满情色意味。从生活荒淫的武则天，到安禄山挑逗扬贵妃的木瓜，再到公主的榻与帐，几乎每一种器物后面都有一个情色故事。这里暗示着秦可卿因为和公公贾珍的暧昧关系在东府非同寻常的地位。也为她不明不白的死埋下伏笔。张爱玲的《第一炉香》里也有这么一个异曲同工的文字。她写到梁太太家的客厅则是这样："薇龙一抬眼望见钢琴上面，宝蓝瓷盘那一棵仙人掌，正是含苞欲放，那苍绿的厚叶子，四下里探着头，像一窠青蛇；那枝头的一捻红，便像吐出的蛇信子。"[2]这个客厅里最日常的摆设正是梁太太家的象征。骄奢淫逸的梁太太和她的一群无伦理规矩之教养的女佣，正如一窝四下探头寻找猎物的美女蛇，自私、放荡、贪婪。葛薇龙来到这里就如同一下掉进蛇窝里了。

从裂缝看深渊也是意识流小说的特长。意识流小说正是向人们描画出在日常生活表面下，那深渊般的潜意识世界。在这巨大而黑暗的潜意识之流中跃动的才是人真实的心灵图画和人存在的真正面目。张爱玲部分小说也是这样充满了潜意识活动的日常生活叙事。张爱玲创作中的这种现代主义特征，明显是受弗洛伊德精神分析理论的影响。作为20世纪人类最伟大的思想之一，弗洛伊德学说对现代人类精神状态的影响是意义深远的。对于张爱玲如此敏感的作家，受其思想影响是很正常的。在《谈看书后记》一文中，张爱玲谈到弗洛伊德和荣格说的病态美，这说明她不仅对弗洛伊德，而且对这个学派都是很熟悉的。张爱玲还对一战后活跃于英美文坛的现代派作家，如毛姆、奥尼尔等人也很熟悉，翻译过毛姆大量的作品。这些作家大都受弗洛伊德学说的影响，普遍对战后西方世界存在的迷惘和幻灭深有感触，对人性中非理

1 [清] 曹雪芹 高鹗：《红楼梦》，人民文学出版社，1982年3月北京第1版，第72页。
2 张爱玲：《第一炉香》，花城出版社，1997年3月第1版，第12页。

性的一面有深刻的认识，这也正是吸引张爱玲的地方。

张爱玲本人由于家庭不幸以及创伤性的情感体验，加上所受西方文化熏染，以及20世纪三四十年代上海特定的文化氛围，使她较同时代作家更“西化”一点。强于心理描写是张爱玲小说艺术上的总体特征，其中部分小说还呈现出浓郁的精神分析，甚至变态情调。她重视非理性的偶然力量在人性结构、人际关系及人物命运中所起的重要作用。她的小说之所以让人觉得有“混杂”之美，“艳异”之美，就是因为她在理性之中写出了非理性，希望中写出了幻灭，在日常生活中体会出了“非日常性”。在小说中具体表现为对人的潜意识、变态心理和各种情结进行逼真的刻画和深入的挖掘，使得隐蔽在社会或人生的外部现实之下的内部现实和内心真实得以浮出水面。她所描写的人性潜意识都是依附于日常生活描写这个基础的。只能说这种写作特点是张爱玲对日常生活深刻观察的结果。紧紧依附于日常生活场景，使得她的作品有很强的可读性，贴近性，和令人窒息的真实感。这方面最有代表性的作品是《红玫瑰与白玫瑰》、《封锁》、《心经》、《年轻的时候》和《茉莉香片》等。这些故事大都是人们日常生活中极其常见和普通的场面。但张爱玲却同过对人物深层心理的描写，揭示出日常生活所蕴涵的深刻性。

《红玫瑰与白玫瑰》中张爱玲这样描写佟振保和王娇蕊的第一次见面，王娇蕊正在洗头发：

“这女人把右手从头发里抽出来，待要与客人握手，看看手上有肥皂，不便伸过来，单只笑着点了个头，把手指在浴巾上揩了揩。溅了点沫子到振保手背上。他不肯擦掉它，由它自己干了，那一块皮肤便有一种紧缩的感觉，像有张嘴轻轻吸着它似的。……振保指挥工人移挪床柜，心中只是不安，老觉得有个小嘴吮着他的手，他搭讪着走到浴室里去洗手，……他开着自来水龙头，水不甚热，可是楼底下的锅炉一定在烧着，微温的水里就像有一根热的芯子。龙头里挂下一股子水一扭一扭流下来，一寸寸都是活的。振保也不知想到哪里去了。”[1]

1 张爱玲：《倾城之恋》，花城出版社，1997年3月第1版，第131页。

在这段极其出色的心理描写中，“有张嘴轻轻吸着”，“小嘴吮着”，“一根热的芯子”，“一扭一扭流下来”，“一寸寸都是活的”……在这些不知是写人还是写泡沫、写水的句子下面，开始涌动着的其实是佟振保内心巨大的欲望之潮，是人性欲望的深渊。

《心经》也是张爱玲写潜意识很成功的一个小说。小说是以许小寒对同学学说他爸爸开始的，似乎显得相当突兀。接着又是许小寒一句接一句对爸爸带有恋人感情的唠叨和嗔怪。读到这里，即使最不敏感的读者也会在这些表面的文字下面，揣摩起许小寒和比她大 20 岁的父亲之间的暧昧关系。小说中，20 岁的少女许小寒与女友、男友、母亲之间的所有言行关系都是围绕着“恋父”这个潜在的中心展开的。这篇以非理性感情为主题的小说结尾还是比较健康的，许峰仪以移情别恋的名义离开家庭，而许小寒也和母亲达成谅解，准备去远在北方的亲戚家修复迷失了的心灵。

关于日常生活中人的潜意识活动，弗吉尼亚·吴尔夫是这样描述的：

“向深处看去，生活决不是‘这个样子’。细察一个平常人的头脑在平常日子里一瞬间的状况吧。在那一瞬间，头脑接受着数不清的印象——有的琐细，有的离奇，有的飘逸，有的则像利刃刻下似的那样明晰。它们像是由成千上万颗微粒所构成的不断的骤雨，从四面八方袭来；落下时，它们便形成为礼拜一或者礼拜二那天的生活，着重点与往日不同，紧要的关键在此而不在彼。……生活并不是一连串对称排列的马车灯；生活是一圈光轮，一只半透明的外壳，我们的意识自始至终被它包围着。对于这种多变的、陌生的、难以界说的内在精神，无论它表现得多么脱离常规、错综复杂，总要尽可能不夹杂任何外来异物，将它表现出来——这岂不正是一位小说家的任务吗？”[1]

吴尔夫的作品就是让人看到唯美精致的日常生活下面一个充满荆棘和杂草的女性内心世界。在她之前，这是一片尚未开垦的荒原或者处女地，人们也无意去开垦她，甚至不晓得她的存在，欧洲文学几乎是一个极少有女性涉猎的世界。面对内心无法平息下来的冲突，绝大多数女性采取了向男性和社

1 [英]弗吉尼亚·吴尔夫：《普通读者》，中国国际广播出版社，2009 年 8 月第 2 版，第 89 页。

会妥协的策略，她们麻木自己，尽量地享受能够看得见、摸得着的、少得可怜的现世的快乐，并尽可能地让自己相信这就是命运、这就是生活。也有一些女性成为生活中的演员，以快乐的外表极力掩饰着内心世界的苦恼和不安，如《时时刻刻》中的克拉丽莎和米兰·昆德拉小说《脸》中的女主人公阿涅丝。米兰·昆德拉深刻揭示了阿涅丝脸前和脸后的生活和心理世界，她并不喜欢自己的生活世界，不爱自己的丈夫，但却每天表现出对于生活的乐此不疲。人生对于这样的女性来说是一种不幸，因为她的感觉和思索使她拥有的痛苦多于他人，她的体验或许是他人无从知道的，读不懂她的人会莫名其妙地站在那里问道："阿涅丝，你在做什么？故作多情吗？你为什么不能接受你的现实世界，你拥有比其他人更多的东西啊？"吴尔夫一直在做的就是通过一系列人物一瞬间的心灵真实告诉人们："生活决不是'这个样子'"！日常生活下面埋藏着人生的痛苦的绝望，这痛苦正如英国诗人 W·H·奥登一首诗（卞之琳译）所写：

描写苦难，他们总是不会错，
这些古典大师：他们多么了解
苦难在人间的地位：了解苦难发生的时刻
总有些别人在进食，或者在开窗，或者就是在默然走过；[1]

人类的痛苦就产生在"进餐、开窗或沉闷地行走"等等这些日常生活场景中。但人们总是自欺欺人地从生活表面判断生活的真实面目，实际上却如洛杉机的家庭主妇劳拉·布朗一样，在虚假的美满和真实的背叛之间拉锯、撕扯。她试图摒弃自己在社会中所扮演的人母人妻的幸福"角色"，她说（电影台词）：

To look life in the face, always to look life in the face, and to know it for what it is, and last to know it. To love it for what it is, and then to put it away.

（在生活的表面看生活，总是在生活的表面看生活，然后从表面了解生活，

1 张曼仪主编：《现代英美诗一百首》，商务印书馆，1992 年第 1 版，第 239 页。

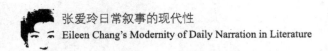

最终明白生活。因此爱它，也因此弃之一边。——作者译）

而一个优秀作家的责任也正是从这些永恒的日常表面中发现人之为人那些永远的创伤和痛苦。卡夫卡曾说："生命就像我们上空无际的苍天，一样的伟大，一样无穷的深邃。我们只能通过'个人的存在'这个细狭的锁眼谛视它；而从这个锁眼中我们感觉到的眼比看到的更多。"卡夫卡在他选择的地洞般的生活方式中找到了这个看世界的"锁眼"，而对于大多数的芸芸众生，日常生活就是他的"个人的存在"，是他看世界看生命的"锁眼"。

第五节 站在人生的边沿颤抖

卡夫卡把日常生活变成了成人的高级寓言，他让我们站在人生的边缘颤抖；张爱玲则让我们看到：除了活着，人，别无选择；而吴尔夫让我们体会在无限的时间中，人对自身存在意义的迷茫和绝望。这三个 20 世纪最优秀的小说家都同时把目光放在日常生活上。卡夫卡的小说世界和我们经历的世界都不像，又太像。他把日常生活推向寓言的极致，并通过日常生活，把人的存在从个人推向社会和体制世界。而张爱玲和吴尔夫则通过日常，把人从生活表面推向人的内心，揭开自我精神世界的煎熬状态。优秀的艺术不仅反映人的生存，而且会对人的各种生存状态提出追问。张爱玲的追问是：人活得不好，而又没法不活着。她的答案是无奈，是凑合，是普通中寻找传奇，是在传奇中寻找和体味普通。吴尔夫的追问是：生活到底应该是怎样的？人的一生到底应该怎样过才可摆脱时间带给生命的绝望感？吴尔夫的答案是让笔下的人物回到日常生活，而自己以死反抗。而卡夫卡对人的生存境遇的追问是没有答案的。城堡外徘徊的 K 给我们留下的是永远进不去的窒息，一夜间成为虫豸的格列高里面对这个曾经无比熟悉现又无比陌生的世界，心里只有绝望。无论怎样的追问和回答，他们给读者描绘出来的日常生活都是悲剧性的。

张爱玲给我们描画的是一个无不带有恐惧感的世界。

颤抖是因为恐惧。张爱玲给我们描画的是一个无不带有恐惧感的世界。张爱玲文学世界里的恐惧一方面是她给读者营造了一个个带鬼气的图画；另一方面是她给我们揭示出人性深处我们不愿想到或看到的变态、扭曲、人性真相和人性底线。梁太太位于香港半山的豪宅，里面骄奢淫逸，外面远望就像鬼气森森的古代皇陵；被金钱勒紧了生命之喉的曹七巧把家变得母亲不像母亲，儿子不像儿子，儿媳终不堪其羞辱含屈而死，而儿子长白则变成陪母亲在烟榻上讲小话的"面首"，女儿长白则非妻非妾地靠男人生活着；曹七巧最后的出现正像戏里的鬼影显身："世舫回过头去，只见门口背着光立着一个小身材的老太太，脸看不清楚，穿一件青灰团龙宫织缎袍，双手捧着大红热水袋，身旁夹峙着两个高大的女仆。门外日色昏黄，楼梯上铺着湖绿花格子漆布地衣，一级一级上去，通入没有光的所在。世舫直觉地感到那是个疯人——无缘无故的，他只是毛骨悚然。长白介绍到：'这就是家母。'"[1]一句"这就是家母"把陷入如见鬼影之恐惧中的读者一下拉回故事中的现实来，真可谓高手之笔。《花凋》里面对身患绝症的女儿，川嫦的父母首先算计的是各自的私房钱。父亲对着药单子说的话是："现在的西药是什么价钱，……明儿她死了，我们的日子还过不过？""……现在是什么时世，做老子的一个姨太太都养活不起，她吃苹果！……"而"郑夫人忖度着，若是自己拿钱给买，那是证实了自己有私房钱存着。"[2]这就是川嫦那呼奴使婢的富贵家庭的生活真相，这就是让人不忍看到的现代生活中的亲情真相。《留情》的淳于郭凤在亲戚面前一面体贴地为米先生围上围巾，一面又用眼睛给亲戚说："我还不都是为了钱？

1 张爱玲：《倾城之恋》，花城出版社，1997年3月第1版，第118页。
2 张爱玲：《第一炉香》，花城出版社，1997年3月第1版，第269页。

我照应他，也是为我自己打算——反正我们大家心里明白。”[1]张爱玲就是这样用闪着刀子一样寒光的眼睛，毫不犹豫地给我们挑落笼罩在人生这出戏上的温情面纱，把人生和人性的真相摆在读者的眼前。她揭示的真实让我们恐惧，因为恐惧而心生悲哀，因悲哀而站在人生的边缘发抖。

悲剧性是张爱玲小说的最大特点。“从表面看，张爱玲对现实、对人生是很‘冷’的。但是我们细读她的作品，就不难发现，在她的‘冷’的后面有着一种非个人的深刻的悲哀，一种严肃的悲剧式的人生观。”[2]中国现当代文学中具有这种美学倾向的作家还有鲁迅和白先勇。但三者之悲又有所不同。鲁迅之悲是悲愤，是哀其不幸，怒其不争，是“忧愤深广”，他的作品是“为人生”的，强调的是“揭出病苦，引起疗救的注意”。他说自己所写是“上流社会的堕落和下流社会的不幸”。白先勇和鲁迅都受俄国文学的影响。白先勇之悲是悲悯，而张爱玲之悲则是悲凉。

白先勇所推崇的福克纳和妥斯妥耶夫斯基的“悲天悯人的基督精神”，认为这是文学的最高情怀。胡兰成对张爱玲的小说最赞赏的也是其中的这一特点。白先勇对卢先生（《花桥荣记》）、王雄（《那片血一般红的杜鹃花》）、朱青（《一把青》）等等人物的塑造，就充分体现了这种悲剧精神。“如得其情，哀矜勿喜。”正因为作者对生活、对她笔下的人物有深刻的理解，才会使小说始终笼罩在悲凉的同情的氛围之下。从来没有责备，没有道德尺度，只是人间的，日常的，可以理解可以接受的。

从以陀思妥耶夫斯基为代表的俄罗斯作家到中国的鲁迅、从吴尔夫到张爱玲，他们的作品都在人类的悲剧精神上达到了某个高度，但又各有不同。陀思妥耶夫斯基和大多数俄罗斯作家一样，都具有浓重的宗教意识。他笔下的人物，比如《罪与罚》里的拉斯柯尔尼科夫，就如钉在十字架上受难的耶稣，代表人类承受着黑暗人性的煎熬与惩罚。鲁迅的精神气质和俄罗斯作家在骨子里是一脉相承的，但鲁迅更多是从民族国家的角度表现出愤怒、凄厉的呼喊和悲哀，这也是鲁迅生活时代里我们特殊的国情所导致的中国特色。

---

1 张爱玲：《倾城之恋》，花城出版社，1997年3月第1版，第254页。

2 饶芃子：《心影》，花城出版社发行，1995年2月第1版，第48页。

这些站在人生的边缘，因对人性有清醒而深刻的认识而颤抖的大师们，各自都思考着人类的最终出路。陀斯妥耶夫斯基求助于神，求助于上帝之爱。所以，在承受灵魂苦役的拉斯柯尔尼科夫之后，陀思妥耶夫斯基便推出了《白痴》里的梅思金公爵。《白痴》与《罪与罚》有一种隐秘的内在关系，也就是说梅思金公爵和拉斯柯尔尼科夫之间有一种隐秘的精神联系。“梅思金到这个美在受难的世界中来，只是为了洗涤罪恶，用自己的爱和受难的牺牲恢复人与上帝的原初关系。”[1] 鲁迅的出路是具体的，那就是“揭出病苦”，想办法治疗和拯救，是大声地呼喊“救救孩子”！鲁迅、陀思妥耶夫斯基、卡夫卡等多像哲学家，只是通过文学的方式来思考这些终极性的哲学问题。而吴尔夫和张爱玲则通过女性细腻敏感的触角，在人的日常生活中追问这些问题。“如得其情，哀矜勿喜。”正因为作者对生活、对她笔下的人物有深刻的理解，她才会对那些自私、委琐或苟且偷生的小人物怀有慈悲之心，没有责备，没有道德尺度，只是写出他们人间的，日常的、真实的人性来，从而也使小说始终笼罩在悲凉、黯淡的氛围之下。

张爱玲的出路是“走，走到楼上去”，而始终在生活表面景象下的意识暗流里挣扎的吴尔夫，却一直喋喋不休地追问：“事物不可能勇往直前……事物一晃而过，事物千变万化……而我欲往何方？何方？何方？”是“我们怎样才能改进自己……生活得更加……生活得更自然……更美满……”。答案是没有答案。对于她与俄罗斯作家的这种区别，吴尔夫在《现代小说》中说到：

“俄国人的心灵如此博大，悲天悯人，它得出的结论也许不可避免地会是极度的悲哀。更准确地讲，我们应该说是它没有得出结论。没有答案，只看到如果诚实地考察，生活提出一个又一个问题，它们只能留到故事结束，一遍遍地回响，无望地追问，这种感觉让我们感到一种深深的绝望，最终也许还夹杂着一丝怨恨。他们也许是正确的，他们无疑比我们看得更深远，没有我们这种严重的视力障碍。”[2]

1 刘小枫：《拯救与逍遥》，上海三联书店，2001 年 7 月第 1 版，第 245 页。

2 [英] 弗吉尼亚·吴尔夫：《普通读者》，中国国际广播出版社，2009 年 8 月第 2 版，第 93 页。

吴尔夫的这段话里有三层意思：一，都对人类和人性的真实处境悲哀；二，我没有答案，但他们的答案也不能算是答案；三，但他们至少还有是神，不像我们只有日常生活，所以他们深远些。吴尔夫没有答案，所以她最终投身冰凉的湖水；张爱玲有答案，但她的答案不是“走到风地里，接近日月山川”，而是“走到楼上去”！为什么是仅仅“走到楼上去”呢？为的是“开饭的时候，一声呼唤，他们就会下来的”，为的还是苟且地活着。无疑，这样的答案是无奈和悲凉的。所以，张爱玲无论怎样寂寞还是活到 76 岁，而吴尔夫却在 59 岁时走向冰冷的河流。

从吴尔夫到张爱玲，虽然一个无答案，一个有答案，看似有截然分别，但是她们的思路是相同，那就是都力图在日常生活这个视野里寻找人生的最终谜底。有男性学者也许要把这批评为女作家的性别局限。但是，人，从文艺复兴走到现代、后现代革命，从莎士比亚走到托尔斯泰、福楼拜、卡夫卡，当所谓的绝对精神在中西方的文明中，已经成为普遍崩溃的事实面前，除了日常生活，我们似乎已经很难为人性的堕落，和人活着的悲剧感找到其他更有说服力的思想维度了。关注到这一点，与其说是女性作家的性别局限，毋宁说是其性别敏感而带给文学的敏锐。

第四章
Chapter 4

张派流传
ZhangPai LiuChuan

1952年的夏天，经过深思熟虑的张爱玲，怀着极为复杂的心情走向去往香港的罗湖桥。这时的香港已经不是她13年前来这里读书时的香港了。1952年7月至1955年11月的3年多中，香港这个极度紧张的竞争社会，让张爱玲对自己企图以文字在此安身立命的计划失去信心。1955年秋天的一个傍晚，张爱玲乘克里夫兰总统号漂洋过海去美国，再一次把自己抛向一个未知的海岸。当维多利亚港一点点远离，无边的夜和海包围她时，35岁的张爱玲禁不住掩面而泣。她从此不仅永远离开了她热爱的上海，也永远离开了她热爱的“中国的日子”。

1952年的夏天，经过深思熟虑的张爱玲，怀着极为复杂的心情走向去往香港的罗湖桥。

然而，张爱玲在她短暂的创作高峰期所确立的文学精神却并没有因为她的离开而消失。这个“精神”用傅雷先生的话说就是“新旧文字的糅合，新旧意境的交错”。结合前面的论述，可以用这几个关键词来概括：日常生活的，人情的，小型叙事的，小人物的，“小物件的”（拉康语），悲剧的，阴性的，潜意识的文学。上世纪50年代后随着政治格局的变化，张爱玲的文字首先在台湾得到响应。此后，在香港、在东南亚、在日本、在美国的华文文学创作领域，到80年代后在中国大陆文学中都可看到对张爱玲明显的继承脉络。今天，甚至可以说，凡是有华人文学的地方都有张爱玲的影子。1995年，张爱玲寂寞离世，学界内外再次兴起张爱玲热。张派、张学、海派已在海内外学界形成共识。台湾学者刘绍铭、王德威等人更把张爱玲称为类似创作的“祖师奶奶”。半个世纪的时光流转证明，作为和宏大叙事相互补充或并存的一种文学传统，张爱玲所代表的日常生活叙事已经成为中国现代文学中的经典。这个蔚为可观的张派作家大致有白先勇、施叔青、李昂、林裕翼、李欧梵、蒋晓云、钟晓阳、李碧华、张翎、萧丽虹、朱天文、朱天心、林俊颖、须兰、黄碧云、叶兆言、王安忆、苏童等。虽然他们都有各自的艺术个性，比如白先勇和施叔青也有关于宏大主题的创作，但从他们对待日常生活的叙事态度和他们的文字中，多少都能嗅出张爱玲的味道。他们笔下的人物也多少能找出些和张爱玲笔下人物似曾相识的影子。

第一节 从追随西方到回归传统
——以白先勇为例

白先勇曾在一篇文章里说："文学之所以有价值，因为千百年前写的文章，今天看来仍能引起共鸣，仍能引起大家去了解人生的意义，我想这是因为文学有它的时代性，同时又有超越性，伟大的文学必有其时代性和超越性的。"[1]

显然，白先勇努力在他的文学创作里追求的就是"时代性"和"超越性"共有的境界。白先勇对张爱玲的一些短篇小说很赞赏，认为它们"描写上海人，入木三分"，忠实地记下了上海及上海人的特性。他对那些凡能阐释普遍人性的作品很肯定。其实，从文字风格、文字韵味和叙事形式来说，白先勇和张爱玲的小说并不相似。张爱玲的小说从叙事形式、文字韵味以及精神本质都和《红楼梦》有内在的血缘继承。但白先勇的小说和前两者有一种文学精神上的接近，那就是对旧时代和人生有限的挽歌情调。挽歌必然以各自所处的时代为背景，而挽歌无一例外都是"哀伤"的，哀伤是人类超越一切时代局限的共同感情，因此唱得好的挽歌无疑是"时代性"和"超越性"共有的艺术形式。白先勇、张爱玲与《红楼梦》的区别就在于，张爱玲的挽歌唱得细致，绵密，悠远，如泣如诉，就像黄昏时听到远处响起的胡琴声，咿呀，苍凉，伤感。而白先勇的挽歌则唱得紧凑，明快，爽脆，如一曲快板书，噼里啪啦，一气呵成，其中也

1 白先勇：《谈小说技巧》，载《海峡》杂志1983年第4期，第89页。

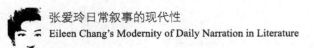

有大伤感，但那也是笑声后的眼泪，是热闹后的暗自凄凉。如把他们的小说比做音乐，一个是行板，一个则是快板。

白先勇是国民党著名将军白崇禧之子。青少年时代受过良好的中、西方文学熏陶和教育。特殊的家庭出身和后天教育，使他成为一名优秀的小说家。白先勇自小喜欢文艺，早在1952年还是中学生的他就开始文学创作，投稿当时的《野风》杂志。大学时代首次在《文学杂志》发表小说《金大奶奶》，从此正式开始文学创作。1960年，白先勇和欧阳子等人联合创办《现代文学》，此后，该杂志成为白先勇作品的主要刊发处。白先勇的早期作品有明显的现代派色彩。从1964年1月在台湾《现代文学》第19期上发表《芝加哥之死》开始，白先勇的创作风格发生明显转变。1965年，白先勇在《现代文学》第24期发表小说《永远的尹雪艳》，成为“台北人”系列的第一篇。后来的几年中，白先勇连续发表了一系列以台北人故事为原型的小说，后集结为短篇小说集《台北人》，成为白先勇的短篇代表作。

白先勇小说创作风格的转变和台湾文学的发展历程是分不开的。台湾文学基本是在1949年以后发展起来的。五六十年代，失去了故国家园的台湾人（主要是指大陆移民或其后代），面临的是物质上的百废待举，精神上的慌乱和迷茫。伴随着经济上的复苏和发展，文化领域则受到“西风”的剧烈摇撼。表现在文学界，就是对西方现代主义文学的热情模仿和尝试，台湾文学很快崛起了一批颇具实力的现代派作家，比如余光中、白先勇、欧阳子，还有后期的施叔青等。从70年代中期开始，台湾政治、经济逐渐稳定，社会各方面都基本走上发展正轨后，文学也从当初对西方文学的一味崇拜和追随中的安静下来，寻找心灵迷失的来路与归途。这时，当初对西方有明显模仿痕迹的创作大都发生了明显的变化，一些原来十分轻视中国传统的诗人、作家纷纷回归传统，在乡土家园和中国传统文学中自觉寻找自己的生命之根，在当下的日常生活中寻找生命的意义。于是，关注日常生活，以日常叙事为主要特点的中国文学传统，逐渐在这些台湾作家中显示出来。明显体现这个转折的作家，诗歌方面以余光中为典型，而小说首推白先勇。

作为艺术气质上都有的挽歌情调，白先勇也和张爱玲一样把文学表现的着眼点放在诸如生老病死、日常生活、人性刻画等主题上。白先勇一生创作了30多个短篇和一个长篇《孽子》。他的创作以短篇小说最为出色，《永远的尹雪艳》、《游园惊梦》、《金大班的最后一夜》、《岁除》、《那一片血红的杜鹃花》等等优秀篇目，篇篇都如精彩的短话剧，与张爱玲相比更兼有结构紧凑、语言精练明快、阅读趣味更强的特点。人物往往在三言两语、一举一动中把形象与个性凸显出来。在《台北人》一书的扉页上，白先勇写着这样一句话："纪念先父、母以及他们那个忧患重重的时代。"[1] 接着又把刘禹锡那首有名的诗《乌衣巷》附在其后。"朱雀桥边野草花，乌衣巷口夕阳斜。旧时王谢堂前燕，飞入寻常百姓家。"这两处纪念往昔岁月，感慨时世变迁文字是解读白先勇小说的最恰当入口。通过对日常生活的艺术提炼，描写刻画时世变迁中的人性，是白先勇和张爱玲相似的根本，也是其挽歌情调的核心。

张爱玲相似的家庭环境和成长经历，白先勇作品中流露出的最大审美特征就是人生的悲剧感和虚无感。而这种强大的空虚感却是掩盖在表面热闹、拥挤、繁华的日常生活下面的。他的作品几乎全都无一例外地充满强烈的悲剧色彩。作为国民党著名将军的后代，白先勇的作品并没有把自己的艺术局限在为某个阶级唱挽歌的层面上，更没有矫揉造作地粉饰生活，没有矫情，没有媚俗，而是在时世变迁的大背景下，通过精致的人物描写，直面赤裸裸的生活和人生的悲剧真相。他追求的是文学能超越时代局限的艺术魅力。在他的笔下，悲天悯人的情怀和张爱玲是一脉相承的。不同之处是白先勇迷恋佛教里的大慈大悲和人生无常的色空观，而是张爱玲更多是对现世生活充满关切和理解的市井味。白先勇也多次说到自己创作的背景，与张爱玲的时代有共同之处。他说"我的小说痛苦多，欢乐少"，他们是"对过去、对自己最辉煌的时代的一种哀掉"，"深深感到国破家亡的彷徨"。这一点在前文中，和张爱玲做过比较分析。

白先勇的《台北人》系列小说大多处在时世大变迁的背景之下，把故事立足于日常生活，运用日常生活中的象征和对白，描画出时世变迁之下呈现出来的人性本质。《台北人》的十四个短篇小说里，人物有两个共同点：一是这些

---

1 白先勇：《台北人》，花城出版社2000年4月第1版，扉页。

人都是随国民政府撤逃到台湾的，当时离开大陆时，他们多是青壮年，现在都是中老年了；二是这些人大都有一个难忘的过去，或平安幸福或辉煌一时。今昔时空变幻，给这些人的处境带来怎样的灵肉折磨和生死之谜，白先勇写的就是这个主题。《永远的尹雪艳》写一个依附权贵的著名交际花八面风骚的日常生活。小说仅仅短短万来字，成为台湾末世权贵们的世态百相图。《游园惊梦》写一个年轻的将军遗孀钱夫人，在赴宴中因酒醉而哑声，虽然再也唱不了最拿手的“游园惊梦”，但人却从昔日繁华梦中惊醒了。《岁除》通过刘营长家的团年饭刻画了一个军中老伙夫赖鸣升好强却老实善良的性格，还有那些退伍老兵们悲凉的人生。《金大班的最后一夜》写舞女金兆丽泼辣要强又不失善良的内心世界。《那片血一般红的杜鹃花》以最日常的主仆关系为依托，写一个孤苦老兵迷失的人性和欲望。《花桥荣记》以一个米粉小食店为背景，写一个流落到台湾的知识分子渴望幸福生活而不得的悲剧；这些作品充满日常叙述中细腻、精致、传神的精神。《台北人》系列作品得到海内外的高度评价。

《永远的尹雪艳》是白先勇最有名的作品之一，是作者对人生虚无的一个“俗解”。尹雪艳曾经是大上海的红舞女，来到台湾后，她竭力经营，似乎要时光永远停留在往昔岁月。她把自己的家变成昔日的百乐门，满足那些落魄但又不甘心的昔日权贵重温繁华旧梦。“尹公馆门前的车马从来也未曾断过。老朋友固然把尹公馆当作世外桃源，一般新知也在尹公馆找到别处稀有的吸引力。”[1] 小说第一句话就这样写：“尹雪艳总也不老。”这本身就是充满僭妄的一句话。时代的巨变和总也不老的尹雪艳形成强烈的对比。总也不老的尹雪艳总是通身银白，头上插着“血红”郁金香，案上摆着刚刚“铰”下的晚香玉，祭司一样穿梭在牌局的人中间，安抚这个体贴那个，一半做天使一半做魔鬼，完美中透出令人不安的杀气。昔日的威风繁华也正如鬼魅一样纠缠这这些衰老的生命，他们如贾瑞贪恋怀里的“风月宝鉴”，明知尹雪艳是白虎煞星也愿以死以尝，一个又一个把前途、身家甚至生命了结在尹雪

1　白先勇：《台北人》，花城出版社 2000 年 4 月第 1 版，第 9 页。

艳温柔狐媚的魔掌之中。

在尹雪艳身上，我们明显看到张爱玲《沉香屑——第一炉香》中梁太太的影子。小说中写到葛薇龙第一次见过姑妈梁太太的感受正是："她看姑妈是个有本领的女人，一手挽住了时代的巨轮，在她自己的小天地里，留住了满清末年的淫逸空气，关起门来做小型慈嬉太后。"梁太太和尹雪艳不过是两个企图以"挽住时代巨轮"的方式来挽住青春和生命的女人，她们各自为自己营造一个梦幻般的昔日世界，以为在这世界中时间永远停止。然而生命是不可避免走向死亡的。正因如此，她们各自的世界才同样给人鬼魅之气。在这条不可避免通向死亡的路上，她们不过拉上一堆男人，靠吸他们的血来做陪葬罢了。对于梁太太不过再拉上葛薇龙这个自投罗网的小鬼而已。台湾学者王德威把这称为女作家的现代"鬼话"，指的就是在施叔青、李昂、苏伟贞等一些女作家小说中呈现的这种非现实非理性的想象世界。白先勇的一些篇目中也有这个特点。无论是梁太太位于半山上那很有点像古代陵墓的"巍巍的"、"盖着绿色的琉璃瓦"的白房子，还是尹雪艳的客厅，其实都是一个人鬼不分、阴阳难辨的世界。这个世界里没有活生生的人和事，这些被时代巨轮甩出了生命轨道的人，栖栖惶惶，只能在麻将的输赢、鸦片的烟雾、回忆中的辉煌以及各怀鬼胎的、虚假的爱情游戏中获得片刻安慰。恰如张爱玲在小说《花凋》中写的一段话："硕大无朋的自身和这腐烂而美丽的世界，两个尸首背对着背栓在一起，你堕着我，我堕着你，往下沉。"[1]

《游园惊梦》里捕捉女性瞬间复杂细腻的心理也很有张爱玲的韵味。小说主角钱夫人是钱大将军年轻的填房夫人，钱夫人曾是昆曲名旦，以夫人的身份嫁给将军，曾在南京时有过威风八面的日子。但随着迁移台北和钱大将军的离世，钱夫人荣华不再。作为一个文字精练的短篇小说，该作品有极高的叙事技巧。华丽显赫的夫人们之间相互暗自揣摩、攀比、斗富贵、斗打扮的心理很有张爱玲《留情》、《等》等小说的味道。应该说钱夫人的繁华梦是一点点惊醒的：先是在一片黑色的官家小汽车中，自己却是坐出租车来的；一进大门钱夫人就

---

1 张爱玲：《第一炉香》，花城出版社，1997 年 3 月第 1 版，第 271 页。

从镜子里看见自己的头发被风吹乱了，墨绿色的杭绸旗袍颜色也突然有点黯淡了；然后是身穿“银灰洒朱砂的薄纱旗袍”的窦夫人愈加“雍容矜持”；而赖夫人对钱夫人的到来表现出明显的冷淡；……席间杯觥交错，久不应酬的钱夫人不胜酒力，也不胜年轻的程参谋“那双细长的眼睛，好像把人都罩住了似的。”……钱夫人心里的诸多不安妥如起风海面上层曾翻卷的浪花一样往前不停推进。直到钱夫人醉酒，小说在这最精彩的地方泼墨恣肆，大段描写了微熏中的钱夫人如滚滚浪涛一般的心灵世界：她的青春岁月，她荣华富贵却无比空虚的婚姻，她曾经和将军参谋干柴烈火一般的私情……，“迁延，这衷怀哪处言；淹煎，泼残生除问天——”就在这一刻，钱夫人摸着自己的喉咙发抖了“天——完了，荣华富贵——可我只活过一次，冤孽、冤孽、冤孽——天——就在那一刻：就在那一刻哑掉了——天——天——天——”这时在海面上翻卷多时的层层浪花、不断聚集力量，最后变成滔天巨浪重重向岸边砸去……。钱夫人突然“失声”成为小说的高潮，给人一种弦崩琴裂、嘎然而止的空白感。一个饭局惊醒了钱夫人的繁华旧梦，一切都将不再了，就如先说最后的一句话：“变多了喽。”“变得我都快不认识了”。时世变迁，沧海桑田。与其说是钱夫人的惊梦，不如说是时代的惊梦。

《那一片血红的杜鹃花》也是一个很优秀的短篇。小说写的是一个情欲变态的故事，和《金锁记》、《沉香屑—第二炉香》及《茉莉香片》有精神上的隐秘联系。虽然故事发生的时代和背景完全不同，但揭示的却一样是看似平淡的日常生活下压抑着的人性深处的悲哀。退伍老兵王雄对东家女儿的畸恋感情，其实是他对湖南家乡和小未婚妻刻骨又无望的思念的转移。他甘心情愿像狗像牛马一样，哄着、爱着东家的小女儿丽儿，因为他在她身上寄托着一个几十年背井离乡的男人心底最深处的一点柔情。但随着丽儿一年年长大，王雄的心遭到丽儿的任性拒绝和随意践踏，也遭到暗恋王雄的女仆喜妹的嘲笑。王雄从此沉默了，只是把丽儿喜欢的杜鹃花浇得一片血红。终于在一个夜晚，王雄强暴了女仆逃走，最后丧生大海。这是个非常悲惨的故事。战争和隔离毁灭了王雄这个来自湖南乡下的善良、老实的孩子。对家乡亲人的无望思念和压抑的情欲导致了他的畸恋，而畸恋最后毁灭了他。而曹七巧之所以最后在儿女面前变成了一个似人非人的魔鬼，罗杰安白登之所以最后开煤气自杀、聂传庆之所以在舞会后的夜晚对言丹珠施暴，都和他们被人生境遇带来的情感、情欲压抑有曲折关系。

和白先勇同是现代派作家之一的欧阳子女士评价说："白先勇是一个道道地地的中国作家。他吸收了西洋现代文学的各种写作技巧，使得他的作品精炼，现代化；然而他写的总是中国人，说的中国故事。"[1] 白先勇自小爱好唐诗宋词元曲，也受《红楼梦》、《水浒传》这些旧小说的深厚影响，他说这些给了他"感性的影响"，所谓"感性影响"就是他继承了传统小说从日常生活中感知人性和生命的途径。

白先勇之后最有张爱玲之风的作家是朱天文、朱天心姐妹。她们两姊妹都是胡兰成的私淑弟子，大的文学观上和张爱玲自然是一致的。胡兰成对她们的创作有很高的评价。

第二节　共同的香港想象

——以施叔青为例

施叔青和白先勇一样，都深深浸润于传统文化的熏陶。她从不避讳是张爱玲的忠实信徒。她在1995年纪念张爱玲的采访中说："《张爱玲短篇小说集》是我的圣经。她虽然死了，但巨灵影响仍在。"她还说自己由于太喜欢张爱玲的作品，"有一阵子我怕再继续受到影响，把她的书藏起来，看都不敢看，怕受她干扰，……"[2] 事实上张爱玲的创作已经直接影响了她的创作。

施叔青对张爱玲感受如此之深，是因为她们都体会到香港或类似香港这种城市里人的人性特点。古今驳杂，中西交汇，各种色彩相互犯冲又奇异地和谐，各种不可能的在这里也许都会成为可能，有过百年殖民地历史的香港就是这样

1　白先勇：《台北人》，花城出版社2000年4月第1版，第222页。

2　1995年9月10日台湾《中国时报·人间》。

一个充满魅力的城市。它如同候鸟的驿站，让各种奔波或迁徙在人生之旅的人们在这里认识，成为朋友或陌路，情人或仇人。张爱玲写过这样的香港，张爱玲时代的上海也是有这样的“驿站”性质的城市。张爱玲如《倾城之恋》、《第一炉香》、《茉莉香片》、《连环套》等精彩故事都是以香港这个神奇诡异的城市为背景的。

在张爱玲之后，香港就一直成为女作家展开文学想像的策源地。施叔青的创作可说是现代都市生活中的张爱玲。严格地说，张爱玲创作的40年代，中国还没有像现在的香港一样发达的现代都市。上海不过是由于殖民和沦陷等等因素而暴发式形成的一个畸形城市。而张爱玲笔下的人物也大多是都市中拖着一个硕大旧尾巴的没落阶级，是靠吃农村地产的遗老遗少，其实是新城市中的旧人。她的故事本质，不过是写出了这些不幸处在时代夹缝中的人，如何苟延残喘，以及在苟延残喘中显露出的人性真相。施叔青把张爱玲的故事延伸到了今天的香港。

施叔青继承张爱玲的正是对人性、尤其是对现代都市女性心理的生动描画。关于施淑青与张爱玲创作上的承传关系，专门研究港台文学的学者赵稀方有一段很具体的论说：“在真实描摹人性的这一方面，施叔青颇受张爱玲的影响。张爱玲对新旧交替时代城市人情世态的悉心洞察与逼真表现，很为施叔青所钦佩。施叔青对张爱玲作过分析：‘张爱玲冷眼看世界，她对人性摸得太透彻，太深了。人性的基本被她抓住，难怪她的作品永远也不会过时，张爱玲是不朽的。她对人不抱希望，人就是人，有他的贪婪、自私’却偶尔也闪烁着温暖爱心的。’施叔青对张爱玲的分析大体是准确的，张爱玲写人一般不采取善恶对立的古典式写法，而是参差地写出人性的层次，小善小恶，善恶一体，这似乎才是人的本来面目。施叔青写人时对戏剧的二分法的拒斥，与此有相类之处。施叔青在描写香港资本家和香港的殖民者的时候，都没有简单地摆布他们，而是写出了他们庸常、功利卑微的心理，以及缘于特定历史背景的心理想象。施叔青对女性心理入木三分的刻画，尤其具张爱玲遗风。《愫细怨》中愫细对洪俊兴既藐视又难以割舍的心理，《一夜游》中雷贝嘉在屈辱中追逐虚荣的心理，表现得都堪称出色。施叔青曾承认在技巧表现上，她受张爱玲的影响很深。’张爱玲主要表现旧家庭的子女在现代都市的际遇，而施叔青则将这种表现延伸到纯粹都市的上流社会中去了。张爱玲为上海人写了一部香港传奇，那是旧日的香港，施叔青则写出了现代香港的故事。”[1] 新旧香港在两位女作家这里是相通的。

施叔青之所以对张爱玲有这样的心领神会，也与她从台湾到香港后所处的比较优越的社会环境有关。施叔青最得张爱玲之风的小说应是系列香港故事，包括《愫细怨》、《窑变》、《票房》、《冤》、《一夜游》、《情探》等。这些香港故事包括《台湾玉》，大多以女性为主，叙说香港上流社会的生活场景，除了赵稀方上文提到的两篇外，《窑变》写一个从事博物馆工作的女人方月，和一个中年文物鉴赏家姚茫之间欲说还休的感情纠缠。故事很有作者的生活背静；《票房》写从北京到香港的专业京剧演员丁葵芳，来到香港金钱世界中所面临的生存和艺术的双重尴尬。《冤》写的是一个叫吴雪的女人向英国女王拦路叫冤的故事，非常有现实意义。施叔青的小说最明显的特点还是通过日常叙事对都市男女精神世界的准确把握。比如《愫细怨》写一个从美国回来的典型的都市女人愫细，与一个在香港经营印刷厂的广东土老板的故事。这样本难以想象的男女关系也只有发生在香港那样一个华洋杂处、处处“犯冲”的城市。故事中，愫细自然不甘心，在洪俊兴面前极尽撒娇撒泼之能事，但广东老板心中自有主意。他迷恋她的城市味道，但对家族责任和自家老婆一样尽心尽力。自视无比清高的愫细，既无法忍受做广东老板情妇的实际身份，更无法忍受欲望和物质的诱惑，在欲罢不能的折磨中日复一日消耗着生命。不难想像，张爱玲笔下的葛薇龙、白流苏之流活到今天也就是这等模样。

香港系列故事此外，施叔青写的《常满姨的一日》也很有张爱玲的味道。小说写一个到纽约做女佣的台湾女人，写她身处边缘和地层的生活、梦想和几近变态的生命欲望，可说是张爱玲《桂花蒸—阿小悲秋》的美国版。四十年代的上海女佣丁阿小好强、本分，在洋主人放荡的生活里尽职尽力，繁重的家务使她只觉人生的沉重，生命的梦想和欲望都在合理地萎缩着。几十年后的纽约

1　赵稀方：《小说香港》，生活·读书·新知三联书店出版，2003年5月第1版，第220页。

女佣常满姨也和阿小一样好强。阿小的好强表现在自尊、自爱和本分，而常满姨的好强则要高一个层次，是有明显自我意识的表现。比如精确估计自己在美国劳动力市场的价值，不顾原来多年的主仆缘分跳巢攀高枝，为自己争取带薪假期等等，这些都为好强的她在家乡挣足了面子。但纽约的孤独却让她陷入难以忍受的欲望危机。故事写的正常满姨休假的那一天，如何饱受欲望折磨的事。她的相好是个粗糙的海员，成年难见一面。虽然到处有黑人的引诱，但自尊的常满姨对黑人却嗤之以鼻。她处处殷勤，趁着休假总是免费服伺远方亲戚阿辉，巴望着他能给她一点温存，但这个来纽约研习绘画的年轻男人当然对她避而又避。丁阿小好歹有男人有孩子还有乡下的亲人，欲望压抑在丁阿小这里就没有那么突出。而常满姨孤身一人，大都市的欲望刺激更加剧了她对异性的向往。“常满姨趴在那里，抓着男人睡皱了的床单，无声地哭了起来。”[1] 两地两代女佣，有着同样悲苦的生命境遇。

1991 年至 1995 年期间，施叔青发表了长篇系列小说“香港三部曲”，分别为《她名叫蝴蝶》、《遍山洋紫荆》和《寂寞云园》。小说通过妓女黄得云的一生，追溯了自 19 世纪末以来的香港历史。黄得云和英国殖民官员亚当·史密斯之间多年的感情纠葛，可说是香港和殖民者之间的关系象征。作者本人有通过此小说追寻一种香港本土意识的倾向。从构思上可隐约看到张爱玲《连环套》的影子。其中，对黄得云的后代，已是香港大都会中的城市女人黄蝶娘的性格把握很准确，描写生动。

香港作家中，深得张爱玲文字之智慧、调侃、冷酷之神韵的，要数李碧华。李碧华的小说横穿时空、勾连古今，奇异诡秘，极尽夸张和虚构。但她的随笔和散文却紧贴生活，把都市男女虚伪、造作的假脸一一扯下。她的《女巫词典》涉及到城市男女生活的各个方面，调侃与幽默的话语方式很得张爱玲《流言》的味道。比如她说“好情人就是人家的坏丈夫”；她对“吻”的定义是“爱情无底深渊的进口竟那么小。”她说“笑容”是“面部肌肉不由自主地痉挛，间中可装饰失望。”她解释“祝贺”一词的意思就是“一种皮

1　施叔青：《愫细怨》，上海文艺出版社，2003 年 2 月第 1 版，146 页。

笑肉不笑的妒忌。”诸如此类。李碧华把张爱玲比做“一口古井”，她说：“我觉得“张爱玲”是一口井——不但是井，且是一口任由各界人士四方君子尽情来淘的古井。大方得很，又放心得很。古井无波，越淘越有。”她还说，“写小说的谁没看过她？看完了少不免忍不住模仿一下。”她还把张爱玲比做是狐假虎威中的虎，藕断丝连中的藕，炼石补天中的石，群蚁附膻中的膻，闻鸡起舞中的鸡……她的这些不无尖刻的话语，其实也是典型的“张式”语言，说明了张爱玲在文学内外倍受推崇的程度。

和李碧华同被称为香港“新生代”作家，也是深受张爱玲文学之影响的还有钟晓阳。如果说施叔青表现的是一个立足现实、立足上升时期现代化大都市的香港，那么李碧华和钟晓阳对香港的想像就很有点反现代的后现代解构经典的味道了。在她们想像世界，令“愫细”欲罢不能地贪恋着的生命情欲，以及丰盈华美的物质享受，是无足轻重的；令“雷贝嘉”绞尽脑汁、削尖脑袋去钻营的所谓香港上流社会也是不足挂齿的。李碧华用现代的叙事方式让古代人物讲今天的情，钟晓阳则以古典的叙事方式，让今天的人讲古典的情。她们颠覆时空的小说一方面让我们无不为其出色的想象才华而心生感叹，另一方面也难免不生出一种类似看周星弛的《大话西游》一样的“无厘头”感，尤其是李碧华的小说。但只要仔细阅读他们的小说，会发现作者在貌似荒唐的文字和故事情节中还是在执着追求一种永恒的有价值的东西，比如爱情。所以，我宁可把这种“无厘头”看作是对现代社会种种虚伪的一种反抗。相比而言，钟晓阳的小说更为精致，她不仅把故事讲得古典和诗意，讲故事的叙事技巧也完全有意模仿古人。对古典的迷恋让钟晓阳和张爱玲在精神上是相通的。

海外华人华文文学中，加拿大作家张翎的《交错的彼岸》继承了日常叙事平实、细节化的特点。这部长篇小说故事线索十分庞杂。像侦探小说，又像家族小说和爱情小说。说是侦探小说，又似乎只有一个侦探小说的开头；说它是家族小说，中国南方的金氏家族和美国加州的酿酒业大亨汉福雷家族并没有直接的恩爱情仇；说它是爱情小说，作为主笔叙述的黄氏姐妹那里并看不到令人心灵颤抖的缠绵悱恻的爱情；反而是作者并没有当作主笔来写的阿九与老爷之间的梅雨爱情，还很有点江南风俗人情味道。汉福雷家的女主人和安德鲁牧师

间的感情也还是让人倍感伤感的。但显然这些动人的配角又不是作者想表现的。由于作者笔力分散，使得小说里的故事没能成功抵达一个优秀小说应有的那种故事精神。一切都是温吞吞的，触及皮毛的，浅尝即止的。但她讲故事的叙事手法还是很有点传统小说那种现实化、日常化的特点。[1]

第三节 当代文学中的日常生活叙事

——以王安忆、苏童为例

所谓20世纪50年代至70年代的"当代文学"，其实就是中国"左翼文学"或"革命文学"的一种"当代形态"。但是革命文学后来走到八大样板戏那个模式后就几乎无法再往前发展了。"文革"后，当代文学出现必然的转折。所谓"转折"其实包含两个方面的意思，"一是'革命文学'本身经过调整，重新赋予某种活力，尽管这种活力是有相当限度的。第二，另外的非革命文学的文学形态，获得生存、发展的合法地位。"[2] 这里的"非革命文学"作者理解就是指那些在革命文学不断经典化过程中压抑和排斥掉的文学成分，比如现代派文学、通俗化的市民小说、立足于中国日常生活的传统小说等。其中关注日常生活和"和谐美学"的自由主义文学逐渐受到重视。进入80年代后，随着文艺界意识形态管理的放松，中国文学传统强大持久的影响力很快就显现出来。最早有明显传统日常叙事痕迹的当数王安忆。此外，以叶兆言、苏童、储福金等为代表的江苏作家群大致都呈现出中国传统小说的叙事特点。贾平凹的《废都》也有对传统的明显继承。20世纪90年代后，曾经受西方文学影响，以先锋和前卫的叙事形式给中国当代文学带来强大冲击的先锋文学，此时也呈现出对经典和传统的回归趋向。先锋文学的代表人物如余华、格非、苏童等人无不在强大的传统中重新寻找自己的文学资源和力量。比如，格非

1 李梅：《故事与故事精神》，载《小说评论》杂志2004年第02期，第77页。
2 洪子诚：《问题与方法》，三联书店，2002年8月第1版，第259页。

出版于2004年的新作《人面桃花》，叙事优雅、精致，着力抒写以往岁月里的世俗情怀和充满古典精神的人情之美，呈现出对传统无比谦逊的姿态。

王安忆是新时期以来少有的保持持久创作力和创新精神的作家。20多年来，从《小鲍庄》、“三恋”、《叔叔的故事》、《纪实与虚构》到《长恨歌》、《我爱比尔》、《富萍》、《上种红菱下种藕》……貌似拒绝时尚和喧嚣，王安忆实际上处处走在文学潮流的前沿。正如陈思和教授所说：“寻根文学兴盛，她写出了《小鲍庄》，后叙事小说露头，她有了《叔叔的故事》，当人们追求繁华上海旧梦，她以《长恨歌》尽领风骚。她每一部这样的作品，总是把该流派发挥得恰到好处，很少有人超过她。”即使最为敏锐的评论家也很难把她归为某类或某派。其实，自从最初的《雨，沙沙沙》开始，王安忆的小说和其母亲一样，表现出对日常生活叙事的极大迷恋。随着张爱玲热的一再兴起，人们在王安忆关于上海的小说中，也越来越明显看到张爱玲的痕迹。作为一个极力想保持艺术个性的小说家，王安忆时刻处于影响的焦虑之中。她在多个场合强调她不像张爱玲，甚至很坚决地拒绝把她和张爱玲相比，而且她还对评论界对张爱玲的高度推崇表示很怀疑。但事实上，她的上海想像完全可以看作是对张爱玲的上海的延续。张爱玲笔下的人物若活到今天，很有可能就是《长恨歌》或《桃之夭夭》等小说里的人物。那么王安忆到底和张爱玲有何异同呢？下面本文以王安忆获第五届茅盾文学奖的长篇小说《长恨歌》为例来分析。

寻找时代大舞台暗处的小人物，关注那些闪光的时代外衣褶皱里的小人物，并写出那些卑微生命的丰满状态是张爱玲和王安忆的共同点。她们都善于从平凡的生活中发掘其底蕴，抉微勾沉，纤毫毕现。这也正是王安忆承认的，她们的小说都表现出“对世俗生活的热爱”。从阅读趣味来说，王安忆表现得甚至比张爱玲还“会”编故事和讲故事。长篇小说《长恨歌》有很强的故事性。它是作者非常用力写成的一个故事。小说写一个貌似非凡其实普通的上海女人王琦瑶几十年的生活故事。在上个世纪40年代名曰“上海小姐”的选美比赛中，18岁的王琦瑶跻身第三名。出名后被“大人物”李主任看中并在爱丽丝公寓包养起来。时代巨变，昔日的“上海小姐”、要人情妇转眼成为以给人打针维持生计的普通女人。然而成为普通女人王琦瑶旧梦难忘。她在自己的陋室，拉拢

一样怀恋旧时代遗少，营造不合时宜的小沙龙，要弄爱丽丝公寓生活的妩媚风情，终为自己惹来杀身之祸而丧命黄泉。读《长恨歌》，你不用担心会沉闷得读不下去。王安忆是个讲故事的高手，她以女性作家特有的敏感、细腻、缜密以及对欲望的私密观察，把那些层层叠叠、杂乱无章的琐碎生活说得淋漓尽致。两个女人、一个男人，各怀心思，看似轻松却各有用力，一股股暗流在平静中涌动。作者以穿透人性的生花妙笔，把成年男女之间、女人与女人之间、母女之间情感的暧昧状态如：欲道还休，欲送还留，欲留却送，明争与暗斗，等待与宿命，权衡与掂量，挣扎与苟且，努力与放弃，虚伪与真诚，……一一写尽。许多地方，都让人不由自主地想起张爱玲笔下的曹七巧、梁太太、葛薇龙、白流苏等人物。

但王安忆并不这么认为。她说："我和她有许多不一样，事实上我和她世界观不一样。张爱玲是非常虚无的人，所以她必须抓住生活当中的细节，老房子、亲人、日常生活的触动。她知道只有抓住这些才不会使自己坠入虚无，才不会孤独。在生活和虚无中她找到了一个相对平衡的方式。我不一样，我还是往前走，即使前面是虚无，我也要走过去看一看。"可以说，王安忆的感觉是很准确的。张爱玲的故事最后是"生命自顾自走过去了"（《等》），是苍凉无尽的胡琴声（《倾城之恋》），是相爱又千疮百孔的爱情（《留情》），是"改过自新，又变成了个好人"（《红玫瑰与白玫瑰》）。而不"虚无"的王安忆说她不一样，"我还是往前走，即使前面是虚无，我也要走过去看一看。"那么她看到的是什么呢？

我们还是回到文本上来。新中国到来后，王琦瑶从外婆的邬桥躲避一时又重回上海。她学习了注射技术，蜗居平安里一隅，开始了自食其力的劳动者生活。凡花都想攀高枝。入选了"上海小姐"的王琦瑶一边拽扯着程先生做她的"万事之底"，一边等待更好的人生机会，这本也是人之常情。但三年之后的今天，爱丽丝公寓的"金丝雀"流落成平安里屋檐下的"灰麻雀"。这一切本来就是很隐忍的，内里含着人生难以言说的悲怆。如果小说从这里走下去，讲述"灰麻雀"王琦瑶如何在新时代努力寻找自己一份安稳的人生之爱，那王琦瑶的形象也许就有了点明亮的光芒。说明她承担了自己 18 岁时的人生选择，承担了自己的命运，无怨无悔。这样就可能让她有了点“英雄气”，成了“小人物”里的英雄。然而，成为“灰麻雀”的王琦瑶依然沉浸在“金丝雀”的梦想里。她还想攀高枝。于是在一个生性懦弱却做人八面玲珑的遗少康明逊身上找到了她的人生之爱。经过彼此长久的揣摩、思忖、掂量、试探和调情，他们既不能彼此承担又不想就此罢手，最终只能是“走到哪算哪”的苟且偷欢。这是王琦瑶第一次向自己的“格”妥协。但无论如何，因为彼此都有真情实爱做底子，王琦瑶的妥协不仅可以理解的，甚至还让人心生怜悯，毕竟是一个女人为了自己那份不甘的心哪！王琦瑶有了康明逊的孩子。为了让王琦瑶这件麻烦事有了可靠的依赖，作者安排王琦瑶有意勾引有中共背景的混血孤儿萨沙，然后玩弄一场移花接木的诡计。小说中写道：“那头一回搂着萨沙睡时，她抚摸着萨沙，那皮肤几乎薄得透明，肋骨是细软的，不由心想：他还是个孩子呢！”这不仅是王琦瑶这个人物的最大败笔，也是整部小说的最大败笔。其实，王琦瑶的麻烦以朋友的身份求萨沙未必不成，但王琦瑶要的是套牢他。她也问过自己这样做是否太缺德，但这警醒的念头只上一晃而过。更为拙劣的是，小说写王琦瑶还在萨沙那里尝到了从未有过的性快乐。这显然不过是想为王琦瑶的做法找一个后到的理由和说法。这似乎是告诉读者：一个因为穷去偷去抢的人，偷来抢来的东西正是他所需要的。这个情节，最终让我们失去了对这位代表着上海精神的“上海小姐”最后的一点敬意和怜悯之心，从而也使小说失去了一个本应可以达到的精神高度。

日常生活叙事的最大特点就是故事呈现出和实际日常生活极大的表面相似性。王安忆也说，“我个人写作的特点是比较含蓄，倾向于先使生活表面相似性”。但作者却万不可因此而过分迷恋于停留于“表面相似”的日常叙事。“过分迷恋”只会让故事陷入庸俗的日常泥沼而难以自拔，它极大地削弱了故事本应蕴藉着的故事精神，也打断了故事企图飞升到某个精神高度的有力翅膀。其实，对于一切真正优秀的日常生活叙事，和日常生活的“表面相似”不过是故事想要的一个伪装。最终能经得起审美考验的，还是看你所描写的日常生活的后面说了什么，故事最终又想说什么。王安忆对张爱玲的《金锁记》很是推崇。她曾把此剧改编为话剧。她对采访记者说：“《金锁记》吸引我的也是世俗性，……

张爱玲小说中我以为最有劲道的东西就是世俗——人间烟火气，这使得她的小说从晦暗中明朗起来。我以为世俗性其实也是人性，不是知识分子的人性，是大众的人性。”无论是在旧时代还是新时代，曹七巧都是姜家里的一个“小”人物，但张爱玲通过若干日常生活中的琐细事情写出了她身上的“人性”：黄金枷。对于人类来说，“黄金枷”是一个很“大”、很“大”的问题。正如空空道人所言：世人都晓神仙好，只有金银忘不了。显然，优秀的日常生活叙事胜在写出了“小”中的“大”。《长恨歌》写的，其实不过是一个有那么点姿色的普通的上海女人一生的命运。那么什么是普通人命运中的“大”呢？那就是对自我和命运勇于承担自己的“英雄气”。

离了婚的白流苏在娘家受到兄嫂欺负，走投无路，她毅然放下大小姐的架子，远赴香港，迎着难以卜测的命运勇敢走去，她在承担自己的命运；油坊女儿曹七巧攀高入豪门，天天打起十足的精神，她要向生活求个真爱和一个舒心安稳的日子，她也是在承担自己的命运；葛薇龙虽然陷入“不是替乔琪弄钱，就是替梁太太弄人”的境地，但她的选择也因为了对乔琪的真爱而具有“悲壮”色彩。她们都是普通人人性里的“英雄气”。她们都是个人英雄。那么我们再来看看王琦瑶这个人：她在女朋友如吴佩珍、蒋丽莉面前玩弄朋友感情，耍弄小聪明，我们可以理解为女人只想突出自己的虚荣心；她18岁选择做“大人物”的包养情妇，我们原谅她是“人往高处走”；她和康明逊的苟且偷情，我们认为他们毕竟还是相爱的；她几十年把程先生的感情摆弄于掌股之上，我们可以理解为是她对爱情和真实内心的坚持；那么她因为怀孕而勾引萨沙是什么呢？这里，读者不禁要怀疑她和康明逊的爱情，怀疑她无怨无悔走向“大人物”李主任，还有康明逊时的勇敢。这个本应该是一个隐忍中的世俗叛逆者，开始显露出她面对生活、面对自己、面对命运的猥琐、不知耻甚至践踏人之基本良知的面目了。

前文论述到“小人物”的问题。“小人物”不是时代的创造者，而是时代的负荷者。那么“小人物”靠什么来负荷时代呢？靠的就是对自己命运的承担精神，而“英雄气”正是这“承担”的精神核心。承担个人命运，负荷时代变迁。但不能因为是“小人物”，或者因为仅仅承担的是个人命运就放弃作为一个人的“格”和良知底线。这也是女性健全的自我意识一个重要标志。有人也许会把王琦瑶的行为仅仅局限于性的范围。但对于人，无论是男人还是女人，性恰恰是研究、窥探他或她人格本质的一个重要窗口。良知是一个人人格高度的最基本底座。一个人无论掌握了怎样的时代最强音，他都没有一点理由让他比其他人类同胞优越，或者拥有什么额外的豁免权。他都不应违背最基本的人类良知。同样，一个人无论是沦落在时代的阴影里或处在社会的最底层，他都不应该不遵守人类的基本良知。对于强者，这良知是平等与尊重，是不忽略那些最低微、最弱势的群体；而对于弱者，则是自醒和对自己命运的勇于承担。而且，良知的光辉恰恰是在那些身份卑微的人物身上才更加显出熠熠动人。

王安忆并不是不明白这一点。她笔下的妹头、富萍、阿三等就是这样具有“英雄气”的小人物。她们在各自的命运面前勇于承担，有行动能力，不退缩，不回头，不妥协。但王琦瑶并不是这样的人物。自从“金丝雀”变为“灰麻雀”后，她从来就没有认清过自己的命运。当命运撕掉伪装的微笑，露出狰狞的真面目时，她能做的只是不择手段的妥协和逃避。最终把自己逼上绝路。是什么阻挡了他们不能坚持到底的爱情？王琦瑶和康明逊面对的，不过是个庶出的富家少爷和一个寡妇的婚姻，况且是在强调平等婚姻的新中国时代。但王琦瑶和康明逊都是那种不能直面现实和命运的“下沉式”人物。失去被“大人物”包养生活，王琦瑶认为“万事皆休”。她把康明逊对她“心有余而力不足”的爱看作是“劫后余生”。但她并不努力把这点爱引向积极和光明的天地，“他们俩都有些自欺欺人，避难就易，因为坚持不下去，彼此便达成妥协。”于是，她迁就着他的软弱和妥协，而他则迁就着她的欲望和快乐，一起在没有未来的黑暗里越堕越深

对物的贪恋和对命运的苟且态度拽着王琦瑶这种人，只能越来越往精神堕落的更深更龌龊处下沉。生命逐渐变化为没有生命感和活力的“死人”。这充满生命感的“活力”也正是形成普通人、“小人物”身上“英雄气”的一个底蕴。而王安忆笔下的王琦瑶，如同吸附在绿苔厚腻的塘壁或大动物肉裙下的软体动物，是个没有生命感的生命，是个只有身体而看不到灵魂活力的“死了的人”。她一样把她的“死气”带给亲近她的人。王琦瑶总是和亲近她的男人们一起坠落，

再坠落。她的生命气质里这种柔媚加颓废、幽雅加欲望、狡黠加安逸的“死气”，（或者“鬼气”。正如张爱玲笔下的梁太太和白先勇写的尹雪艳。）拽掖着走近他的每一个男人，堕落进一个又一个虚无的深渊。大人物李主任遭遇空难，程先生跳楼身亡，萨沙乘火车夜奔俄罗斯……这个幽灵般的女人就连邬桥镇的纯洁少年也不放过，把少年阿二诱惑得只身奔向大上海，追寻梦里的王琦瑶。而那个所谓和王琦瑶有爱情，声称永远“会对你好”的康明逊不知所终，作者也不交代。委身李主任是“天生丽质难自弃”的王琦瑶想攀高枝，偷欢康明逊是为了那点值得怀疑的爱情，勾引萨沙的目的是实施移花接木之计，而程先生是王琦瑶随时准备与之睡觉的，说是为了报答他的“恩与义”，而自尊自爱的程先生却恰恰不愿意接受这无爱的恩义之爱而已罢！以至于年长后和老克腊近乎乱伦的性爱关系……如此，所谓代表着上海精神的“上海小姐”实际上成了一个人尽可夫的人。

对“生活表面”的过分迷恋，对“世俗性”的过分狂热，最终会成为王安忆难以逾越的障碍，阻挡她的人物和故事抵达一个新的精神高度。一个年轻寡妇，含辛茹苦养育孩子张大成人，不管这个孩子有没有父亲，只要她努力生活，端正做人，无论如何她也是能赢得周围世界对她的尊敬，也能带给孩子一个正面的人生。当然，按照作者或者王琦瑶的观点，这个要努力去争取的“尊敬”只不过是“面子”上的人生而已，是最懂得实惠和势利的上海人所不赞成的。她们要的是“里子里”的人生，王琦瑶要的是“在芯子里做人”，是芯子里的人生。所以，王安回忆对“世俗”的热爱并不流于表面，不用担心她的文字会无所顾忌地描写那些滥酒、滥性或滥爱的场面，那些表面恶俗的场面下面隐藏着的，其实是不知人世之春秋大义的幼稚和单纯，是城市生活的泡沫而已。王安忆抓住的是上海这个世界精神深处的“俗”，是骨子里的审时度势，是对眼下物质快乐的病态迷恋。而更令人绝望的是平安里似乎很认可王的做法。邻居们对王琦瑶在男人堆里周旋的本事暗里的羡艳不已。“平安里的内心其实并不轻视王琦瑶的，甚至还藏有几分艳羡。自从程先生上了门，王琦瑶的厨房里飘出的饭菜香气总是最诱人的。人们吸着鼻子说：王琦瑶家里又吃上肉了。”似乎平安里的内心只认可“肉”的内心，是“饭菜香”的内心。但总有一个时刻，这“肉”的芯子就表现出那难以言说的丑陋来。正如书里写的：“芝麻的香气浓得腻人了，乳白的米浆也是腻人的颜色。墙壁和地板上沾着黑色的煤屑，空气污浊而且干燥，炉子里的火在日光下看来黯淡而苍白。一切都有着不洁之感。这不洁索性是一片泥淖倒也好了，而它不是那么脏到底的，而是斑斑点点的污迹，就像黄梅天里的霉。”[1] 如果我们非得要在王琦瑶这个“小人物”身上寻找一个“大”，那么，莫非平安里只要那“芯子里的人生”的价值观就是那个“大”？有人对《长恨歌》这样评价：“王安忆的《长恨歌》，描写的不只是一座城市，而是将这座城市写成一个在历史研究或个人经验上很难感受到的一种视野。这样的大手笔，在目前的世界小说界是非常罕见的，它可说是一部史诗。”那么，王琦瑶和她所在平安里所代表的莫非这上海精神？

在当代作家中，如果说莫言把日常生活写得壮丽，苏童写的阴柔优美，那么王安忆的日常生活写的是骨子里的“俗”，至少在《长恨歌》里是这样。作为一个优秀的小说家，她的故事讲得是好看的。从这点上说她是很成功的，因为她通过故事的路径把读者带领到一个地方，虽然这地方不免有点潮湿、阴暗，满眼是斑驳的霉点。王安忆说自己始终保持对虚构故事的热爱。既然虚构是小说家的特权，那么作家就有责任用好这个特权，通过合理虚构把故事讲得精彩的同时，把读者往高处、亮处、温暖处或深刻处、优雅处引领。《长恨歌》的结尾也是小说的一个硬伤。王琦瑶在“长脚”面前表现出的凌厉、尖刻以及得理不饶人的决绝态度，根本就不符合她的性格逻辑。以王琦瑶的生存技巧和对付男人的经验，以及她向来对命运的妥协态度，她不应该最后把“长脚”逼到那样的尽头，而为自己惹来杀身之祸。相反，如果她也像对“老克腊”一样，拿出“李主任”留给她的已经所剩不多的金条和“长脚”谈一笔情感交易，倒是合情合理的安排。深夜入室盗窃是人们的生活中不难遇到的事件，但用这样的事件让王琦瑶“横死”就不合人物。如果说写王琦瑶勾引萨沙的情节是从精神上弄脏了这个人物，那么“横死”的结尾就是再一次把这个人物从肉体上推

1　王安忆：《长恨歌》，作家出版社，1995年11月第1版，第178页。

入黑暗的深渊，使她的人生永远失去了一切可以升华的机会。日常生活叙事不是照相式的记录生活面目，一个时刻清醒的优秀作家更不应该对生活表面过分迷恋。遗憾的是，王琦瑶形象上缺少能吸引读者向上的虚构美，结尾又由于有悖于人物性格逻辑而显出过分的虚构之弊。对张爱玲的日常生活叙事把故事的精神引向虚无，而王安忆的日常生活叙事则把故事精神引向彻底的"俗"、市侩和人格与精神的堕落。孰高孰低，应自见分晓。

相比王安忆对自己与张爱玲区别的强调，苏童从不掩饰自己对张爱玲的崇拜和偏爱。在他编选的"影响我的十部短篇小说"评选中，张爱玲是惟一的一位汉语作家，他选中张爱玲的《鸿鸾禧》。选这篇的理由是因为其中的聪明机智的"比喻"运用。他说："张爱玲小说最厉害的就是这样那样聪明机智的比喻，我一直觉得这样的作品是标准中国造的东西，比诗歌随意，比白话严谨，在靠近小说的过程中成为了小说。因此它总是显得微妙而精彩，读起来与上述的外国作家的作品是不同的，这也是我选《鸿鸾禧》最充分的理由。"[1] 其实，这只是苏童作为一个读者对张爱玲的小说部分艺术特点的理解。他并没有看到张爱玲小说最"中国造的东西"是在日常生活叙事中对人性和描写和挖掘。而他自己本身的作品与张爱玲气息相通的也正是这一点。

苏童的前期小说有明显的形式主义特征。《乘滑轮车远去》、《伤心的舞蹈》、《午后的故事》等，对故事形式的兴趣显然大过内容。作家也说那是自己由于对塞林格的迷恋而写下的。虽然故事形式，包括语言风格一直是苏童明显区别于其他小说家的重要艺术特征，但自《妻妾成群》、《一九三四年的逃亡》、《罂粟之家》、《红粉》等小说开始，苏童小说的风格发生明显变化，他在寻求艺术上的创新和突破。那就是以饱满的古典情怀，在久远或并不久远的历史时空中，恢复日常生活叙事之魅力。用他自己一的话来说就是"我力图在此篇中摆脱以往惯用的形式圈套，而以一种古典精神和生活原貌填塞小说空间，我尝试细腻的的写实手法，写人物、人物关系和与之相应的故事，结果发现这同样是一种令人愉悦的写作过程。"[2] 现在，这些作品

1　苏童：《虚构的热情》，江苏人民出版社，2003年10月第1版，第223页。

2　同上。

已无疑成为苏童的代表作。

《妻妾成群》因改编成电影而让小说家苏童扬名海内外。小说本身可以说是苏童上述创作理念的具体实践。一个处于新旧交替时代里大家庭里同性之间、两性之间、主仆之间表面温馨内里残忍的相互争斗。所谓“古典精神”在这里可理解为极端男权社会所造成的尊卑关系，而“生活原貌”就是日常生活叙事，当然是经过作者历史文化想像后的日常生活。在所有新旧交替的时代，新与旧的力量都是表现最突兀，冲突最激烈的时期。也是这样的时期，沉淀在人性深处的渣滓会被变化着的环境激发出来，让人们看到自己令人感到龌龊和恐怖的一面。张爱玲的小说核心写的也是这样的东西。和张爱玲一致的是，苏童也把这一切安置在日常生活这个永恒的幕布里。

学生出身的颂莲因父亲过世无法继续学业，无奈嫁进名门做了陈佐千的四太太。她仗着自己年轻漂亮又读过书，似乎理应独占老爷的宠爱。刚进家门的时候，颂莲自信又高傲，衣食住行处处不放过发言的机会，要显示她的自尊和她与那几个女人的不同。但很快，这里的日常生活就露出了人与人之间关系复杂可怕的真面目。大太太看似一心向佛，却对眼前的一切心明如镜；三太太表面冷漠，心底坦诚；二太太对她暖如春风却暗里指使仆人做小人咒她，看到她失宠于老爷就趁机献媚；丫鬟是个企图勾搭主人或盼望被主人勾搭的妄想狂；和她互有相知和恋慕之情的大少爷实质上是个懦弱的同性恋者；最后，颂莲疯了。在三太太被投井的地方反复说她没疯。小说中，颂莲在陈家失势和命运突变的关键在于她和老爷的性生活中想维持自己的那点高傲和尊严。而在至高无上的老爷那里，女人不过是一个不听话就扔到井里去的猫狗而已。颂莲和老爷的第一夜，三太太就称病来叫，小说写到：“陈佐千鼻孔哼了一声，她一不高兴就称病。又说，她想爬到我头上来。颂莲说，你让她爬吗？陈佐千挥挥手说，休想，女人永远爬不到男人的头上来。”这一句绝对男权的话语决定了颂莲作为一个妾的命运，除了做好一个妾，她的一切关于“人”的努力都是没有任何意义的。性，这个日常生活的内容在这里成为对一个女人的命运起决定意义的大事件。同样，《妻妾成群》中，女人们之间的相互蔑视、仇恨或利用，也都是在一个又一个的日常事件中表现出来的。二太太指使仆人针扎偶人咒四太太，四太太就在给三太太剪头发时装做无意剪了她的耳朵。在这里，我们似乎已经看到日常生活里暗藏着的血腥和残酷。《妻妾成群》的精神气质和张爱玲的小说完全不同，但通过历史文化想像后的日常生活来表达作者的创作意图是一样的。

苏童对颂莲这个人物显然是很满意的。他说"《妻妾成群》的女主人公颂莲后来成为我创作中的'情结'，在以后的几个中篇中，我自然而然地写了'颂莲'式的女性，比如《红粉》中的小萼和妇女生活中的娴和箫。"[1]但实质上，颂莲和小萼是完全不同的。颂莲做了四太太是无奈，做了她也有不甘心的，起初还不断在挣扎，处处想不同于其他几个太太，想拯救自己，想反抗命运。而《红粉》里的小萼则完全不同。如果从艺术就是极至之美这个角度看，《红粉》是一篇写得很好的小说。在这篇小说里，苏童把日常生活里一些最普遍的因素，比如舒适，恋物，欲望等推向影响和决定人性和人精神高度的极至状态。

小萼是个从小被画了押立了卖身契自愿来到喜红楼的妓女。她之所以选择做妓女而不是做丝厂女工养活自己，是因为怕丝厂女工吃苦，她承认自己是个"天生的贱货"。除了男人和舒适、安逸的生活，她对什么都投去一双细长淡漠的眼睛。没有这两样，她宁可连生命也不要。劳动改造过程中，她准备偷偷上吊自杀，"士兵冲过来拉绳子，你说你想死吗？小萼漠然地点点头，我想死，我缝不完三十条麻袋，你让我怎么办呢？"[2]她甘愿去死的惟一的原因就是她觉得自己一天缝不完三十条麻袋。叫她干什么都行，就是别太累人。

对物与舒适生活的迷恋，小萼比《连环套》里的霓喜、《第一炉香》里的梁太太、《倾城之恋》里白流苏、《永远的尹雪艳》里的尹雪艳以及《愫细怨》里的愫细、"香港三步曲"里的黄得云都来得彻底和令人绝望。为了这份"迷恋"，梁太太还讲究个调情，白流苏还在端着架子和她瞄准的猎物进行拉锯般的智力竞赛，尹雪艳还费力劳神地在男人们中周旋，愫细也是自得中大有不甘心，而霓喜的故事就更不容易了，如张爱玲写的"霓喜的故事，使我感动的是霓喜对物质生活的单纯的爱，而这物质生活却需要随时下死劲

1　苏童：《虚构的热情》，江苏人民出版社，2003 年 10 月第 1 版，第 223 页。
2　苏童：《红粉》，长江文艺出版社，1992 年 8 月第 1 版，第 11 页。

去抓住。”[1]而《红粉》里的小萼对这一切都是漠然的，只有舒适的生活或男人能让她“活”起来，什么名节，友情，改造后的新生活，婚姻，母亲，孩子，甚至生命，这些在这两样东西前都黯然无色。劳动改造期间，和她有姐妹之谊的秋仪托老情人老浦给她送去了衣物零食包裹。小说里写“小萼剥了一块太妃夹心糖含在嘴里，这块糖在某种程度上恢复了小萼对生活的信心。后来小萼嚼着糖走过营房时自然又扭起了腰肢……在麻袋工场的门口，小萼又剥了一块糖，她看见一个士兵站在桃树下站岗，小萼对他妩媚地笑了笑，说，长官，你吃糖吗？”[2]一块糖就让一个为缝麻袋而上吊的女人“活”了古来，而活过来的生活信心就是对男人妩媚一笑。不仅如此，这个“天生的贱货”，无情也无义，只关注对自己的那点本能和欲望。改造结束后，她轻易抢走了拿她当妹妹一样对待的秋仪的情人老浦，后来又贪恋奢侈的生活把老浦逼上贪污犯罪的绝路，最后她连自己的孩子都不要了，“还是想嫁人”。

小萼是个令人绝望的形象。而这个没有一丝人性光明的形象意义却是深远的。她给我们揭示出，有限的物质生活和人性里的惰性本能，是完全有力量毁坏一个人心灵的完整与向上的。在妓院这个一般认为是女人罪孽与苦海的地方，小萼不仅完全认可自己畸形的生活，而且还在其中孜孜有味地体会出做女人的“甜”，即使在正常的生活中，她也依旧不顾一切地要那“甜”。在张爱玲的小说中，类似的人物还有委屈，所以总是有人生的苍凉感，而在小萼，过程就是目的。在小萼身上，作者把日常生活中推向一个人性无法跨越的并具有毁坏能力的障碍。

从小说形式上来说，苏童和张爱玲也很不相似。张爱玲的语言风格具体表现为用字用词的准确，各种比喻的聪明机智或精巧，表现在对意象等现代小说手法的运用。而苏童的语言风格更多地表现为一种整体的韵味。这种韵味得益于中文系学生的语言训练，得益于对历史文化的另类想像，也得益于塞林格对他的影响。这种叙事风格就是：用纯净，透明，柔弱的水一样的语言，营造温馨而感伤的情感气息，在刻划得异常鲜明的故事情境中，让人物如梦如镜般出

1 张爱玲：《流言》，花城出版社，1997年3月第1版，第6页。

2 苏童：《红粉》，长江文艺出版社，1992年8月第1版，第14页。

出人入。苏童显然不是为讲故事而写小说的。他一直在追寻一种讲故事的另类角度和方式。对于苏童的叙事来说，讲什么并不重要，怎么去讲才是重要的。“故事”似乎并不特别重要，主题甚至也无须深究。一样的故事情节，苏童讲出来的也许就是另一种味道，这就是他的特别。在苏童富有韵味的叙事中，我们隐约可看到《红搂梦》或《金瓶梅》的影子；作者以中国旧式文人把玩生活的传统态度，再加上自己的历史想像，使得苏童的叙事多少有点历史颓废主义的手笔，但这颓废却是日常生活的。可见，苏童在历史文化中寻找日常生活，正如张爱玲的“历史仍于日常生活中维持着活跃的演出”[1]一样，追求的都是历史与今天的杂糅和交汇点。

从在历史文化的想像中寻找日常生活叙事之魅力这个方向看，叶兆言有关秦淮旧梦的小说也和张爱玲有相似处。但本文认为这只是大的想像路数的接近。以叶兆言《一九三七年的爱情》为例：从故事框架上看，该小说可说是另一个版本的《倾城之恋》。小说铺陈的是民国首都南京1937年的繁华，写的是具有名士风范的大学教授丁问渔和军界元老的女儿任雨媛之间的爱情故事。和张爱玲相比，小说讲故事的味道太重，叙事语言缺少机智、韵味，太实，大量堆积有关南京的史料，阅读感觉介于报告文学和小说之间，无论是作者还是读者，没有足够的想像空间和审美张力。而在张爱玲的小说里，无论是上海的战乱，还是香港的沦陷都不过是人物的一个背景，尽管作者一再淡化、模糊这个背景，读者还是感觉得到。所以，《一九三七年的爱情》只不过是一篇貌似《倾城之恋》的小说。

这两部小说的不同核心在于所叙事的感情本质不同。《倾城之恋》最吸引读者的部分就是范柳原和白流苏之间围绕着感情关系进行的“智力柔道术”。这样的感情关系是双向的，欲擒故纵，你试我探。像武术里的推手，有进有退，有推有送，看似循环往复，轻松游戏，其实各自都在用内功，双方拼得心力交粹，还是难辩输赢胜负，强弱高低，只有这种双方均力敌的感情戏才有看头。双方交手过程中彼思忖衡量得失，迁就退让，只有这样才有

1 张爱玲：《余韵》，花城出版社，1997年3月第1版，第6页。

人情，有风致，有风骚，有曲径通幽之美。而《一九三七年的爱情》中两人的关系是单向的，任雨媛太过单纯幼稚，把丁问渔的情书在姊妹中当笑话一样传看又显得愚蠢和虚荣。她对两性感情本无深刻认识，又毫无理由地坚贞纯洁，让丁问渔如痴如傻的感情成为可笑的空穴来风，无源之水，无本之木，来得可笑，无根无底。对于一个有知识有文化的甚至是学贯中西的高知识水平的成熟男人，似乎是很难单纯由于美貌而发疯似地爱上一个女人。为了平衡任雨媛性格的苍白，作者安排了丈夫余克润的出轨的情节，对于 1937 年有时代宠儿意味的飞行员余克润来说，这样的情节很符合其性格，但安排给任雨媛的丈夫就有点有意为之的意思，似乎就是为了给任雨媛一个红杏出墙的心安理得的借口，给纯洁的她一个安抚一下“我为卿狂”的丁问渔的理由。如此，丁、任之间的爱情就变味了。小说的结尾仓皇急促。在军界领导人物的安排下，苦恋多时的丁问渔终于和他的偶像有了一夜之欢，日本人的炮火随即响起，丁问渔逃到江边，一颗日本人的流弹飞来，他就倒下了。南京城陷落了，中年男人丁问渔 1937 年闹剧一样的爱情，就这样嘎然而止。结束了。一点回味的余地都没有。

第四节　个人经验的大众脸庞

——以女性写作为例

显然，有张爱玲文字之风情的大多是女性作家。张爱玲对女性创作的意义并不在于创造了什么女性“鬼话”，而在于她开辟了一个女性写作的新空间。在张爱玲之前，多数人都没有意识到写作上是否存性别优势的问题。因为写文章是经国济世之大业，注定是男人的事业。即使女人胆敢从事写作，那似乎也应该采取男人一样的叙述方式，用男人的视角关注国家和民族的大事。所以，在张爱玲之前的中国 20 世纪女性写作中，呈现着两种有明显区别的写作趋向：一是顺应时代最强音，呼应“感时忧国”话语要求的写作，这里我们把它暂且命名为“女性宏大叙事”；另一类则是延续着女性对生活个人化感知特点的写作。

在现代文学中，第一类女性写作显然占很重的分量。

中国女性文学的真正形成，是在"五四"新文学运动中。被胡适称之为"最早的同志"的陈衡哲是最早用白话写小说的女作家。当时留学美国的胡适酝酿提出白话文的主张，遭到周围朋友的反对，唯一表示支持就是位女留学生陈衡哲，所以胡适称之为"最早的同志"。陈衡哲的第一篇白话小说《一日》，发表于 1917 年《欧美学生季报》第一期，"比现代文学史公认的新文学开山之作，鲁迅的《狂人日记》还早一年。"[1]《一日》是一篇纪录片一样的小说。它采用记录对话的形式写了美国女子大学的新生，在寄宿舍一日间的琐屑生活情形。小说谈不上构思和结构，完全是记录式的白描。但其中对人情的描写还是很真挚的。

民国女作家大致可以分为三个阶段。第一代如陈衡哲、谢冰心、凌叔华、冯沅君、黄庐隐、苏雪林、林徽音等，这些人大多出身仕宦贵族之家，从小就接受严格的贵族闺秀琴棋书画的优秀传统，出国留学的经历又使他们得到西方文化熏陶，这些都使她们必然地成为五四新文化运动的先驱人物。第二代的文学创作者如丁玲、石评梅、白薇、沉樱、谢冰莹、杨刚、萧红、罗淑、草明、赵清阁、罗洪等，这一代的女作家充满理想主义精神，多投身左翼运动。抗战之中，第三代女作家悄然登场。在北京和上海两个文化中心出现了各自的作家群，一时还有"南玲北梅"之说。即上海的张爱玲、杨绛、苏青、施济美，和北京的梅娘。梅娘原名孙嘉瑞，比张爱玲大一岁。童年坎坷，写作时取名梅娘，即"没娘"之谐音。梅娘开始创作较早，但高潮期也在和张爱玲同期的 1943 年前后的几年。所以当时才有"南玲北梅"之说。

在 1900—1927 年的女性写作中，这类写作主要包括那些着力表现"五四"革命情绪和女性解放、青春激情的作品。代表作家如庐隐、冯沅君、石评梅、陆晶清、陈学昭等人。到了 1928 年—1937 年底的阶段，这类女性写作则集中表现在以丁玲为代表的左翼女作家的努力上。在"女性宏大叙事"的历史上，丁玲是个非常有研究意义的作家。如果说丁玲发表于 1928 年 2 月的《莎菲

---

1 盛英主编：《20 世纪中国女性文学史》，天津人民出版社，1995 年 6 月第 1 版，第 52 页。

女士的日记》表现了强烈的女性意识，是一个追求个性解放的叛逆女性的“绝叫”，那么，从此以后丁玲的创作就从一个极端走向另一个极端——那就是阶级意识、政治意识代替了女性意识，成为她主体意识中新的精神支点。丁玲从此开始了与中国无产阶级革命斗争保持“同步”的创作历程。丁玲之外，这个“女性宏大叙事”文学的代表作家还有谢冰莹、冯铿、萧红、关露、葛琴、胡兰畦、白朗、草明等人。1937 年底到 1949 年期间，中国的女性写作虽然在逐步成熟中呈现出多元化的特征，但“女性宏大叙事”依然是文学主流。这 10 年中，既有仍然坚持在大后方进行宏大叙事写作的女作家，也有大批奔赴解放区、做革命战争宣传员的女革命作家。另外也就是还有在沦陷区坚持自由主义和个人主义写作的张爱玲、苏青等女作家。除上提到的女作家外，这些主流女作家还有安娥、赵清阁、郁茹、胡子婴、扬刚、子冈、李伯钊、颜一烟、袁静等人。这些女作家，尤其是在解放区成长起来的女作家，她们当然不再是安居家里的娜拉，也不是那徒有反抗热情、出走后并不知向哪里去的幼稚娜拉。她们既是作家又是战士，是清醒而坚定的女革命者。

而另一类女性写作在 1927 年前主要表现在对女性与家庭温和面的描写，代表人物是冰心、苏雪林和凌叔华。随着民族灾难和政治斗争的逐步激烈，这类创作在之后的 20 年中逐渐淡弱。即使有所坚持，这一类的女性写作也是仅限于对母性、儿女情长、卿卿我我等传统主题的女性书写。这本是女性感知最敏感的人性领域，但由于作品太过流于表面的、浅层次的温馨浪漫，所以，今天看来就难免有矫揉造作的味道。直到 40 年代，在沦陷区的上海，张爱玲、苏青等民国女作家，重新把感知人生的触角放在与女性生活有着天然紧密维系的家庭。而且她们观察和描写“家庭”这个主题的视角正是日常生活里的饮食男女，并不是什么大喜大悲、大起大落的“非日常”。张爱玲所有小说几乎都是围绕着“家庭”来写的。她的故事不外乎家庭生活琐事，夫妻或亲人间的关系，日常生活。但她的笔，撕破了笼罩在家庭生活上的看似温情脉脉的虚伪面纱，让读者看到这个温情面纱后面隐藏着的自私、冷漠、妥协、苟且等残酷的人性面目。张爱玲通过对日常生活的关注，在她的创作中所达到的人性的深度，是迄今女作家中所罕见的。这个“深度”，也使她的创作具有了某种足以和男性写作抗衡的“力度”和“硬度”，成为中国现代文学史上鲁迅之外的另一个标杆。在张爱玲开拓的这个充满女性特质的文学世界，丰富的女性意象、类似《红楼梦》一样细针密线的女性描摹语汇，以及诡秘多变的女性感悟，展示了一个女性化的世界倒影。这一点，与被尊为女性写作祖母的英国作家吴尔夫有骨子里的一致。

以“天才”自诩的张爱玲对她同时代或之前的女作家写什么似乎并无兴趣。但她应是有所了解。至少对于冰心、白薇等人的写作很不以为然。今天，从多个角度看，这些民国女作家对文学的贡献固然有限，但在当时也是有一定意义的。张爱玲在《我看苏青》一文写到：“如果必须把女人作者特别分作一档来评论的话，那么，把我同冰心、白薇她们来比较，我实在不能引以为荣，只有和苏青相提并论我是甘心情愿的。”[1]显然，张爱玲是用她自己的文学观去衡量这些女作家的。她的文学是“冷眼”看世界，要的是人性的“真”。这在多以革命或者美与爱为主题的现代女作家中是很少见的。她的评价标准显然和我们今天的主流评价相去甚远。对于自己在文学上取得成功，张爱玲始终都是十分得意的。对于当时坊间所谓“南玲北梅”之说张爱玲不可能没听到，但她始终在任何文字中都没有提到这回事，可见，这说法本身她也没当回事。

梅娘的小说有很明显的“五四”新文学痕迹。她的小说，主要有女性解放和母性两个主题。梅娘的代表作重要有短篇小说集《鱼》、《蟹》、《黄昏之献》等。虽然这两个主题也是张爱玲涉及到的，但她们的文字风格还是有很大的区别。梅娘的小说感情真挚细腻，小说《鱼》就是用第一人称倾诉衷肠的口气，写一个争取婚姻爱情自由解放的五四女性，结果却陷入无爱又无名的痛苦境地。《蟹》里的描写则带有明显的童年生活影子。和张爱玲相比，梅娘的小说最大的不足在于作者和故事人物没有距离感，所以故事里就没有张爱玲的那种“冷”。太多自身生活经历的痕迹也让故事显得幼稚、不老道。讲故事的技巧性差，不如张爱玲饱读古今中外文学名著，所以就显得知性不

1　张爱玲：《余韵》，花城出版社，1997年3月第1版，第59页。

够，即使很悲伤的故事也没有很强的悲凉意识。语言精确精致不够，不讲究开头和结尾。比如梅娘的《阳春小曲》是这样开头的："一个门面和整齐，但里边并不十分干净的小理发馆里，掌柜的、徒弟、大师兄，蜂拥着一个没有武装的门岗在那里说着什么。"[1] 再看看张爱玲《倾城之恋》的开头："上海为了'节省天光'，将所有的时钟都拨快了一个小时，然而白公馆里说'我们用的是老钟。'他们的十点是人家的十一点。他们唱歌唱走了板，跟不上生命的胡琴。"[2] 前一个开头显然太普通，话说了跟没说一样。如果是电影，这就是一个没有表达任何意义的空镜头——大师级的导演是绝对不会允许这种镜头存在的。而第二个开头就大不一样了：在白公馆这个没落的民国小世界里，这些遗老遗少们不仅用的是"老钟"的老时间，唱的是跟不上生命胡琴的走了调调的歌，他们的生活也早已是跟不上时代节拍的苟且偷生了。张爱玲这里写到的"老钟"和钱钟书《围城》中方老先生送给方鸿渐的那只总要用手拨快的老钟有同一味道的"妙意"。张爱玲是把小说当"文章"一样来精心构思和布局，而其它同时代的女作家大多只是有一段心里压抑着的感情不得不写或者是讲一个新潮的故事而已。另外，张爱玲的小说语言轻俏、机敏又不失诗意美和哲理，这些不仅是同时代女作家难以媲美，也是直至今天的大多数小说家所难及以企及的。

在这个女性写作的"异度空间"，这些大陆内外的"张爱玲们"还给我们塑造了一群面目各异、名字各异，但骨子里高度相似的女性形象。她们的名字分别叫做白流苏（张爱玲《倾城之恋》）、梁太太（张爱玲《第一炉香》）、葛薇龙（张爱玲《第一炉香》）、王娇蕊（张爱玲《红玫瑰与白玫瑰》）、顾曼露（张爱玲《半生缘》）、尹雪艳（白先勇《永远的尹雪艳》、愫细（施叔青《愫细怨》）、雷贝嘉（施叔青《一夜游》）、王琦瑶（王安忆《长恨歌》）、笑明明（王安忆《桃之夭夭》）、颂莲（苏童《妻妾成群》）、小萼（苏童《红粉》）等等。这些女性既不是我们传统意义上的母亲或姐妹，也不是吴尔夫笔下类似"达洛维太太"那样尚未觉醒、或觉醒后自我意识和灵魂都痛苦不安的"家庭天使"；既不是单纯为争取婚姻自由和个性解放的新女性，也不是为革命理想而献身女

1 梅娘：《黄昏之献》，上海古籍出版社，1999年11月第1版，第168页。

2 张爱玲：《倾城之恋》，花城出版社，1997年3月第1版，第5页。

革命者。她们的身份非母非妻，她们的精神非妻非妾。她们如同文明秩序生活中的“游牧民族”，自觉逍遥地游离于大众意义上的贤妻良母和妓女之间的中间地带。她们不是纯粹的坏女人但也决不是好女人。她们什么都是又什么都不是，她们与异性之间的多重关系丰富了女人的生命感受，惟独排斥概念和规则。她们让人永远难以分辨和定义色彩，只能让我们把她们叫做女人概念中的中间人。王安忆在《长恨歌》中有一段关于“爱丽丝”公寓文字也许最适合表达这类女人的心：“‘爱丽丝’原来是这样的巢，栖一颗女人的心，这心是鸟儿一样，尽往高处飞，飞也飞不倦，又不怕危险的。‘爱丽丝’是那高枝上的巢，专栖高飞的自由的心，飞到这里，就像找到了本来的家。‘爱丽丝’的女人都不是父母生父母养，是自由的精灵，天地间的钟灵毓秀。她们是上天直接播撒到这城市来的种子，随风飘扬，飘到哪算哪，自生自灭。‘爱丽丝’是枝蔓丛生的女儿心，见风就长，见土就扎根。这是有些野的，任性任情，没有规矩，不成方圆，好赖都能活，死了也无悔的。这颗心啊，因为是太洒脱了，便有些不知往哪里去，茫茫然的，是彷徨的心。”[1]

其实，这颗心并不单纯是一颗女儿的心，它是人的一种根本存在状态。一个优秀的作家不应该有意去宣扬什么。他只关心人的困境。这类“中间女人”的生存困境，其实正是人，尤其是女人的人生困境。人的生命状态是复杂的，非黑即白的人生毕竟是困难的选择。人对生命和生活总有梦想，种种孤独，种种艰难，除了自己而无其他拯救的方法。人更多的时候是处在进退两难、欲罢不能的困境之中。所以，这些人物才在“张爱玲们”的笔下呈现出极其生动和丰富的“表情”。她们代表了人普遍的一种欲望，一种梦想和一种生命状态，更是一种苦难，当然也是某种快乐的化身。她们是不折不扣的个人主义者。虽然在现代文学中，张爱玲笔下的这类女性形象给人不无“艳异”的感觉，但事实上，白流苏、梁太太以及葛薇龙之流和男人的关系，完全可以追溯到《金瓶梅》中众妻妾与西门庆、以及众妻妾之间的相互关系。也可以追溯到《海上花》、《歇浦潮》等旧小说中几个出色的妓女和有情有

---

1 王安忆：《长恨歌》，作家出版社，1995 年 11 月第 1 版，第 96 页。

意的嫖客之间的关系。《海上花》一书是张爱玲一生的阅读至爱，也受到鲁迅、胡适等人的高度评价。

现代艺术的最大特征就是它从神、宗教和表现永恒意义的题材进入个人的日常生活。日常生活中的一切喜怒哀乐都是暧昧和模糊的。人活在这样的日常生活之中，体会到钝钝的痛苦和浮沫般的快乐，体会到快乐的对立面并不是痛苦而是荒凉，体会到人被生活"生活"着。而女人天生就是日常生活的主角。艺术一旦进入日常生活的范畴，女性艺术家，比如近年来的女性写作和绘画，就表现出优秀的对生活、对事物的把握能力。可以说，在生活中，没有什么是女性所不擅长的。长久以来，人们把"大师"的概念等同于"伟大"，而所谓"伟大"的含义即是说，那种表现出所处时代的外部力量和时代精神的艺术。它首先在外观上则要求一种宏观的气势。而女艺术家则注重诠释内心和个人经验，她们阴性而婉转的表现方式，就被定义为视野狭隘的闺阁气质。然而，以张爱玲为代表的女性写作，她们并不把写作的笔触放在自己狭隘的个人生活体验里，她们不是那种仅仅把文学当作抹泪手帕的女性写作。更不是现在某种只盯着自己肚脐眼的女性隐私文学。她们把对日常生活的思考作为切入文学的"口"，她们的写作态度又是"清坚决绝"的，这两个因素注定她们的文字是立足"闺阁气"而实质是远远超越"闺阁气"的。她们通过对永恒的日常生活的关注，对永恒的"小人物"的关注，使作品在人与生活的关系中达到令人触目惊心的深刻。比如张爱玲的小说《金锁记》、《红玫瑰与白玫瑰》、《连环套》、《封锁》、《茉莉香片》、《心经》等小说，就深刻揭示了表面平淡的日常生活带给人的内心伤害，揭示了人与日常生活的紧张关系，揭示了人企图反抗日常生活而不能的绝望命运，正如西西弗斯企图把石头推上山，而石头总是不可改变地一次次掉下来那样的命运。

以张爱玲为代表的日常生活叙事，将人们内心最私密和诡异的部分，赋予一种似曾相识的大众脸庞。这是她之前的女作家所没有达到的。如果说"张爱玲们"是现实主义的，那么他们的现实主义至少在表面上看并没有承担起庞大的宏伟主题。她们的现实主义是细腻的、温柔的、生活化的现实主义。她们从个体看到人类，从家庭看到时代和社会，如果单从艺术的角度去考察，他们不仅是优秀的，甚至也是伟大的。因为很少有男性艺术家能用这样的文学方式把这些表现出来。

事实上，在现代和后现代交织、无论是价值观还是艺术精神都多元驳杂的21世纪，人们发现，面对一元与多元冲突不断的世界，无论是灾难还是福祉，“伟大”都是一个与我们渐行渐远的词语。一切都不再响亮、明晰和绝对。无论男性还是女性艺术家，在当代艺术的空虚、绝望和焦虑面前，当他们面对这个暧昧的世界，他们以不同方式描绘的，都是这世界无处不在的“嘘”响，而不是“嘭”的一响。以张爱玲为代表的日常生活叙事消解了人与人、人与生活的“伟大”关系，一切都如从里爆破的大厦一样，“噗”一声就倒地了。

结束语

Conclusion

20世纪日常叙事文学的经典创造者

20ShiJi RiChang XuShi WenXue De JingDian ChuangZaoZhe

张爱玲的小说创作，上承中国文学描写人情世态的日常叙事传统，下启现代文学的表现手法和现代艺术精神，以自己的艺术实践拓宽了中国现代小说的表现领域，提高、丰富、强化了小说的表现力，也为我们观照当下的小说创作提供了经典性的参照。

张爱玲小说这朵艺术奇葩是深深扎根在中国传统文学的土壤里的。在现代文学史上，能像张爱玲这样继承传统小说精髓与神韵，又一直对传统文学抱有坚定信心的作家并不是太多。她既熟练掌握了白话小说的叙事模式与语言技巧，又深刻洞悉了现代人心和日常人情，她小说中独有的“艳异”之美，人情之美，在血脉上重新接通了中国白话小说、尤其是《红楼梦》的伟大传统，并使这一传统获得了现代意识，从而发扬了中国古代小说以日常生活为依托的言情叙事艺术。谁都不能否认，在这一点上，她对中国新文学的发展有着巨大的贡献。

张爱玲对女性创作的意义在于她开辟了一个女性写作的新空间。“家庭”主题本是五四新文学女性写作中就首先开始尝试的主题。直到 40 年代，张爱玲、苏青等民国女作家，重新把感知人生的触角放在与女性生活有着天然紧密维系的家庭。她们以“冷”的眼光把落笔点放在日常生活里的饮食男女，撕破了笼罩在家庭生活上的看似温情脉脉的虚伪面纱，让人们看到这个温情面纱后面隐藏着的自私、冷漠、妥协、苟且等残酷的人性面目。

张爱玲对女性创作的意义在于她开辟了一个女性写作的新空间。

在这个女性写作的“异度空间”，这些大陆内外的“张爱玲们”还给我们塑造了一群面目各异、名字各异，但骨子里高度相似的女性形象。既不是单纯为争取婚姻自由和个性解放的新女性，也不是为革命理想而献身女革命者。她们的身份非母非妻，她们的精神非妻非妾。她们如同文明秩序生活中的“游牧民族”，自觉逍遥地游离于大众意义上的贤妻良母和妓女之间的中间地带。她们让人永远难以分辨和定义色彩，只能让我们把她们叫做女人概念中的中间人。其实，这并不仅仅是女性的一种存在状态，从某种程度来说，它代表了现代人的一种根本的存在困境：进退两难、欲罢不能。所以，这些人物才在“张爱玲们”的笔下呈现出极其生动和丰富的“表情”。现代艺术的最大特征就是它从神、宗教和表现永恒意义的题材进入个人的日常生活，而现代人日常生活中的一切都含有这种灰色的暧昧和模糊。

今天是一个出版繁荣而文学萎缩的时代。迅速膨胀的市民社会，迅速庞大起来的物质世界，无处不在的市场原则给人们的精神带来本质性的影响。艺术也假借世俗的名义，将媚俗的趣味和市场原则机巧地结合，扼杀了任何挑战这个原则的批判潜能，从而破坏了真正的批评空间。文学悄然进入消费流水线。私人写作、欲望写作、口述实录等这些貌似文学的文字都以文学的面目走到前台。人们普遍失去了体会中国语言文字魅力的耐心和期待，这是对文学的最大伤害。一切都要直接，再直接。只要市场认可，艺术与非艺术之间似乎已不再有严格的界限。在这些貌似日常生活叙事的叙事中，大众消费者看不到私人写作者背后隐藏着的自恋与空虚；看不到欲望写作者们满纸七情六欲的背后对人生、人世的幼稚和无知；更看不到读者与隐私实录者之间窥视与乐意被窥视的娱乐游戏。这些貌似文学的文学，如同裹胁着生活垃圾漂浮在城市之海上的浮沫，妨碍我们通过真正的文学之镜，来观望和欣赏五彩斑斓的城市海底世界，这“海底世界”就是现代城市里的人情世态，是文学的智慧与感情，是在感情上构成故事的文学才华和魅力。

也正是在这里，我们一再认识到有重新认识张爱玲以及文学传统的必要。张爱玲的小说品质，尤其是她对世俗经验的独特处理，对日常生活的经典叙事，应该成为当代作家书写城市经验、表达日常生活的重要参照。在张爱玲所代表的日常叙事文学中，“小事”和“个人经验”同样也是文学书写的重要内容，同样也能抵达心灵的核心。张爱玲重新出现，极大地扩大了当代作家（尤其是女作家）的叙事资源，是不争的事实。优秀的日常叙事的文学和那些受消费时代左右的私人化写作或欲望书写有本质的区别。

张爱玲通过对日常生活的关注，在她的创作中所达到的人性深度，是迄今女作家中所罕见的。这个“深度”，也使她的创作具有了某种足以和男性写作抗衡的“力度”和“硬度”，成为中国现代文学史上鲁迅之外的另一个标杆，也就是日常现代性。通过对张爱玲的研究，找出她的文学传统及其在当代文学中的延续，使这一脉文学精神重新进入读者的视野，这是很有意义的事情。我认为，这里面潜藏着着中国文学的一个重要维度。正是在这个意义上，和鲁迅等人相比较，张爱玲的写作代表了中国现当代文学中的另一个高度——她创造了 20 世纪日常生活叙事的文学经典。

由于受家庭教育、传统文学以及个人艺术趣味等多方面的影响，张爱玲的创作呈现出浓郁的中国魅力和中国味道。这个中国味道就是以日常生活叙事表达人情世态的文学精神。具体到张爱玲的小说传统，主要有以下特征：日常性和人情美。本论文在对张爱玲文本和作品研究的基础上，特别是她作品中日常叙事的特点，联系到从诗经、汉乐府以及唐诗宋词以来中国文学作品中表现出来的日常叙事和人情描写，追溯张爱玲小说中的传统渊源和文学意义。淡化故事情节，冲突“内化”，以细节描写取胜。对这一特点的论述主要追溯到自司马迁《史记》以来创立的重视细节化的叙事手法。中国文学批评有“史蕴诗心”这样一个概念，其中的重要含义就是说历史叙事中所运用的文学手法，这说明立足于日常生活的细节描写一直就是中国传统中的主要叙事手法。荒凉的历史感。这是张爱玲小说很重要的一个特点，它涉及到张爱玲小说的现代性问题。在“张式叙事”中，这荒凉的历史感是通过时间、意象等因素来表达的。如非线性的时间观，以及她小说中的意象运用（主要有月亮、戏、胡琴、镜等），其涵义有荒凉、鬼魅、虚幻、悠远、易碎等，本书结合具体文本一一给予了分析和论述。

认为张爱玲文学与中国传统文学，尤其是中国小说有承传关系。其中主要涉及以下几个问题：中国传统小说具有重视现实生活、重视日常生活叙事和人情世态描写的文学精神。《金瓶梅》是我国第一部文人独立创作的白话长篇小说，也被看作是世情小说的开山之作。该作之后有涉世情的小说明显地分为两大流派：一是以才子佳人、婚姻家庭等个人生活为题材描写世情的，即后来所谓的鸳蝴小说；一是以社会公共生活为题材表现现实的，即所谓“黑幕小说”。本书认为，张爱玲的小说传统和鸳鸯蝴蝶派文学有密切关系。鸳蝴小说以言情为最大能事，实质上是对旧小说言情传统的继承和延续。因“言情”而有“情调”。张爱玲对鸳蝴文学的主要继承是其中的市民“情调”，明显的不同在于她不为言情而言情，言情的背后是广阔深厚的人性刻画。所以说，张爱玲的小说是承传了鸳鸯蝴蝶派的传统，但又不是鸳鸯蝴蝶派。张爱玲对《红楼梦》有直接继承。二者最深刻的血缘关系在于情感本质上的共通。这个共通，有几个方面的表现：一是伤逝往昔岁月；二是中国式的“大悲哀”。张爱玲小说的感染力正在于对这悲剧美的成功描写。写出了“大悲哀”里的人性美——这正是日常生活叙事的核心。在这一点上，张爱玲继承了人情小说的精髓。同时，张爱玲还从《红楼梦》中找到了自己写小说的语言方式，甚至用词。可以说，张爱玲是一个创造了自己的“女心的世界”的作家，所谓“女心的世界”，也就是描写日常生活和人情美的世界。张爱玲的写作资源，更多是得益于中国传统小说，并在中国文学精神中找到了伸张自己人生理想的方式。张爱玲所承续和发扬的书写日常生活的文学传统，为现代小说如何进一步在生活世界中展开，找到了新的根据。

揭示了张爱玲与文学现代性的关系。具有全球意义的现代性在中国呈现着极其复杂的面貌。本论文认为张爱玲的现代性其实是对五四现代性中另一脉的延续和发展。从传统文化中生发出日常现代性是张爱玲对中国现代文学的最大贡献。张爱玲的日常现代性本质就是“苍凉”。论文通过几个分论点详细展开说明了这一主论点：

由于特殊的历史原因，中国现代文学的发展呈现着非常复杂的面貌。随着“革命文学”主张的形成，五四提出的文学现代性出现多方向变化。以“感时忧国”为主题的宏大叙事逐渐成为主流，同时各种风格的创作互有交错和渗透。大致可用“言志”与“载道”两个概念来概括。这种多元并存的文学状态是与现代性的悖论有深刻关系的。它不是简单的文学观念上的不同，事实上，精英与媚俗、理性与非理性、宏大叙事与小型叙事、大真理与小真理的矛盾，也就是现代性的矛盾。文学的最高境界应该是“言志”和“载道”的统一，而日常叙事则是

最具有开放性和容纳空间的一种文学叙事方式。

张爱玲所代表的日常现代性正是五四现代性的延续，是向着个体生存以及日常生活深度方向的发展。张爱玲是在日常生活中发现现代人的真实面目的，她的创造性就在于发现了日常生活这个一切现代性之“根”。张爱玲小说传统中形成的日常现代性。具体表现在：（1）非线性的时间观。人存在于日常生活中其实也就是存在于时间之中。张爱玲的时间观不是革命现代性所认为的线性时间观。她的时间观是发散的、开放的和原始的。（2）小说主题模糊。给了读者以发现和体会作品主题的广阔空间。（3）寓言性。张爱玲小说中有封闭和开放这两个相对存在的概念。封闭的场所，情节简单的故事，无限丰富充满阐释张力的内涵，这就使得张爱玲的小说有点接近卡夫卡的精神气质。

张爱玲与左翼文学的关系。张爱玲的日常叙事文学和左翼文学分别代表了不同方向的文学现代性。在新的环境下，张爱玲有过创作思想的彷徨阶段，也尝试向左翼文学的方向靠近，比如写有《小艾》一作。但张爱玲对阶级要求过于明确的左翼文艺终究难从思想深处认可。自 1952 年离开大陆到香港以后写的《秧歌》和《赤地之恋》两部小说，就来了个大转弯，成了有明显右翼甚至反共的作品。直到晚年，张爱玲始终都还在为自己在文学史上的位置担忧。

本书对日常生活叙事这一文学形态进行了多方面论述。在哲学上，“布达佩斯学派”的主要人物阿格妮丝·赫勒把“日常生活”界定为“那些同时使社会再生产成为可能的个体再生产要素的集合”。在文学叙事中，日常生活叙事主要有以下几个特点：1. 永恒性。当下生活联结着历史和未来。张爱玲对历史一直怀着比未来温暖得多的情怀，因为日常生活中有历史情景的再现。从历史的角度观察当下切身的现实生活，能更深刻地思考眼前的日常生活中所蕴涵的久远的历史意味。而未来对张爱玲来说是遥不可及，是“惘惘的威胁”。所以，她认为日常生活才是具有永恒意义的。2. 普通人。因为“己在所爱之中”，关注普通男女的悲欢成败，关注“阿妈”或“布朗太太”们是日常生活叙事的主题。这些人往往是被忽略了的边缘人，但他们是时代的负荷者和承担者，是英雄矗立的那个底座。张爱玲能把平凡人物写得不平凡的一个很重要的因素，是她善于把握自己与普通人的关系。一方面把自己藏得很深，另一方面又很深切地懂得这些卑微的小人物的内心世界。3.时间主题。永恒的日常生活正如永恒的时间之流，生命在时间中生死，生命被时间销蚀，人被日常生活“生活”着。“时间”给张爱玲的小说带来一种特有的回忆的调子，这回忆的调子是苍凉的。“回忆的语调之所以苍凉，是因为时间的阴影，那种犀利而黯败的光芒，足以击败一切的抗挣与反叛。”白先勇的小说表现的也正是时间那“犀利而黯败”的光芒给人生带来的虚无感。时间与生命的意义也是弗吉尼亚·吴尔夫日常叙事小说探索的重大主题。4.潜意识。日常生活叙事还发现日常生活表面下的潜意识世界，在这巨大而黑暗的潜意识之流中，跃动的才是人真实的心灵图画和人存在的真正面目。张爱玲的一些小说也是这样充满了潜意识活动的日常生活叙事。5.人的存在困境。卡夫卡把日常生活叙事变成了大人们的高级寓言，他让我们站在人生的边缘颤抖；张爱玲则让我们看到：除了活着，人，别无选择；而吴尔夫让我们体会在无限的时间中，人对自身存在意义的迷茫和绝望。这三个20世纪最优秀的小说家都同时把目光放在日常生活的表达上。卡夫卡通过日常生活叙事把人的存在从个人推向社会和体制世界。而张爱玲和吴尔夫则把人从生活表面推向人的内心，揭开自我精神世界的煎熬状态。张爱玲的追问是：人活得不好，而又没法不活着。她的答案是无奈，是凑合，是普通中寻找传奇，是在传奇中寻找和体味普通。因此张爱玲的生活所体验的和她笔下所写的都是典型的有中国味道的事物。如果说英国作家伍尔夫代表了这种日常叙事文学传统的世界高度，那么，张爱玲就以她的中国色彩达到了同样的高度。

本书还讨论了张爱玲小说传统的流传。这部分论述主要选择了白先勇、施叔青、王安忆、苏童、叶兆言等作家为例，涉及到的文本主要有《永远的尹雪艳》（白）、《游园惊梦》（白）、“香港系列故事”（施）、《长恨歌》（王）、《妻妾成群》（苏）、《红粉》（苏）和《一九三七年的爱情》（叶）等。

白先勇和张爱玲创作相似处在于作品中都流露出一种挽歌情调。二者的区别在于，后者的挽歌唱得细致，绵密，悠远，苍凉，白先勇的挽歌则唱得紧凑，明快，爽脆，一气呵成，其中也有大伤感，但那是笑声后的眼泪，是热闹后的暗自凄凉。从美学角度看，张爱玲是人世苍凉，白先勇是宗教悲悯。

施叔青和白先勇一样，都深深浸润于传统文化的熏陶。共同的香港想像是施叔青和张爱玲小说的主题。而生动描画都市女性的心理和个人处境则是她们的特长。

王安忆的上海想像完全可以看作是对张爱玲的上海的延续。寻找时代大舞台暗处的小人物，关注那些闪光的时代外衣褶皱里的小人物，并写出那些卑微生命的丰满状态是他们的共同点。《长恨歌》有很强的故事性。优秀的日常生活叙事胜在写出了“小”中的“大”。这个“大”就是小人物对自我和命运勇于承担自己的“英雄气”。《长恨歌》并没有写出王琦瑶这个形象的英雄气。张爱玲的日常生活叙事把故事的精神引向虚无，而王安忆的日常生活叙事则把故事精神引向彻底的“俗”、市侩和人格与精神的下降。王琦瑶形象上缺少能吸引读者向上的虚构美，结尾又由于有悖于人物性格逻辑而显出过分的虚构之弊。

苏童在历史文化中寻找日常生活，正如张爱玲的“历史仍于日常生活中维持着活跃的演出”一样，追求的都是历史与今天的杂糅和交汇点。但在艺术风格上苏童和张爱玲还是各有特色的。张爱玲的语言风格具体表现为用字用词的准确，到位，各种比喻的聪明机智或精巧，表现在对意象等现代小说手法的运用。而苏童的语言风格更多地表现为一种整体的韵味：纯净，透明，柔弱的水一样的语言，营造温馨而感伤的情感气息，在刻划得异常鲜明的故事情境中，让人物如梦如镜般出出入入。苏童显然不是为讲故事而写小说的。他一直在追寻一种讲故事的另类角度和方式。

从在历史文化的想像中寻找日常生活叙事之魅力这个方向看，叶兆言有关秦淮旧梦的小说也和张爱玲有相似处。但《一九三七年的爱情》只不过是一篇貌似《倾城之恋》的小说，二者在情感本质上存在极大差异。

怎样的日常生活描写才能更接近生活的本质呢？是欲望细节的堆积还是对着各自肚脐眼的自言自语？相信张爱玲所代表的日常叙事传统或许能给我们一点启示。回到文学，回到价值，回到意义，回到深度，回到经典，回到传统，这也许就是张爱玲的小说向我们发出的呼吁。

参考文献

一、译著

[1][美] 雷内・韦勒克：《批评的概念》，张金言译，中国美术学院出版社，1999 年 12 月第 1 版.

[2][美] 厄尔・迈纳：《比较诗学》，王宇根 宋伟杰译，中央编译出版社，1998 年 1 月第 1 版.

[3] 阿格妮丝・赫勒：《日常生活》，衣俊卿译，重庆出版社，1990 年 7 月第 1 版.

[4] 列菲伏尔、赫勒：《论日常生活》，陈学明、吴松、远东编，云南人民出版社，1998 年 4 月第 1 版.

[5][美] 戴卫・赫尔曼：《新叙事学》，北京大学出版社，2002 年 5 月第 1 版.

[6][美] 苏珊・S. 兰瑟：《女性主义叙事理论》，北京大学出版社，2002 年 5 月第 1 版.

[7][德] 马克斯・韦伯：《新教伦理与资本主义精神》，彭强、黄晓京译，陕西师范大学出版社，2002 年 2 月第 1 版.

[8][美] 马林内斯库：《现代性的五副面孔》，顾爱彬、李瑞华译，商务印书馆，2002 年 5 月第 1 版.

[9][美] 丹尼尔・贝尔：《资本主义文化矛盾》，赵一凡、蒲隆、任晓晋译，生活・读书・新知三联书店出版社，1989 年 5 月第 1 版.

[10]《萨特文集》，人民文学出版社，2000 年 10 月第 1 版.

[11]《博尔赫斯全集》，浙江文艺出版社，1999 年 11 月第 1 版.

[12][法] 让 – 弗朗索瓦・利奥塔：《后现代状况——关于知识的报告》，湖南美术出版社，岛子翻译，1996 年 6 月第 1 版.

[13]《歌德谈话录》：人民文学出版社，1978 年 9 月第 1 版.

[14][德] 瓦尔特·本雅明:《发达资本主义时代的抒情诗人》, 江苏人民出版社, 2005 年 2 月第 1 版.

[15][法] 罗杰·加洛蒂:《论无边的现实主义》, 百花文艺出版社, 吴岳添译, 1998 年 10 月第 1 版.

[16][法] 米兰·昆德拉:《笑忘录》, 王东亮译, 2004 年 1 月第 1 版.

[17][英] 迈克尔·伍德:《沉默之子——论当代小说》, 顾钧译, 生活·读书·新知三联书店, 2003 年 8 月第 1 版.

二、著作

[1] 赵一凡:《西方文论关键词》, 外语教学与研究出版社, 2006 年 1 月第 1 版.

[2] 赵一凡:《从胡塞尔到德里达：西方文论讲稿》, 三联书店出版社, 2007 年 10 月第 1 版.

[3] 赵一凡:《从卢卡奇到萨义德：西方文论讲稿续编》, 三联书店出版社, 2009 年 5 月第 1 版.

[4] 饶芃子:《中西比较文艺学》, 中国社会科学出版社, 1999 年 11 月第 1 版.

[5] 饶芃子:《比较诗学》, 陕西师范大学出版社, 2000 年第 1 版.

[6] 饶芃子等:《中西小说比较》, 安徽教育出版社, 1994 年第 1 版.

[7] 饶芃子等:《中西戏剧比较教程》, 广东高等教育出版社, 1989 年 7 月第 1 版.

[8] 饶芃子:《比较文艺学论文集》, 学林出版社, 2003 年 2 月第 1 版.

[9] 宗白华:《美学散步》, 上海人民出版社, 1981 年 6 月第 1 版.

[10]《张爱玲文集》, 花城出版社, 1997 年 3 月第 1 版.

[11] 张爱玲:《赤地之恋》, (香港) 皇冠出版社有限公司, 2000 年 9 月第 1 版.

[12] 张爱玲:《秧歌》, (香港) 皇冠出版社有限公司, 2000 年 9 月第 1 版.

[13] 张爱玲:《同学少年都不贱》, 天津人民出版社, 2004 年 3 月第 1 版.

[14] 子通 亦清:《张爱玲文集补遗》, 中国华侨出版社, 2002 年 4 月第 1 版.

[15]《吴尔夫文集》, 人民文学出版社, 2003 年 4 月第 1 版.

[16] 易晓明：《优美与疯癫：弗吉尼亚·伍尔夫传》，中国文联出版社，2002 年 1 月第 1 版.
[17] 李欧梵:《现代性的追求》, 生活·读书·新知三联书店, 2000 年 12 月第 1 版.
[18] 夏志清：《中国现代小说史》，（香港）中文大学出版社，2001 年版，刘绍铭等译.
[19] 王德威：《想象中国的方法》，生活·读书·新知三联书店，1998 年 9 月第 1 版.
[20] 王德威：现代中国小说十讲》，复旦大学出版社，2003 年 10 月第 1 版.
[21] 胡兰成：《中国文学史话》，社会科学院出版社，2004 年 1 月第 1 版.
[22] 胡兰成：《今生今世》，中国社会科学出版社，2003 年 9 月第 1 版.
[23] 钱理群等:《20 世纪中国小说理论资料》, 北京大学出版社, 1997 年第 1 版.
[24] 洪子诚：《问题与方法》三联书店出版，2002 年 8 月第 1 版.
[25] 张少康:《中国文学理论批评发展史》, 北京大学出版社, 1995 年 12 月第 1 版.
[26] 鲁迅：《中国小说史略》，浙江文艺出版社，2000 年 12 月第 1 版.
[27]《茅盾文艺杂论集》，上海文艺出版社，1981 年 6 月第 1 版.
[28] 叶嘉莹：《王国维及其文学批评》，河北教育出版社，1997 年 7 月第 1 版.
[29] 王晓明：《20 世纪中国文学史论》，东方出版中心，1997 年 10 月第 1 版.
[30] 盛英：《20 世纪中国女性文学史》，天津人民出版社，1995 年 6 月第 1 版.
[31] 陈平原：《中国小说叙事模式的转变》，上海人民出版社出版，1988 年 3 月第 1 版.
[32] 黄修己：《20 世纪中国文学史》上卷，中山大学出版社，1998 年 8 月第 1 版.
[33] 程文超：《1903：前夜的涌动》，山东教育出版社，1998 年 5 月第 1 版.
[34] 申丹：《叙述学与小说文体学研究》，北京大学出版社，1998 年 7 月第 1 版.
[35] 刘锋杰：《想像张爱玲——关于张爱玲的阅读研究》，安徽教育出版社，2004 年 6 月第 1 版.
[36] 周作人：《儿童文学小论 中国新文学的源流》，河北教育出版社，2002 年 1 月第 1 版.
[37] 朱自清：《诗言志辩》，广西师范大学出版社，2004 年 12 月第 1 版.

[38][清] 王国维：《人间词话》，喀什维吾尔文出版社，2002 年 9 月第 1 版 .

[39] 王富仁：《中国文化的守夜人——鲁迅》，人民文学出版社，2002 年 3 月第 1 版 .

[40] 苏伟贞:《孤岛张爱玲》, 三民书局股份有限公司, 初版一刷: 2002 年 2 月 .

[41] 钱理群：《20 世纪中国文学史论》东方出版中心，1997 年版 .

[42] 赵稀方：《小说香港》，生活 · 读书 · 新知三联书店出版，2003 年 5 月第 1 版 .

[43] 李欧梵：《上海摩登》，（香港）牛津大学出版社，2000 年第 1 版 .

[44] 古苍梧:《今生此时 今世此地》,（香港）牛津大学出版社, 2002 年第 1 版 .

[45] 水晶：《张爱玲的小说艺术》，（台湾）大地出版社 .

[46] 水晶：《替张爱玲补妆》，山东画报出版社，2004 年 5 月第 1 版 .

[47] 于青：《张爱玲未完》，花城出版社，2011 年 3 月第 1 版 .

[48] 魏可风：《张爱玲的广告世界》，文汇出版社，2003 年 9 月第 1 版 .

[49] 李岩伟：《张爱玲的上海舞台》，文汇出版社，2003 年 9 月第 1 版 .

[50] 张子静、季季：《我的姊姊张爱玲》，文汇出版社，2003 年 9 月第 1 版 .

[51] 雅苓：《张爱玲的风花雪月》，中国华侨出版社，2003 年第 1 版 .

[52] 余彬：《张爱玲传》，海南出版社，1993 年 12 月第 1 版 .

[53] 刘川鄂：《张爱玲传》，北京十月文艺出版社，2000 年 1 月第 1 版 .

[54] 高全之:《张爱玲到林怀民》,（台湾）三民书局股份有限公司, 修订初版: 2002 年 2 月 .

[55] 杨泽：《阅读张爱玲》，广西师范大学出版社，2003 年 9 月第 1 版 .

[56]（台）王蕙玲：《她从上海来》，作家出版社，2004 年 4 月第 1 版 .

[57]（台）周芬伶：《艳异》，中国华侨出版社，2003 年 5 月第 1 版 .

[58] 王安忆：《小说家的 13 堂课》，INK 刻印出版有限公司，2002 年 10 月第 1 版 .

[59]（台）蔡登山:《张爱玲传奇未完》, 云南人民出版社, 2004 年 4 月第 1 版 .

[60] 金宏达：《镜像缤纷》，文化艺术出版社，2003 年 1 月第 1 版 .

[61] 金宏达：《华丽影沉》，文化艺术出版社，2003 年 1 月第 1 版 .

[62] 金宏达：《昨夜月色》，文化艺术出版社，2003 年 1 月第 1 版.
[63] 止庵、万燕：《张爱玲画话》，天津社会科学院出版社，2003 年 10 月第 1 版.
[64] 陈子善：《张爱玲的风气》，山东画报出版社，2004 年 5 月第 1 版.
[65] 陈子善：《说不尽的张爱玲》，上海三联书店，2004 年 6 月第 1 版.
[66] 陈子善：《作别张爱》，文汇出版社，1996 年 2 月第 1 版.
[67] 陈子善：《夜上海》，经济日报出版社，2003 年 3 月第 1 版.
[68] 王德威：《落地的麦子不死》，山东画报出版社，2004 年 5 月第 1 版.
[69] 刘绍铭等：《再读张爱玲》，（香港）牛津大学出版社，2002 年第 1 版.
[70] 淳子：《张爱玲地图》，汉语大词典出版社，2003 年 9 月第 1 版.
[71] 司马新：《张爱玲在美国——婚姻与晚年》，1996 年 7 月第 1 版.
[72] 王朝彦 鲁丹成:《苍凉的海上花》, 中国地质大学出版社, 2001 年 3 月第 1 版.
[73] 陈晖：《张爱玲与现代主义》，新世纪出版社，2002 年 6 月第 1 版.
[74] 林幸谦：《荒野中的女体》，广西师范大学出版社，2003 年 12 月第 1 版.
[75] 林幸谦：《女性主体的祭奠》，广西师范大学出版社，2003 年 12 月第 1 版.
[76] 宋家宏：《走进荒凉——张爱玲的精神家园》，花城出版社，2000 年 10 月第 1 版.
[77] 舒芜：《周作人的是非功过》，辽宁教育出版社，2000 年 9 月第 1 版.
[78] 谢泳：《胡适还是鲁迅》，中国工人出版社，2003 年 12 月第 1 版.
[79] 曹书文：《家族文化与中国现代文学》，中国社会科学出版社，2002 年 12 月第 1 版.
[80] 汪晖：《死火重温》，人民文学出版社，2000 年 1 月第 1 版.
[81] 郑家建:《中国文学现代性的起源语境》, 上海三联书店, 2002 年 7 月第 1 版.
[82] 秦喜清:《独树一帜的后现代理论家》, 文化艺术出版社, 2002 年 8 月第 1 版.
[83] [美] 孙隆基：《中国文化的深层结构》，广西师范大学出版社，2004 年 5 月第 1 版.
[84] 吴晓东：《从卡夫卡到昆德拉》，生活 · 读书 · 新知三联书店，2003 年 8 月第 1 版.
[85] 周国平:《在世纪的转折点上: 尼采》, 上海人民出版社, 1986 年 7 月第 1 版.

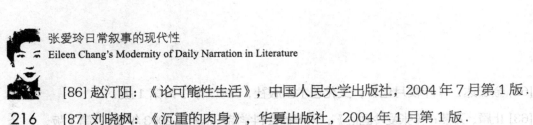

[86] 赵汀阳：《论可能性生活》，中国人民大学出版社，2004 年 7 月第 1 版.

[87] 刘晓枫：《沉重的肉身》，华夏出版社，2004 年 1 月第 1 版.

[88] 刘晓枫：《拯救与逍遥》，上海三联书店，2001 年 7 月第 1 版.

后记

论说张爱玲是导师饶芃子先生和我共同喜爱的话题。许多个宁静的下午茶时光，我坐在先生家绿树浓荫的客厅里，聆听先生用她那略带潮州口音的普通话娓娓而谈，和她一起走进张爱玲苍凉深邃却又精美无比的精神世界。

正因为偏爱这个题目，先生对我以张爱玲研究作为学位论文的选题抱以很大期待。我心里清楚，近年来，张爱玲研究不仅不是什么新锐选题，而且关于她的研究还有俗滥的嫌疑。阅读张爱玲的，研究张爱玲的，都似乎太多太多。在大众文化世界，“张爱玲”已经完全变成一种与张爱玲艺术其实没有太多内在联系的生存符号，成了某一类城市人，如所谓小资的身份符号象征。要想在此基础上表达出有新意的个人研究创见，实非易事。我原本也不打算凑这个热闹了，而且也确实准备了另外几个可供选择的选题。但是，当我将手头相关研究资料浏览一遍后，我发现自己依然心仪张爱玲。其中原因，除了我个人对她的文字的深爱外，我是确实感觉到，在我所能看到的张氏研究中，依然有很大的未名空间尚待研究，我还是有话想说，我相信，张爱玲的文学世界还远没有被我们穷尽。这只能说是张爱玲文学本身的丰富性鼓励了我。我相信，只要自己肯刻苦阅读，勤于思考，精于研究，我必然会有新的发现——令我感到欣喜的是，我的决心得到饶先生的理解和支持，并在整个论文写作过程中给予我温暖而有力的帮助。

论文写作过程中，我深深体会到思想的快乐和思有所得的欣悦，也饱尝了学术研究的艰辛和煎熬。当我作为一名博士研究生走进暨南大学文学院饶先生门下，这个时间与我硕士毕业走出陕西师范大学文学院已时隔10年。且硕士期间所研究，更多着力于中国古典文学。如今，要在现当代文学的视野里解读一

个重要且有争议的女作家，并要阐释这个作家背后的文学传统和叙事形态，这必然要大量涉及到20世纪中国文学的作家作品，同时也难以回避西方哲学这一背景——这些文学和思想资源，以前虽说对西方哲学也有喜爱和研读，但毕竟没有系统梳理。显然，一切都有待重新开始。因此，我坦诚，我的这个成果是在一路跌跌撞撞的跋涉中，思路逐渐清晰的。至今，当我战战兢兢把初稿呈现在饶先生面前时的那份诚惶诚恐仍然历历在目。先生给初稿提出严厉意见，几乎都要体无完肤了。但是，我没有灰心，因为我在先生的严厉中还是感觉到了那么一点点的肯定和鼓励，这已经弥足珍贵，这已足够支撑我继续前行。为了使我的研究更符合学术规范、更具创见，许多章节我都决定重写——也正是在重写的过程中，我感觉自己越来越找对了走进张爱玲文学世界的正确路径，因为我看到了别样的艺术风景。

第二稿交至先生手中时，她在去深圳、去北京开会时都随身携带，趁开会的间隙一一批点。一个又一个深夜，当我对着电脑，根据先生在稿子空白处写下的那些生动、到位的红色批点一一修改论文时，我的感觉就如同和先生共处一室，就自己的论文进行长久而无声的对话，时而为老师的批点汗颜，时而又为师生间在某一观点上的默契而会心一笑，那种感觉真是美妙无比。那些先生批点过的论文草稿我至今保存，它不仅是先生身为师者的行为典范，我也视之为我们师生情谊的温暖记忆。当我忐忑地呈上改完、修正后的第三稿时，先生终于露出比较满意的神情。至此，我才明白所谓“学无止境”的道理。

其实在这之前，先生没少教过我们做学问的方法，比如论文口子要开小，但“井”要挖深，这样思想的水源才能活起来。再比如离论题越近的越要细说，越远的越要略说等等。但我发现，做学问也和做其他事情一样，一定要自己做过了才能理解过来人的话。不亲自下功夫做出一篇像样的、符合学术要求的论文，你根本不能体会到先生这些话的贴切含义。我不敢说自己的论文就完全符合学术标准，但我肯定在朝那个完美的标准努力靠近，更重要的是我敢肯定自己的文字不是人云亦云的老生常谈，它以学术文字的形式渗透了我对人世的属于自己的理解。

有个早年毕业的博士师姐给我说，要想写好博士论文就得把自己的肉写进去。师姐的教授丈夫在一旁立即探过头来补充说：还得把头发写进去。意即，要写好论文，为伊消得人憔悴、掉头发，都是必然的了。对此切肤之言，撰写论文的一年多我感受尤深。因为我读博期间并没有停止报社采编工作，3年来，我白天驾车奔波于广佛两地，采访、上课，夜晚点灯熬夜读书、写作，还有家庭、孩子等各种俗务纠缠，个中酸苦劳累只有自己知道。不知有多少个夜晚，不肯自己睡觉想跟妈妈一起睡觉的儿子，像小狗一样抱着妈妈的腿，蜷缩在电脑桌傍我脚边的冰凉地板上睡着了......我不了解人家的读博感受，总之我们饶门的师兄弟姐妹们，彼此都没有看到谁是轻松走出饶门的。我的一个同学在撰写论文期间竟然突然闭经达半年之久，答辩结束后身体又恢复如常。而我几乎有三四个月，腰痛得无法开车，肩颈和背部僵硬得如同铁板一块，继而引起晕眩和间歇性头痛等等……

记得有智者说过：不要想一步就踏上人生的金砖，哪怕是坎坷、荆棘、泥沼，只管大胆地跨出，当你终于踏上属于你的那块金砖，回首顾盼，步步都是金砖。我从不敢渴望这人世就一定有属于自己的那块金砖，我只希望自己人生的每一步都踏到实处，因为我一直坚信，踏踏实实走过人生每一步，乃神奖励人的首要条件。遥想2002年，我有点自讨苦吃地投考先生门下，为的不过是那颗热爱文学的心。时光荏苒，心，依然是当年的那一颗文青的心，无怨无悔。回顾当年求学，我只能说我有幸遇到先生等几位好导师。先生以她智慧、优雅的言传身教使我的读书、做人都受益匪浅，而中国社科院的赵一凡先生则在西学方面给我耳目一新的系统性理解。在他们的指导下，我认认真真地读过一些书，思考过一些问题，并把自己的思考呕心沥血化成眼前的文字——我相信，这是我人生最值得记忆的重要阶段。

我要感谢导师组的蒋述卓教授、中国社科院的赵一凡研究员、北京大学的洪子诚教授及暨南大学文学院的刘绍瑾教授、费勇教授、张海莎教授，还有华南师范大学文学院的马茂军教授，他们为论文提出宝贵意见，为论文的顺利、高质量完成都起了很好的指导作用。另外，这些学者们治学之严谨、为人之亲善，都给我留下美好记忆。

同时，我也要感谢我当时在职的《珠江商报》社在我攻博期间给予我的支持。我更感谢我现在就职的华南理工大学新闻学院，是华工给予我的中央高校科研资助，才使得我的论文在博士毕业近10年后，得以有机会和除当时的答辩组教授之外的读者见面，使我有机会和他们分享我思想的点点星光或烁烁火花。

感谢我的爱人、我的亲人们给我的爱。

感谢我自己。即使在走得最艰难的时候，也没有灰心，没有放弃，更没有停止思考。

李　梅

2014 年 1 月 8 日 广州